コールリッジ論考

付録 詩と散文抄（英文）

高瀬彰典 著

ふくろう出版

目　次

This Lime-Tree Bower my Prison

Frost at Midnight

Dejection: An Ode

The Pains of Sleep

Kubla Khan

The Rime of the Ancient Mariner

Christabel

Biographia Literaria (Excerpt)

は　し　が　き

　コールリッジはあらゆる事象や問題に根本的原理を見出そうとする生来の傾向を有し、文学批評でも哲学研究でも宗教的考察においても、常に不変の精神を把握して絶対的論理を樹立し、社会全般に有効な思想として発表することに生涯精魂を傾けていた。このために、彼は、「理性」と「悟性」の用語を独自に定義し、先験的観念論をイギリス思想界に導入した。

　すでに彼は少年時代より繊細な感性と豊かな情熱に恵まれ、現実的行動の世界よりも深く深遠な思索に耽溺する生活に浸り込んでいた。コールリッジは人を引きつける奇妙な談話の才能を有し、夢幻の世界に遊び、人を不思議な心象の未知の領域へと誘う特異な知的能力を持っていた。常に日常性から精神を解放しようと努力した彼の容貌そのものが、人々に天使のように雄弁に語る夢想家の印象を与えた。

　純粋な哲学的思索を倫理的教化に応用しながら、芸術的効果を生むための詩の理論と実践を繊細で霊妙な思想として彼は確立しようとした。コールリッジは沈思黙考しながら月明かりや自然界の風物を見つめていると、新たな事物を見るというよりは、すでに自己内面に存在している不変にして未来永劫存在するものの象徴的言語を常に探し求めていると感じるような人物であった。彼は新たな事物に対峙する時でも、心に問い直すように自己の内的本性の内奥に忘れられた真実に微かに目覚めるかのような茫漠たる意識を抱き続けた。このような生来の超絶的傾向は、時として彼に異様な知的探究の喜びを与えると共に、果たし得ない壮大な探究による知的悲しみの苦悶をも与えた。

　コールリッジがドイツ観念論哲学全盛の時に生まれたのは幸運であった。彼は感銘深いドイツ・ロマン主義文学運動に共鳴すると共に、イギリス経験論哲学の伝統にドイツ観念論哲学を紹介する使命を熱烈に果たした。色鮮やかな変化や飛躍に欠けたイギリスの経験論に、ドイツ観念論の新鮮な形而上学を導入したことは、歴史的にもイギリスの思想界の知的発展にとって魅力的な出来事であった。特にコールリッジはシェリングの哲学を熱心に吸収し、精妙な緻密さで宗教や文学の諸問題に応用した。常に学問の諸分野に永久不変の真理を探究して重要な根本原理に迫ろうとして、彼は想像力に関する哲学的原理の構築に苦心していた。文学芸術の創作の世界を絶対的原理の下に把握して、彼は天才の精神の秘密を普遍的論理によって解明しようとした。彼にとって、高度に知的な活動としての文学芸術は、日常的活動よりも遙かに絶対的法則で支持されているものであった。

　コールリッジの意識は早い時期から内省的に自己内面に集中して、感覚的現実から遊離して思索だけの生活に追いやられた。早熟で老成した彼の知的精神は15歳ですでにプロティノスを論じ、後年のシェリングへの傾倒を予感させる知的気質を示していた。人間理性の観念が自然界の法則に呼応し合うと考え、真の知識は機械的実験や分析によって確立されるのではなく、様々な観念が内発的に展開することによって達成されると説いた。あらゆる事実の真相や事象の謎は、単な

る機械的で受動的な観察ではなく、自然界に潜在する普遍的理性と一体になった天才の理性の観念によって解明される。自然界の理性や知性に人間理性が呼応することによって、自省的で自己意識的な精神作用を活発にする。自然の生命形態は組織的変化を経ながら、低次元から高次元の形態へと展開するように、人間の精神機能も微妙な変化を重ねながらより高度な意識を発達させる。

　段階的に精神は昇華し、特殊で個別的なものを超越して、外界を内的理念に従って変化させ凝縮するような想像力を育成するに至る。この精神機能は天才において理想的な型を実現し、自然界のすべての諸相が集約し適正な姿となって現出するのであり、自然界に潜在する知性、すなわち理性を具体化して偉大な芸術作品に結実させる。天才の創造力は有機的自然の知性、すなわち霊的理性との純粋な合一であり、想像力が生む創造力は永遠に不変の形態として、天才の無我の理念としての理性から生まれる。天才の意識は自然界に潜在する理性を感得することで最高の精神機能に目覚めるのである。

　芸術作品の有機的生命が実感として見事に表現される創作過程の秘密は、自然界の有機的生命力との類推によって解明される。芸術的天才の幽玄な想像力や夢幻の詩的精神を、当時隆盛を極めたドイツ観念論哲学を援用して解明し、先験的なもの、絶対的価値、プラトン的精神などの不可視なものの本質を具体的原理によって言葉で明晰に記述することが、コールリッジに課せられた終生にわたる使命であった。

　カント哲学の先験的要素やシェリングの哲学をあらゆる学問分野の命題に適用し、普遍的本質を解明する理性論の構築に彼は情熱を傾けていた。時として断片的で晦渋で雄弁な文体に示された彼の多方面に及ぶ思索に少なくとも一つの目標や統一性を与えていたのはこの点であった。また、「老水夫行」の中の酷寒の氷山と赤道直下の熱帯が相対立し融合するような彼の詩的感性は、病弱に苦悩する悲惨な現実生活、幽玄なる精神に相反する虚弱な肉体や現実世界の重圧、歓喜と裏腹の無力な情熱を抱く悲しみ、現実と理想の不調和の苦悩と深く関わっている。このように、壮大な理念と脆弱な意志力の不調和に苦悶するコールリッジには、気質的に内部空洞で肥大化した南国の植物に似た風情があった。

　自然界と人間との交流に対するワーズワスのような瞑想的考察は、コールリッジにも見られるが、静謐な日常生活と心の安定に恵まれなかったため、ワーズワスのように血で感じ心で戦慄するようには詩人として没頭できなかった。ワーズワスの確信に満ちた気質、山河に親近感を抱く精神は、静謐と神秘の中で自然界に潜在する知性の存在を確信し、情緒的本能で芸術的空間としての詩的表現を残すことを可能にしたのである。ワーズワスよりも遙かに知性に優れていたコールリッジは、ドイツ観念論哲学の影響の下に詩的創作を明確に原理化しようとして、超絶主義的な文学思想の形而上的論理で明文化しようとした。ワーズワスの詩的創作の実践を支えている想像力の機能にコールリッジの哲学的考察は集中することになる。

　また、「クブラ・カーン」、「クリスタベル」、「老水夫行」などのコールリッジの代表作に如実に示された超自然的なものに対する興味や大胆な設定は、戦慄的効果を出す驚異の文学への彼の

傾倒の結実を示している。奇妙で不可思議なものを求める性癖と学究肌の膨大な読書量から、宇宙には可視のものよりも不可視なものの存在の方が遙かに多いという信念を抱くようになったが、コールリッジの幻想的体質にとって極めて容易に受け入れられる価値観であった。彼の詩の夢幻的物語の魅力は、超自然の不可思議を取り扱う最高度に繊細な表現と優雅な想念である。生硬な記述の粗雑な表現や明々白々の事件を極力排して、純粋に霊妙なる雰囲気を醸し出す想像の世界を大胆に意表をつくように提示して、彼は読者の心の内奥にまで語りかけてくる。夢幻的世界という表現しがたい現象を一般的常識の形象に完全に適応させて、彼は読者の心に記憶させようとするのである。

コールリッジの繊細で内省的な気質や瞑想は、超自然的感覚によって影響を受けている。当時のイギリス・ロマン主義文学運動において、彼は驚異の超自然世界を繊細な自分の心理状態の詩的表現とするために、近代形而上学を背景として人間の感情を心理学的に考察した。特異で複雑な心の動きを的確に把握して、彼は完全な統一的全体性を伴った超自然の詩的空間に仕上げたのである。

コールリッジの病的虚弱体質や現実逃避の倦怠感にもかかわらず、彼の豊かな感情や幅広い感受性は、終生を通じて一貫して示された特徴である。晩年に至って確固たる宗教的信仰を抱くようになった彼は、神聖なる存在から派生した生命的霊によって、生硬な物質世界に命を吹き込み観念の美しい世界を構築した。コールリッジは絶対的原理の把握に精魂を傾け、文学と信仰と哲学を融合させて、人間の精神活動の諸分野を部分的断片として見るのではなく、唯一絶対の原理の下で人間の本質を眺め続けた。彼は生命的真理を無視したすべての生硬な知識に対して疑問を投げかけた人物である。絶対的存在に対する情熱、生々流転する無常の世界に何か不変の真理を求める探求心を持ちつづけ、虚弱な体質と脆弱な心、情緒不安定な気質と分裂した悩ましい苦境の生涯にもかかわらず、文学、宗教、哲学の幅広い思索を繰り返たコールリッジは、思想界にとって今なお重要な精神作用の構成要素を論究した人物として歴史に残っている。

ルネッサンス以来、人間理性と宗教的信仰の対立と和解は歴史的に続いていたが、すべてを包含し統一させようとするコールリッジ独自の知的模索は、この歴史的対立を無理のない原理の下に融合させることに傾注された。彼は他方、明確で独創的な思考を粗雑な素材に埋没させ、純粋に天才的な思弁的能力を単なる道徳的教訓に浪費してしまう難点があった。また、彼は学童期から老成した精神で永遠を思慕していたが、「失意の歌」や「眠りの痛み」に如実に示されているように、詩人としての挫折以降は、陰気な精神で誇張した思考を抽象的な言葉で弄ぶ風情があった。生来の病弱体質と鎮痛剤として常用した阿片過剰のために、長い間悪夢に苦しめられ、意志の分裂状態と宗教的法悦が矛盾的に同居した人物でもあった。

コールリッジは生来、先験的哲学受容の気質を備えていたが、ドイツ観念論哲学が空前の全盛を極め始め、華やかなドイツ・ロマン主義文学運動と連携して盛況に活動していた時期にドイツ留学し、現地で新たな知的運動を体得し帰国したことは彼の幸運であった。形而上学的統合を夢見ていた彼にとって、生硬なイギリス経験論哲学は飽き足らなかった。シェリングに代表される先験的観念論哲学との出会いは、彼の知的探求心を満足させ、彼は熱心に倦むことなく宗教的論

考に緻密な哲学的考察を適用するようになった。すなわち、神の恩寵と罪の意識という不変の法則によって、神聖なものと人間の精神とが意志疎通を可能にするという、超自然的で超絶主義的な形而上学の証明を彼は宗教的論考に適用しようとしたのである。人間が先験的観念を完全なものに維持するには、超自然的で超絶的世界に生きなければならず、その時、自然は完全な観念によって変化する。観念が最も高度に発達した精神生活に呼応するように、超自然的で超絶的な世界が存在するのである。

　人間が宗教に引かれていくのは、希望や恐怖のためではなく、輝くような理想を人間界に救いとして示すからである。コールリッジにとって、超自然や超絶的存在を否定することは、人生の精神的価値観をも無に帰することと同じであった。したがって、狭量な私利私欲の自我に縛られる結果、生命的存在から拒絶された人生を生きなければならなくなる。精神的要素を高める悲しみや喜びの中で、人間は内面的な自己の完全性への飽くなき追究を忘れてはならない。より高次元の有効な精神性には、必ずこのような繊細な内面的活動が伴い、高貴な人間の永遠性を示す。完全性や絶対性への飽くなき情熱を抱いたコールリッジの人生は、このような超自然的で超絶的な精神状態を生み出していた。

　宗教的影響が高度な知的活動と結びつかない限り、文化の大きな進歩はあり得ない。文学芸術に内在する宗教的特性がこのことを証明している。激しい知的鍛錬と精神的高揚によって魂を昇華させることは、日常的惰性や倦怠の世界にあるにもかかわらず、洗練された感性と直観を有する少数の天才的能力によってのみ可能である。内的思慕の念、精神的浄化、内省する精神の歓喜などは、文化を高め知的活動をより完全へと近づける。至高の知的活動は神聖な芳香を放ち、宗教的信念と合一し、神聖な恩寵によって全体性を獲得しようとする情熱を帯びる。この時、コールリッジは精神の内奥の繊細な情緒表現と詩的想像力との関係を不変の論理の下に解明することが出来るのである。

　至高の知的活動の神聖さを弁護するために、コールリッジは理性と悟性の区別と定義に苦心した。彼は日常的精神としての悟性よりも高い次元の精神機能を理性として捉えた。さらに、天才の想像力や直観的認識を論じる時に、彼は自証的存在である理性に根拠を置こうとした。このような精神に関する観念の真実性は先験的世界に求められた。カントの思弁的な理論理性と実践理性との区別を知るに及んで、理性の多様な機能の広がりを強調して、コールリッジは理性とは普遍的で必然的な力に他ならず、全体として統一する法則についての知識であると同時に、一つの全体として万象を確信する学問であるとした。一方、悟性は感覚による判断機能にすぎず、事物に介在して目的を達成するための手段としての機能に止まるとした。

　彼は宗教を誰よりも幅広く真摯な態度で論じたが、学識や内省的考察、繊細な心理的分析、多様な思考様式に対する柔軟な適応能力を兼ね備えていた。絶対的な知識として神を知り、すべての人間にキリスト教の教義が光のように解き明かされるように、コールリッジはシェリング哲学の超自然的考察を援用しながら、聖書全体に内在する霊感の存在を指摘し、その秘密を解明しようとしたのである。

序論　　聖書とコールリッジ

I

　1817年に出版されたコールリッジの『文学的自叙伝』は、後世の文学批評理論に大きな影響を与えた。創作心理や想像力の原理を哲学的に説き起こし、文学にとどまらず諸学の学問探究における理論構築への基本姿勢を示したものとして、この著書は彼の代表作となっている。さらに、『政治家提要』、『俗人説教』、『国家と教会』などの著作に結実するに至ったコールリッジの思想は、神学、哲学、社会学、経済学、政治学、言語哲学、心理学、教育学、文学などの諸学の融合を志向する有機的統合の特性を持っている。フランス革命とその後の動乱をもたらした急進的啓蒙思想の機械主義哲学や抽象理論への批判的考察としての生命哲学、キリスト教を独自の宗教観で捉え聖書の歴史を形而上的な象徴と見なした歴史哲学、文学創作原理としての想像力を中心とした批評理論哲学、これらは全て詩と哲学と宗教の融合の観点から幅広く論じられた彼の思索の結実であり、彼の思想の根幹をなすものである。

　コールリッジはさまざまな学問諸学の多角的見地から、有機的統合の学説を構築しようと模索する中で、これらの諸学を形成する源泉ともいうべき不可視な霊的観点から考察するようになり、人間の理性は神の力の具現として捉えられ、生命的な真の言葉は神のロゴスとしての象徴となった。このように、従来の学派や宗派などの派閥に束縛されず、物事を自由意志に基づいて全体の相で眺め、常に原理的な批評精神を忘れないのが、コールリッジの思想の特徴である。難解な後年の散文の著作は、大衆向きではなかったが、あらゆる諸学の素材や見地から自らの思想を練りだし、従来の学説や派閥に捕らわれずに独自の思想の体系化に向けて模索した彼の思索の集大成ともいうべきものである。

　貧困層や下層階級への英国の大衆教育は、18世紀末から教会を中心に盛んになり基礎的な読み書きの訓練が行われた。しかし、下層階級の無知を放置して、人々を政治的観点から宗教的に訓練するのに教会や聖書を利用しょうとする当時の上流階級の不敬な思惑があった。宗教を利用して人心を支配しょうとする悪弊に対して、『政治家提要』や『教会と国家』の中で、コールリッジは本当の信仰とは自覚した一個人として無心に神と対峙することだと批判した。一方、啓蒙思想家たちは大衆教育の普及に熱心であったが、現実から遊離した理想論の立場から、知的訓練によって社会全体が知的に統一され、貧富の差に関わらず各階層が自らの社会的立場を自覚することによって国家の基礎が築かれると考えていた。しかし、知識の伝授と宗教教育という教会中心の当時の大衆教育の普及は、階級的で宗教的な対立から、実際には近代的な国民教育へ発展するには多くの困難があった。英国国教会と非国教会との宗教的対立は政治的対立をも引き起こしていたのである。大衆教育が制度として定着していなかった18世紀末の時代では、宗派で対立する教会中心の教育しか存在しなかったのである。この様な教育の現状に憂慮したコールリッジは、英国の歴史的かつ文化的観点から教育を幅広く社会全体の問題として考察したのである。

II

　大衆への義務教育がまだなかった当時の英国では文盲が多かった。たとえ中流階級が文字を読めても、難解な内容の本を理解することは期待できなかった。フランス革命以降、英国でも社会改革への機運が満ちていたが、あらゆる社会問題の根本的解決は、先ず第一に、社会を支配している上流階級の再教育に求めねばならないとコールリッジは考えた。政治的にも経済的にも有利な支配階級が、旧体制を温存して下層階級を搾取している以上、十分な教養と思考力を持っている人々こそ、意識の拡大を計り豊かな想像力によって新たな社会改革の理念に目覚めるべきだとコールリッジは主張した。貧困層救済に向けて社会の不公平や不正を正すために、啓蒙思想家達のように過激な革命的改革に走るのではなく、また机上の空理空論に終始するのでなく、現実的方法としての支配層や有識層の教化によって自らの思想実現が可能だと彼は考えた。有識層とは、教養豊かな学識者達、思索的習慣を持った文化人、政治的実践をする立場にある者達であり、必ずしも現実の上流階級でなくとも知的に文化的に高度な素養を持つ人々を意味していた。

　このために、西洋社会の道徳や倫理の意識的基盤を構成している生命の書としての聖書を独自の歴史哲学で読み解くことによって、様々な社会問題の解決策を見出し、新たな改革への道標を確立して国民的英知を構築することを彼は説いた。物事の盛衰に対する歴史的洞察を聖書から得ることは、物量的判断に終始する空虚な抽象理論の啓蒙思想に対して、聖書を人間の歴史の実例として捉え、道徳や風習に与えた重大な精神的影響力を明らかにすることに他ならない。生命力のない悟性中心の啓蒙思想が歴史や経済を一般化し抽象化して、忌むべき機械主義哲学の汚染を社会に広げ混乱に拍車をかけてしまったとコールリッジは難じた。聖書は生命力に満ちた創造力を示すもので、そこに示された歴史哲学を想像力で読み取ることの必要性を彼は力説したのである。コールリッジの想像力は相反するあらゆるものを融合し統一するための仲介的な力であり、人間にとって最も重要な理念を把握する能力である。さらに、感覚的悟性の形象に理性の永遠性や円環的な形成力を与え、調和と統合をもたらして真理を伝達する象徴の体系を生み出すものこそ想像力の機能に他ならないと彼は説くのである。

　　The histories and political economy of the present and preceding century partake in the general contagion of its mechanic philosophy, and are the *product* of an unenlivened generalizing Uderstanding.　In the Scriptures they are the living educts of the Imagination; of that reconciling and mediatory power, which incorporating the Reason in Images of the Sense, and organizing (as it were) the flux of the Senses by the permanence and self-circling energies of the Reason, gives birth to a system of symbols, harmonious in themselves, and consubstantial with the truths, of which they are the conductors.[1]

　　（今世紀および前世紀の歴史と政治経済は、機械主義哲学の全般的汚染に関与するもので、不毛の一般化をする悟性の産物に他ならない。聖書では、これらは生命力溢れる想像力の抽出物である。それは和解と仲介の力によるもので、感覚的形象に理性を合体させ、理性の不滅性と自己円環的な活力で流動的な感覚をいわば有機的にしながら、それ自体で調和的で真理と同質で真理

を伝達するものとなる象徴の体系を生み出すのである。)

　コールリッジによれば、政治経済での不見識な運営が、機械主義哲学の蔓延を許し、生命力の
ない悟性的理解の世界をもたらした。これに対して、聖書は想像力の生命的な現出であり、仲介
的な和解力として理性と感覚を統合し、象徴の体系を生み出すものである。 彼自身が、"But
you, my friends, to whom the following pages are more particulary addressed, as to men moving in the
higher class of society"[2]（しかし、この書物は特に上層階級で活動している人々であるみなさん
に向かって述べられるものなのです。）と述べているように、1816年出版の『政治家提要』は、
特に支配層である上流階級に宛てて書かれたもので、聖書に示された神の摂理を一般大衆よりも
深く探究し、社会の中で具現するという使命感を植え付けることを目的としていた。なぜならば、
政治や経済への一般庶民の参加はまだ多くを期待できない時代であった。1789年に与えられた英
国の選挙権は土地の所有者に限られ、土地の所有権がなければ選挙権は与えられなかった。その
後1832年の選挙改正法により富裕な商業階級に選挙権が与えられたが、なお一部特権階級のみの
選挙権に止まっていたため、労働者達の参政権運動が起こった。
　フランスでは過激な革命運動が封建制を破壊するジャコバン主義の狂気の社会を生む結果とな
った。唯物的合理主義の啓蒙思想は急進的な改革に走り、感覚的悟性を絶対視してフランスを革命
の勝利へと導いた。しかし、扇動された人々は熱狂的動乱の中で、生命的で霊的な交感としての
理性に導かれた霊的悟性を見失ったために、精神的自己鍛練や宗教的感覚を衰退させ、敬虔で素
朴な宗教観を麻痺させるという高い代償を払い、混乱と戦乱の世の中を招来するに至ったとコー
ルリッジは批判した。
　さらに、コールリッジは理性と自由意志の立場から、手段を選ばず行為の結果のみを評価しよ
うとする啓蒙思想の功利主義を批判し、社会全体の善悪の道徳や倫理観を衰退させるものだと難
じた。過激な改革を妄信するあまり、人類の過去の歴史的業績や貴重な伝統などをすべて否定し
ょうとした急進的啓蒙思想は、宗教的信仰を詐欺、聖書を虚偽、礼拝を迷信とする誤謬を生んだ
のである。産業革命の進行する英国では、啓蒙思想の生んだ功利主義的傾向が過剰な商業精神と
なって社会を支配したため、これに対抗し、健全な良識ある思想を維持する勢力の必要性を彼は
説いた。聖書に示された永遠の普遍的真理を有識者層に説くことによって、社会の均衡勢力を育
成することが可能とコールリッジは考えたのである。コールリッジにとって、聖書に示された神
の言葉は宇宙の力であり、有機的な人間社会を導き出す生命力に他ならないからである。

III

　フランス革命や産業革命後に社会を支配し顕著な影響力を持つようになった商業主義、資本主
義、科学万能主義に対抗する均衡勢力として、特に有識者層の人々の宗教や道徳の必要性をコー
ルリッジは説いた。このように、フランス革命を勃発させた啓蒙思想の合理主義や功利主義の蔓
延とその悪弊、産業革命以後の商業主義から生じた急速な貧富の格差や資本主義社会の矛盾に誰
よりもいち早く気づき、その暴走に危惧の念を抱き、宗教的精神の機能を社会の均衡的勢力とし

て構想したコールリッジは、有機的な社会体系を模索した先覚者的な思想家であった。彼は産業革命やフランス革命後の経済や政治の展開の中で、社会制度や文化構造の急激な変革の間に存在し始めた矛盾や混乱を意識し、『教会と国家』の中で、貴族階級や上流階級とは異なった意味で知的有識者の階層の存在の重要性を明確に述べたのである。貴族を中心とした政治家や新興の資本家ではなく、様々な分野の学識者や文化人達によって、社会の真の改善と一般大衆への教育的指導が体系的になされるべきだと彼は主張した。既得権益や既存の権威としての様々な宗派や教義に束縛されずに、純粋に聖書の教えを人間の健全な想像力で社会の創造と批評の原理として活用し、時代の先覚者として英国社会の新たな構築を模索し独自の構想を彼は提唱したのである。

　このように、コールリッジは、哲学、宗教、文学などの学問の諸分野の有機的統合の立場から、全体の相の中で教育や文化の問題を論考しようとした。彼にとって教育の目的は全人的な人格の陶冶に他ならず、聖書に基づく信仰から生じる神の理性によって想像力を生かし、人間の精神的機能を神の創造力にならって総合的に発達させて、狭い日常性から宇宙的な規模に意識の地平線を拡大させ、啓蒙思想の無神論的機械主義哲学に対抗して、生命的な知識や信仰を人間社会の原理にする生命哲学を人々に伝授することであった。実験哲学、合理主義、物質主義、原子論などは結局、無神論に繋がると彼は批判した。宇宙を各部分の集合体としてしか考えない無神論は、大いなる全体者に対して盲目であり、人々を神なき混沌の魂の群にしてしまうと彼は断言している。[3] コールリッジによれば、あらゆる事物は人間の意識の拡大という共通の目的の下に神から与えられているのであり、未開拓の分野が意志作用による理性の主権の下で征服されることで意識はさらに拡大されるのである。

But whatever of good and intellectual Nature worketh in us, it is our appointed task to render gradually our own work. For all things that surround us, and all things that happen unto us, have (each doubtless its own providential purpose, but) all one common final cause: namely, the increase of Consciousness, in such wise, that whatever part of the terra incognita of our nature the increased consciousness discovers, our will may conquer and bring into subjection to itself under the sovereignty of reason. [4]

　（しかし、善良で知的な特質がどれほど我々の中で作用していても、徐々に自分自身の仕事にしていくのが我々に与えられた使命である。なぜならば、身の回りのすべて、我々に生じるあらゆることが（それぞれが疑いもなく、神意に基づく目的を持つのですが、）一つの共通の究極的根拠を持つのです。すなわち、意識の拡大であります。拡大した意識が、我々の特質のいかなる未開領域でも発見すると、我々の意志が理性の主権の下に、それを征服し自分に服従させるといった具合です。）

　特に『政治家提要』と『教会と国家』の中で、知識層や上流階級に向けて、自らを知ろうとする哲学的認識力と至高の理性の原理を持つことによって、社会的指導者としての自覚を持つことの必要性を彼は力説している。変革期の社会問題の解決は理性の永遠性と意識の拡大の有効性を

兼ね備えた哲学と宗教と文学の有機的統合の思想によってのみ可能であるとコールリッジは考えたのである。フランス革命を起こした時代の過激な急進的啓蒙思想が、機械主義哲学を生み無神論を助長し社会の混乱を招来したことを糾弾して、人間と社会の状況を過激に変化させた思想の原理的誤謬こそ洞察すべき何よりも重要なことであると彼は説いた。したがって、人間よりも誤った思想の急進的原理の病弊の方が遙かに危険であると彼は警告を発したのである。人間と社会との関連においても、有機的統合であるべき思想全体の不均衡が問題を生むのであり、全体の相を捉えるべき思想体系が即物的な機械主義的抽象に陥ってはならないと彼は難じたのである。

政治と経済の両面で社会制度の改善を本当に促進してきたのは、私利私欲のない純粋な学者の地道な学究と超越的な天才の斬新な発想に他ならなかった。社会を本当に改革してきたのは、誤った思想に陥らず過激な思想の原理的誤謬を洞察し、常に意識の拡大に努めてきた少数のエリート達であった。このような真に独創的な学説や新たな原理が、社会に秩序ある変化を現実に生みだすとコールリッジは考えた。有機的生命体の類推から統一的制度における人間と社会の調和を有機的統合として考察した彼は、混沌の時代の社会問題を解決するべき原理を模索し、国家の歴史的展望から有効な救済策を追究したのである。

IV

産業革命以降の英国の混乱と人心の荒廃という社会問題の解決策として、国民を教育し民族的自覚を育成する国家的義務教育の前身となるべき、宗派や派閥によらない宗教教育や道徳教育の必要性をコールリッジは唱えた。当時の社会的混乱と退廃に直面し、さらにフランス革命の暴力や急進主義の失敗を痛感して、唯一正当で有効な改革の手段として、彼は聖書のキリスト教精神に基づいた独自の思想を構想したのである。聖書を歴史哲学として想像力で読み取り、キリスト教精神に基づいた教育機関や弱者救済の社会制度を確立することを彼は願っていた。このために、社会を指導し問題を解決すべき政治家や文化人の意識を高めることが何よりも必要であった。

コールリッジによれば、社会の現実的改革のためには、抽象的な理論や急進的思想に頼るのではなく、社会の指導層を形成する人々や文化の知的方向を決定づける人々に対し、道徳的精神やキリスト教の精神を聖書の理念から教化することが不可欠である。権力者や有識者の徳育が、社会の各階層に幅広く影響を与え、社会改善が矛盾や混乱なく実現されることを彼は望んでいた。聖書研究を通じて過去、現在、未来を展望する歴史哲学を会得し、歴史全体を神の詩として想像力を駆使して読みとり、社会の改革に対する確固たる見識を指導者達が深めてくれることを彼は期待していた。この点において、T.S.エリオットの『キリスト教社会の理念』は、コールリッジの理念を受け継いだ現代の著書と言える。『教会と国家』の中で、社会の改善の役割を担う有識者の任務は、過去の文明の意味を再認識し、現在と過去を結び付け、長い人間の文明の流れに磨きをかけて、現在を未来へと関係づける法的権利と知識を、国民一人ひとりに広めることであるとコールリッジは力説している。

the objects and final intention of the whole order being these — to preserve the stores, to guard the treasures, of past civilization, and thus to bind the present with the past; to perfect and add to the same, and thus to connect the present with the future; but especially to diffuse through the whole community, and to every native entitled to its laws and rights, that quantity and quality of knowledge which was indispensable both for the understanding of those rights, and for the performance of the duties correspondent. (5)

　（この全体の秩序の目的と究極的意図は、過去の文明の蓄えを維持し、その宝庫を守ることである。このようにして、現在を過去に合体させ、それを完全なものにし加えていき、現在を未来に結びつけるのである。しかし、特に社会全体に、その法と権利を与えられたすべての住民に、その権利の理解とそれに伴った義務の履行に不可欠な量と質の知識を広めるということである。）

　現在を過去に照らし合わせて物事を慎重に考察することによって、現在の的確な把握と未来の予見を過去から教示されるというコールリッジの歴史哲学が生まれるのである。これはエリオットの文学論にも強い影響を与えた考え方であった。
　コールリッジによれば、聖書が示している歴史の教訓こそ、指導者層であるべき上流階級や知識人が何よりも学ばなければならない道徳的義務である。したがって、過去の事件に対する聖書の記録こそ神の言葉に他ならず、他のあらゆる歴史的事件とは厳しく区別され、無明の人間に対する貴重な教訓として人々に希望と救済を与えるものである。彼は『政治家提要』の中で次のように論じている。

that antidote and these means must be sought for in the collation of the present with past, in the habit of thoughtfully assimilating the events of our own age to those of the time before us. (6)

　（つまり、解毒剤やこのような手段は、現在を過去に照合するということ、すなわち、我々の時代の出来事を過去の出来事と比べて考察するという習慣に求めねばならないのである。）

　コールリッジは詩的想像力や形而上的思索を通じて、聖書に示されたキリスト教の精神と彼の理性論との密接な相互関係への認識を深めていた。人間の想像力も宗教的な理性の存在を前提としてはじめて可能となる。また、悟性と理性の精神機能は空想力と想像力の調和的補完関係の前提であり、両者の有機的関係が人間の精神機能にとって不可欠であることを意味している。この様な彼独自の思想構築の過程において、以前から傾倒していたカントの哲学の論理学的統制の傾向に対しては、生来のプラトン主義的思索の傾向や宗教観に基づく生命哲学の立場から徐々に彼は批判的になった。

V

　コールリッジによれば、機械主義哲学はあらゆるものに目に見える結果のみを求めるので、分類、遠近、因果関係、そして生成能力のない部分的事物のみに関わる足し算としての構成要素の

総和のみを正確に述べようとする死の哲学であり、生命的なものには何の関わりも持たないのである。このように、論理学的統制も機械主義的傾向を持つ点で、彼の有機的生命哲学とは相容れなかったのである。コールリッジの生命哲学においては、有機体の構成要素の相対的勢力は神の理念を示すように均衡を保ち、相互補完しながら高次な第三のものを生み出す。この生命哲学は神の法として相反する構成要素を包含しながら、さらに、別の次元の大きな包括的なものを産出するのである。コールリッジによれば、一者であり絶対者でもある神は、存在の根拠であり、同時に原因でもある。この神の理念を直観や霊感で把握することによってのみ、唯一客観的な第三の必然性に到達するのである。

　神の理念はそれ自体の証明であり、他に根拠を持たない必然性である。神の理念そのものがあらゆる可能な証明の根拠となり、理性がそれを信じ、その顕現を信じるのである。神において可能性は現実と必然性に同一化される。聖書は神性とともに唯一の神の存在を断言し、聖書に示された生命的な神の法が政治的で道徳的な英知の重要な根拠として、至高の存在と統治者を結びつけるものに他ならないと彼は次のように述べている。

Only by the intuition and immediate spiritual consciousness of the idea of God, as the One and Absolute, at once the Ground and the Cause, who alone containeth in himself the ground of his own nature, and therein of all natures, do we arrive at the third, which alone is a real objective, necessity. [7]

　（ただ唯一自己の中に自らの特質の根拠を包含し、その中にすべての特質の根拠を包含しているような、根拠であると同時に原因でもある一者で絶対者としての神の観念を直観と直接的な霊的知識で捉えてのみ、我々は唯一真の客観的な第三の必然性に到達するのである。）

　コールリッジは単に形式的なものとしての論理的必然性と数学的必然性の他に、さらに高次な唯一の客観的な第三の必然性の存在を力説している。唯一絶対者である神の観念を直観的意識で把握して生じる第三の必然性こそ、すべての存在の根拠であり目的でも原因でもあって、自らを証明するもので他の如何なる証明も必要とはしないのである。すなわち、神の観念はあらゆる証明の根拠に他ならず、理性はそれを信じ、その顕現を信じているのである。聖書においては、神の摂理が全体を構成し、各部の道徳的判断の中で全体をあらかじめ決定していくのである。このような神の観念が人間社会の法となって、世界全体を導くものとなることを彼は説くのである。

　コールリッジにとって、神の観念はあらゆる証明の根拠であり、すべての因果関係の必然性は、遍在する唯一絶対者としての神の観念に基づいており、この観念の中に含まれているのである。したがって、神において可能性と現実と必然性が合一するのである。聖書は唯一の生ける神の存在を断言し、至高の存在としての神の法と国家や統治者との深い結びつきが、道徳的で政治的な英知の重要な基盤となることを示しているのである。

　このように、聖書を中心とした思索を続けながら、思考と存在の関係を独自の言語哲学の中で把握し、カントの統制的原理に対抗して、宗教的信仰、文学的象徴論、歴史哲学、生命哲学など

の独自の立場をコールリッジは明確に論究したのである。言葉と思想の関係を宗教的思考と存在という独自の言語哲学で解明しようとする中で、彼は精神や意識を集約する言葉の集大成としての象徴論を構想したのである。聖書のヨハネによる福音書の「はじめに言葉ありき」の意味するものこそ、コールリッジにとって言葉の最も高度な象徴に他ならず、神のロゴスそのものを示すものであった。したがって、聖書は神の言葉であり、人間の歴史における生命的な永遠なものの象徴を示すものである。過去と未来が現在に包含されているという意味において、聖書に述べられた歴史は予言であり、聖書の予言が人間の歴史となるのである。現在する事物と人間が過去と未来、時間と永遠、特殊と普遍という相対性において二重の意味を持ち、現象であると同時に、永遠の理念の形象ともなるのである。この様な聖書の持つ特別な意味をコールリッジは次のように強調するのである。

the Sacred Book is worthily intitled the Word of God. Hence too, its contents present to us the stream of time continuous as Life and a symbol of Eternity, inasmuch as the Past and the Future are virtually contained in the Present. According therefore to our relative position on its banks the Sacred History becomes prophetic, the Sacred Prophecies historical,while the power and substance of both inhere in its Law, its Promises, and its Comminations. In the Scriotures therefore both Facts and Persons must of necessity have a two-fold significance, a past and a future, a temporary and a perpetual, a particular and a universal application. [8]

　（聖書は神の言葉と名称されるに価するものです。また、これによって、過去と未来が実に現在に包含されているが故に、その内容は生命との連続的な時の流れや永遠の象徴を我々に提示してくれるのである。それ故に、その川の土手にいる我々の相対的な立場にしたがって、聖書の歴史は予言となり、聖書の予言は歴史となるのである。この両者の力と実体はその法と約束と神罰の宣言に内在しているのである。その結果、聖書では事実と人物の両方が必然的に過去と未来、時間と永遠、特殊と普遍の適用といった二重の意味を持つのである。）

　真理とその象徴とが結合して作用するという意味において、聖書は神の言葉というに相応しいものとなる。これに反して、理念のない貧しき哲学は、貧弱で救いのない宗教を生み出す。このように、形骸化した宗教組織や虚構的儀式の悪弊を難じ、本来の素朴な儀式の神秘的意味や信仰のあるべき姿を説き、独自の神学的見地を彼は唱えた。そして、聖書の象徴を類推や隠喩や暗喩と取り違える教会関係者の多くの誤謬を彼は糾弾しようとしたのである。国家の栄枯盛衰の歴史的事例を聖書から取り出すコールリッジは、ユダヤの１２部族の変遷に関する記述の中に国家運営の指針となるべき英知を見出すのである。聖書の示す歴史こそ、真の人間の歴史に他ならず、物量のみの空虚な抽象に終始するのでなく、人間の精神が道徳や風習に与える重大な影響力を示すものに他ならず、また同時に、影響そのものの真の原因を示すものである。これが聖書の歴史の意味するものに他ならないないと彼は説くのである。真理とその象徴とが密接に結び合い、生

命的な永遠の象徴を示している点で、聖書は正に神の言葉に他ならないのである。

　コールリッジによれば、象徴と寓喩を混同する機械主義的悟性の蔓延のため、信仰は死滅に瀕しており、抽象的想念を絵言葉にした寓喩は、正に非実体的なものに他ならない。これに対して、象徴は現実に関与し現実を理解可能なものとし、全体を明示しながら、自らがその統一的全体の生きた部分として存在しているのである。

On the other hand a Symbol is characterized by a translucence of the Special in the Individual or of the General in the Especial or of the Universal in the General. Above all by the translucene of the Eternal through and in the Temporal. It always partakes of the Reality which it renders intelligible; and while it enunciates the whole, abides itself as a living part in that Unity, of which it is the representative. [9]

　　（一方、象徴は個における特殊の、また特殊における一般の、また一般における普遍の透明の輝き、何よりも一般的なものを通して、またその中に永遠の透明の輝きがあることによって特徴づけられる。それは常に現実に関与し、その現実を理解可能なものにしてくれる。そして、全体を明瞭にする一方で、それが代表となっている統一体の生きた部分としてそれ自身は存在しているのである。）

　理念のない哲学は神の理性不在の不幸な宗教を生みだし、象徴と寓喩を混同し、機械的悟性によって抽象的想念という非実体に終始する。象徴は特殊によって普遍を示し、時間的存在から永遠を見せるもので、常に真の現実性を伴ったリアリテイに関わっている。この様に象徴は個を通して全体を明示するが、自らがその代表として統一体の中の生命的な一部として存在するのである。これに対して、寓喩は空想による幻影にすぎないと彼は説いた。

VI

　コールリッジは象徴的言語機能の具現として聖書を捉え、人間の想像力を中心とした認識論の根底に宗教的の理念を置いた。彼の思想に見られる諸学の統合的特徴は、様々な経験世界を統一的精神世界の見地から全体の相として眺めるために、文学や社会批評に心理学や神学、そして形而上学を導入したことである。彼にとって、詩は哲学と宗教の融合として成立するべきであった。特に、後年に至って、宗教的原理に基づく神の理性の確立を論究し、想像力で読み取る聖書学を基盤としたコールリッジの宗教的理念をもたらした歴史哲学や生命哲学は、後世の神学にも大きな影響を残したのである。

　コールリッジによれば、歴史的事実としての聖書は西洋の道徳と知性を高めてきた重要な感化手段であり、現代の知識や文明は聖書に多くの部分を負っているのである。聖書においては、必然性と自由意志が遍在する神の摂理によって調和し、あらゆる人物が自立した個人として独自の全一なる生命を持ちながら、それぞれの自由な道徳的判断において全体があらかじめ構成されていると彼は次のように力説している。

In the Bible every agent appears and acts as a self-subsiting individual: each has a life of its own, and yet all are one life. The elements of necessity and free-will are reconciled in the higher power of an omnipresent Providence, that predestinates the whole in the moral freedom of the integral parts. Of this the Bible never suffers us to lose sight. The root is never detached from the ground. It is God everywhere: and all creatures conform to his decree, the righteous by performance of the law, the disobedient by the sufferance of the penalty. [10]

　（聖書では、あらゆる人物が自立した個人として登場し行動している。各自が独自の生命を持ち、しかもすべてが一つなる生命に他ならない。必然性と自由意志の要素は、遍在する神の摂理という高次の力の中で和解され、その摂理が全体をなすに不可欠な部分の道徳的自由の中で、全体をあらかじめ決定しているのである。このことを聖書は決して見失わせて苦しめたりはしません。根は地面から離れたりしません。神は至る所に存在しており、正義は法の履行によって、また不従順は罰を受けることによって、あらゆる被造物は神意に従うのである。）

　聖書は常に人間を導き、遍在する神はすべての被造物を正義へとまた罰へと神意に従わせるのである。したがって、聖書は神の啓示であり、人間を教示し善へと導くものとして、神の力によって人間の手が書いたものだとコールリッジは断定した。要するに、聖書は本来の意味を逸脱して解釈すべきではなく、聖書の言葉や予言は人間の意志によるものではなく、人間が神の力によって神の言葉を書き留めたものに他ならないのである。啓蒙思想の余波として生まれた懐疑主義は、無神論や理神論をもたらし、神の聖霊や霊感などは批判されるか無視されたが、彼は敢えてキリスト教の伝統的教義の意味を再評価し、想像力によって聖書の中のイエスの言葉に新たな解釈を求めたのである。欽定英訳聖書を愛読したコールリッジは、特にパウロとヨハネに神のロゴスを学び、不可視の神はあらゆるものに先んじて存在することを説いた。

　キリストを単に人間として見るのではなく、聖書の象徴の意味を明確にすることの重要性を彼は解説したのである。救世主キリストへの信仰を歴史的展望において捉えた時、現実の歴史との軋轢が生じることがあっても、救世主キリストの出現は人類救済の歴史的事項に他ならないのである。コールリッジによれば、聖書の記録は、神の言葉によるものであり、信仰の対象として書かれたものであり、正にそのために、至高の存在としての神の法と国家の統治者との連携が、他の何よりも道徳的で政治的な英知のための最も重要な不可欠要素に他ならないのである。

　このために、思慮深く無心に聖書を熟読し、謙虚に物事を捉え、真剣に真理を問い続ける習慣を身に付けることの意義をコールリッジは説き続けたのである。そして、神の神秘に対する完全な理解や認識に至るために、知的把握と霊的直観が体験によって生命的な知識として人間の中に生き続けることが必要であることを彼は主張した。神の神秘には人間の英知としての生命的な知識のすべてが秘められているのである。すなわち、神を真に認識するための英知と啓示の霊的直観としての信仰の不思議によって、悟性の眼を理性の心の眼によって導き広げる習慣を人々に説

くことがコールリッジの最も大きな目標であった。

　このような人間にのみ、生命的な知識は最高度に豊かな悟性となり、信仰に到達するのである。そして、魂の完成としての究極の至福は、永遠不変の源によって真理を直観的に観想することである。神を知るという信仰は、認識と所有とが同一不可分となる生命的で霊的な行為である。それは不可知の充溢において、無限の透明性として神を認識する行為である。

　コールリッジにとって、聖書の研究は政治学の基本原理を明らかにするものであって、現在に未来が予見でき有限に無限が潜在するという生命的な実在に関わる学問である。あらゆる存在の神秘は、時間的には、過去へと原因の無限の遡及として、また、未来へと結果を無限に生み出す過程として悟性に映し出される。空間的には、現象的時空間を超越した真の存在の深みを捉えた時、その存在の神秘が個における全体の内在として純粋理性に示されるのである。

注

（1）　R.J.White (ed) *Lay Sermons* (Routledge, 1972) pp.28-9.

（2）　*Ibid.*, p.7.

（3）　E.L.Griggs (ed.) *Collected Letters of Samuel Taylor Coleridge* (Oxford, 1966) vol.I., pp.354-5.　(Oct.,16. 1797)

（4）　R.J.White (ed.) 前掲書 p.89.

（5）　J.Colmer (ed.) *On the Constitution of the Church and States* (Routledge, 1976) pp.43-4.

（6）　R.J.White (ed.)　前掲書 p.9.

（7）　*Ibid.*, p.32.

（8）　*Ibid.*, pp. 29-30.

（9）　*Ibid.*, p.30.

（10）　*Ibid.*, pp.31-2.

第一章　コールリッジの超自然世界

（1）

　コールリッジの代表作として有名な「老水夫の歌」においては、象徴としてのアルバトロスの存在が重要な役割を果している。老水夫はこの鳥の殺害を何の説明もないままにしており、その明確な動機を見つけ出すことはできない。この鳥の射殺は一見ほとんど罪悪というには些細なことのように思えるが、詩の象徴という次元では、日常社会の基準以上に罪深いこととして取り扱われる。倫理的観点から見て、その弱小さ故に、アルバトロス殺害の行為が、かえって逆説的に万物の生あるものの統一を強く暗示する汎神論的自然の倫理性を強調するのに極めて適切であると言える。アルバトロス射殺に対して老水夫が受ける途方もない罰のことを考えると、この鳥の持つ象徴としての意味は無視できない。アルバトロス射殺の行為の持つ意味を理解しなかった老水夫は、宇宙的調和の中に内在する生命の尊厳の重大さに気づかなかったのであり、この様な生命の内在面や超絶的調和の感覚が、その後の彼のヴィジョンに付きまとい続けることになる。善兆の敬虔なる鳥を殺したことによって、熱帯の赤道下を照らす太陽は輝く善の存在から血の様に赤い不快で邪悪なものに変化する。また、沈み行く美しい夕日は、小さく際だって血の様に赤い太陽とは全く異なったものである。しかし、老水夫の苦悩は偉大な自然宇宙の秩序から離脱した行為に伴う冷厳な結果として認められても、伝統的キリスト教の神によって故意に課せられた罪滅ぼしの苦行として認めることは難しいといえる。実に重い罰が与えられるという行為そのものの象徴的性格を考察すれば、必ずしも伝統的キリスト教教義では説明しつくせないものを含んでいることが分かるのである。アルバトロスは最初人間との関わりの次元で登場するが、太陽や月や雲といった自然界に力を及ぼし，さらに、超自然と深い関わりを持っていることを示している。この鳥は物質的な生命と同時に超越的な生命の象徴としての意味を持つ。

> The ice was here, the ice was there,
> The ice was all around:
> It cracked and growled, and roared and howled,
> Like noises in a swound!
>
> At length did cross an Albatross,
> Thorough the fog it came
> As if it had been a Chritian soul,
> We hailed it in God's name.　(11.59-66)

　南極の氷のイメージが示す冷徹な自然の相としての非生命、非人間性の中にあって、この冷たい物質世界と船の意味する人間社会との間に介在する重大な象徴としてアルバトロスが登場する

のである。老水夫がこの鳥と特別な親交と信頼関係を持つのに対して、他の仲間の水夫は単に迷信の対象としてしか理解しなかった。老水夫は他の仲間の水夫達とは異なったタイプの人間として意図的に描かれているのである。アルバトロス射殺によって、老水夫は仲間から疎遠な存在となり、ついには仲間の死後も唯独り生き残ることで完全な孤独に陥るのである。仲間の水夫達の死後も生きながらえる老水夫の姿は、彼が何らかのヴィジョンを持つべき選ばれた人間であり、日常的感覚を絶対視するような迷信の奴隷ではないことを暗示している。日常的習慣を代表する水夫達の迷信を無視した老水夫は、実在的な正当性を保持しているが、鳥の殺害では大きな問題を提起することになる。水夫達は自然界の事象に対して迷信的であるが、特にこの鳥については迷信的信仰をもつ。アルバトロスは大きな珍しい種類の鳥であり、不思議な人里離れた所に生息している。このような生態の鳥はコールリッジにとって無言の慈悲を施す鳥であり、彼の詩心を喚起するものとして彼を捉えなかったはずはなく、彼の想像的創作の重要な象徴となったのである。この鳥と詩的想像力との結び付きがコールリッジの内的必然性から生じたことは、次の詩の一節からも知ることができる。

> And I had done a hellish thing,
>
> And it would work'em woe:
>
> For all averred, I had killed the bird
>
> That made the breeze to blow.
>
> Ah wretch! said they, the bird to slay.
>
> That made the breeze to blow!　　(11.91-96)

　一般的にも鳥が想像力や詩的精神の象徴になることはよく見られることである。また、コールリッジは佳作「エオリアの琴」でも明確に示しているように、詩的霊感と風とを密接不可分なものとして強く結び付けているのである。それ故に、老水夫のアルバトロス射殺の行為の意味は重大であり、恐ろしい結果を引き起こすことになる。老水夫が無害無垢の鳥を射殺したことは、善兆の敬虔な鳥を無慈悲にも殺害したことであり、この時自分の行為の意味する真に残忍なことに何等気づかないのである。単調な航海の慰めに鳥に餌を与え、老水夫は飼い慣らした鳥をもてあそんで理由もなしに殺してしまう。仲間の水夫達とともに単なる祝祭的余興であったものが、陰惨な悲劇にまで発展することになる。老水夫の航海はこの鳥の殺害に対する罰としての厳しい試練と受難の旅であり、その行為の真に残忍なることを認識するための過程である。老水夫に厳しい試練をもたらした行為は明確であるが、その様々な苦行とヴィジョンとの関係は必ずしもはっきりしているわけではない。詩中で続発する超自然現象が老水夫のみならず、読者の論理的判断をも拒絶するのである。

　アルバトロスが示す自然の法や生命の尊厳に無知であることによって犯した罪は、容赦のない罰と厳しい悲劇的受難でその報いを与えられる。鳥を厚遇した後に裏切る人間の身勝手な残忍さを意味する射殺の行為は、人間の悪を象徴し、老水夫に鮮烈な罪の意識を植え付けることになる。

理由もなく鳥を殺す行為には、人間の無意識の底に潜む心の危険、人間性の深淵に潜む邪悪が象徴されており、詩中の超自然現象は人間の心の裏側と自然の裏側とが呼応しあう宗教劇を思わせる。自然界の穏やかな様相の下には、宇宙世界を構成する冷厳な哲理がある。このような宇宙の哲理によって、各々の生命は調和と均衡の中で生きているのである。あらゆるものを抱擁しようとする大海原は、宇宙の大きさそのものを暗示しているが、アルバトロス殺害によって抱擁への期待を裏切られたことによって復讐の海に変貌する。水夫達はまだ誰も行ったことのない悪夢のような形而上的大海原へと船を乗入れたといえるのであり、その大海溝の奥底から船をめがけて精霊が付きまとうのである。空も海も人間の無理解に復讐の施風と波を見せつける。また、老水夫が航海する海は、文学、神学、哲学の三つの大きな流れとこの三つの流れの交流が引き起こす渦動現象から織り成される複雑で豊穣な容積と重量を担った宇宙的大海でもある。仲間の水夫達とともに偏狭な日常的意識で満たされた老水夫の人生は、非難されるべき誤謬というよりも、宇宙的な真理が何時か彼を選んで苦行させるために無庇のままで保存しておいてくれた未完の状態と言ってよい。

　仲間の水夫達の皮相的な意識の影響下にあって、老水夫は生命の均衡の哲理を破り、何の落度もない清純な鳥の生命を理由もなしに奪い去るのである。それだけに、この行為に示された人間の根元的悪は、救いのない容易ならざるものである。しかし、悪は完全に善と区別されたものとしては表現されず、むしろ善の歪んだものとして存在することが暗示されている。この意味において、悪は粉砕するべきものではなく、鍛え直し調整して本来あるべき至上の状態としての善まで高められねばならないのである。雲や霧でヴェールを掛けられた太陽や月のイメージは、皮相的には悪として写るものが実は善の歪んで見えるものであるとする作者コールリッジの暗示的手法による表現なのである。アルバトロス殺害によって、詩は悲劇的受難の地獄の世界を醸し出すことになる。船は停止し、赤道直下に狂気の様な渇きが襲い、まったくの無音の沈黙の海は、腐敗し異様な燐光を発する粘液質の恐怖の海に変貌してしまう。照りつける赤道の太陽と厳しい渇き、際限のない単調な時間、計り知れない広大な海の真中で完全に停止した船を襲う無限の沈黙の最も恐ろしい形が詩中を支配することになる。このように全てが異様に静止した沈黙の海に幽霊船が音もなく超自然的速度で登場する。この幽霊船出現に老水夫は自分の腕を噛み血を吸って声を絞り出す。しかし、救いの兆しの歓喜は絶望の淵に突き落とされる。幽霊船を見た時の恐怖の老水夫は、単に眼前の恐怖とは異質なもの、やがては確実に恐怖に変わるある種の複雑な予感、何か自分の未来に重大な関わりを持つものを念頭に思い描いたのである。幽霊船でのダイスゲームによって、人間の運命を決しようという不条理は、人間の知性では予想したり計算したりできない偶然性と翻弄される老水夫の受身の立場を強調することになり、人間の理解そのものを拒絶する様な超自然世界の感覚を鮮明に表現すると同時に、冷徹な罰と復讐が人間の理解を超えた姿を取って現れることを暗示している。死中の生が与えられた老水夫は、神の名を口にしながらも自分の中に起こる不思議な心の動きの理由が分からず、自ら振り返って見て、前触れのない突然の海蛇への祝福を超自然の力の影響だと思うのである。このように、老水夫の運命を決するのは伝統的なキリスト教の神の摂理ではなく、賭博、即ち死神の死とその連合いの死中の生との間で

行われるダイス・ゲームなのである。死中の生の悪夢である幽霊女の容貌は鮮烈な描写で示されている。

> Her lips were red, her looks were free,
> Her locks were yellow as gold:
> Her skin was as white as leprosy
> The Night-mare Life-in-Death was she,
> Who thicks man's blood with cold.
>
> The naked hulk alongside came,
> And the twain were casting dice;
> 'The game is done! I've won! I've won!'
> Quoth she, and whistles thrice. (11. 190-198)

　死中の生の世界は伝統的宗教観では説明し尽くせないコールリッジの独創的な究極の悪夢の領域である。そこには善悪の彼方にあるディオニソス的な力、即ち意識的知性よりもっと暗くて深い普遍的なカオスの力に対する彼の認識がある。鳥の射殺によって老水夫に与えられた精神的地獄や暗いビジョンは、宇宙の秩序が良き有機的原理であることを止めてしまった結果であり、現実感や苦痛感さえ失った悪夢の状態と言えるのである。そこに表現された異様な心象群、謎めいた起承転結等は、通常の解釈を拒絶し、論理を絶した現象の続出に崇高な予感さえ与えようという作者の芸術的意図から生まれたものである。すなわち、読者の心に精神の力強い活動を生み出し、しかも何等明確な合理的意味を伝えないような超自然世界をコールリッジは構想したのである。この詩の謎めいた雰囲気や意識の薄明状態が解釈の多様性を生み出しているのであり、作者に明確な作意が欠如していたわけではない。むしろ、彼の長年に及ぶ深く考え抜かれた文学観に基づく詩作であったことを銘記しなければならない。超自然現象や異国的情景や遠い太古を思わせる世界等の描写には、様々な異様な表現が網羅されているが、この様な神秘的直観の世界を表現し伝達する時でさえ、コールリッジの人と思想が一貫して絶えず詩作の底流に存在しているのである。意識的思考の成果は詩人の感情に働きかけることを通じて、間接的に偉大な詩の創作に生かされるのであり、あからさまな教訓や生硬な体系的議論等で詩の流れが乱されたり、情緒的効果が減じられたりすることが無いように彼は最大限の注意を払っているのである。このように、一見不条理に満ちた詩中に埋もれた合理性とディオニソス的混沌の究極的領域は、コールリッジの文学理論の本質や作品構成上の諸要求の相互作用と密接に結び付いているのである。

　恐怖と苦悩の中で祈りも安逸な眠りさえ与えられないという死中の生は、老水夫に絶えざる生の覚醒と死の意識を送り込むことになる。さらに、詩中全体に蔓延する曖昧さや不確定性、そして一種病的で異様な雰囲気が神秘的な未知の感情を喚起することになる。「クリスタベル」において魔性のジエラルダインに翻弄される無垢のクリスタベル姫が、常に受身の立場の犠牲者であ

ったように、無意識的な無知から出た罪に対する罰を多種多様の不可思議な精霊達から受ける老水夫も徹頭徹尾受身に終始しており、何か巨大なカオスの力の影響下にあって宇宙に内在する不可視の存在様式の可能性に覚醒するのである。また、超自然の中へ終始受身の状態のまま自己を晒すことによって、日常的自我意識の破壊や自己中心的思考の中断や喪失が起こり、潜在的能力が予期せぬ時と場所で老水夫の身に発生することになる。超自然的現象の航海という破壊的要素によって、極限的な経験を経てきた老水夫は、もはや日常的現実には定住できない。また、日常的意識の絆に縛られている限り、宇宙的規模の広がりの中に身を委せることもできないのである。日常的規模を隔絶した大きな広がりの中で、日常的社会で意味を持つ個性や自我は消滅し、自己喪失の状態が宇宙との融合の機縁を招来するのである。老水夫が船の超自然的速度によって失神する場面や、極度の渇きと恵みの雨の中で眠りと言うよりは失神のような睡眠状態に陥る場面等は、正にこの事の例証である。コールリッジの主な関心事は、どれだけ自然から遠く逸脱できるかではなく、どれほど超自然的真実に迫れるか、また、読者の心にどれだけ作者の意図する覚醒を喚起できるかという点にある。老水夫の夢想世界は体系的解釈や論理では、その意味が汲み尽くせないような詩の世界であり、意味深く怪奇な考察に基づく作者の意識的創作による作品である。永遠に真実な世界を象徴によって表現する際、必然的に直接的な感覚に映る現象世界を退け、通常の物質世界を作り直すことを余儀なくされるのである。コールリッジの超自然世界はこのような意味において成立しているのである。

　ワーズワスと違って彼は神秘的経験を直接的な自然物の影響力に結び付けず、むしろ精神の内奥の根源から発するものと見なしたのである。したがって、彼の超自然世界は自然物を第一義的に内的原理の象徴と見た結果であると言える。コールリッジにとって、生粋の象徴やイメージであるための基準は、その非経験的特質であり、それが絶えず超自然的なもの、超絶的要素を暗示しなければならないのである。無限のものを暗示する事象として、「老水夫の歌」では現実の海以上に広い大海が強調され、「クプラ・カーン」では人間には予測できない洞窟の未知性が描写されている。また、霊的なものは鳥、太陽と月、風等、謎めいたものは霧、雲、夜の森、地下を流れる河等によって、詩中において見事に表現されているのである。「老水夫の歌」を始めとする代表作にコールリッジの芸術的特徴が鋭く表現されているのは、彼が自らの特質を深く理解していたからに他ならない。超自然の描写が自然を想像力によって贖うものとして見れば、罪を贖う罰のように、超自然は自然に対置するものとして非常に興味深いものがある。幻想的な超自然界にあって、老水夫は冷気や熱気を含んだ清幽な大気を呼吸しながら、超自然との交感によって、行く手に現れる諸相を彼自身の心の暗示を受けた一種の内面世界の予示として受け止めるのである。何処ともなく到来して無残に殺害されるアルバトロス、緑色に輝く氷山、流氷の轟、霧に包まれた荒涼たる南極、玉虫色に輝く広大な大海原と腐敗し燐光を発する海、絵の中の船のように赤道の灼熱の太陽の下で完全に停止した船、老水夫を失神させる恐ろしい船の疾走、様々な不可視の精霊達、不気味に動く死体の群れ等、このような詩中における象徴やイメージの作り出す超絶的雰囲気と現実的物質世界との相克が、読者に衝撃的効果を与えるのである。それが彼の詩の世界の特性を如実に示していると言える。老水夫の罪と罰の航海の底流には、この様な幻想とし

ての真実性が込められており、超自然の不思議な出来事の体験は、宇宙との一体感を瞬間的に感知するヴィジョンを生み、宇宙的無限との出会いは生命と自然、内在面と外在面、主観と客観等の合一を果たすべき瞬間である。その融合の一体感にコールリッジ的なエクスタシーが存在するのである。「老水夫の歌」も遠い古代からの微かに聞こえる音信であり、遠い昔の時代の暗示が、詩人に深い瞑想性をもたらしている点では、「クブラ・カーン」におけるクビライ汗が詩人に詩的想像力を喚起しているのと同じである。有限的個の存在から解放された詩人は、深くて広いヴィジョンの瞑想の中で、時間と場所を超えた生命的調和と融合に目覚めるのである。

（２）

　アルバトロス射殺に対する冷徹な罰の結果、老水夫の周囲には沢山の死体が横たわり、その眼はことごとく事件の発端となった老水夫に向けられて呪っている。老水夫は辺り一面に自分自身の振りまいた孤独と寂寥の匂いを嗅ぎつける。多数の死体に取り巻かれた老水夫は、船に幽閉されて生きながらえており、罪の意識と孤独に悩まされることになる。死中の生の呪いが究極的な超自然の幻想世界を生み出していく。極めて鮮烈な恐怖と孤独、罪への苦悩と生への熱望が、狂気と死の世界へと読者を導き、コールリッジの悪夢の世界、死中の生の究極的領域が出現するのである。これは単に彼の頭脳が考え出したものというよりは、もっと彼自身の体験に密着した苦悩を表現しており、壮大な構想を実現し得なかったという自責の念、罪の意識、無力感などの本質的な真髄を示す究極の表現でもある。また、彼自身の体験の詩的表現であるばかりでなく、この作品は彼の人生の恐るべき予言とも考えられる。佳作「眠りの痛み」でも、"The unfathomable hell within" (1. 46) という表現が示すように、老水夫と同じ混乱、困惑、苦悩に満ちている。さらに、コールリッジが「青春と老齢」の中で、"This body that does me grievous wrong"(1. 9)と述べた様に、虚弱な肉体が彼の才能を蝕み、約束された業績を残すことなく無益に歳月を費やしているという彼の痛切な罪悪感は、彼の膨大な著書や講演の実績を思う時、常人の想像を超えたものがあると言える。

　しかしながら、実際、『文学的自叙伝』の中で述べられた約束事が実行されなかったり、『ロゴソフィア』は結局、幻の大著に終わってしまったというような無頓着さ、確固たる意志力の欠乏、緻密な計画性の欠如、彷徨うような移り気といった傾向が彼にはつきまとっていた。コールリッジが自らの詩人としての終末を実感していたとしても、詩的想像力の霊感の源泉を何時枯渇させてしまったのか知る由もなかった。同じように、アルバトロス射殺は気まぐれで不必要な行為であり、避けるべきことであった。後悔と自責の念を深めるような事柄が、コールリッジの人生にも老水夫の航海にも全く凄惨な悲劇を生むことになったのである。詩的想像力の衰えの過程が、「老水夫の歌」の中に予感されるとすれば、後年彼はこの過程が進行した時、「クブラ・カーン」の中の詩的霊感の源泉である聖なる河アルフが、迷路のようにうねり流れて、太陽の光も射さない死の海へ流れ落ちていく様子も、正に彼の人生の詩の源泉が沈んでいくことを暗示したものと感じたことであろう。

Five miles meandering with a mazy motion

Through wood and dale the sacred river ran,

Then reached the caverns measureless to man,

And sank in tumult to a lifeless ocean:　　(11. 25-8)

　1804年3月のハンフリー・ディヴィーへの書簡で述べているように、強靭さのない力を自認するコールリッジには、常に実行不可能な程の壮大な構想と豊かな才能があったが、計画不履行の無力感が罪の意識を倍加させていた。生来の病弱な体が彼の才能に与えた影響も大きかったし、家庭的にも夫婦の不和などが伝えられており、決して恵まれた環境とはいえなかった。詩的想像力の喪失を歌ってあまりにも有名な「失意のオード」の次の一節は彼の苦悩の本質をよく説明している。

But now afflictions bow me down to earth:

Nor care I that they rob me of my mirth;

　But oh! each visitation

Suspends what nature gave me at my birth,

　My shaping spirit of Imagination.

For not to think of what I needs must feel,

　But to be still and patient, all I can;

And haply by abstruse research to steal

　From my own nature all the natural man —　　(11. 82-90)

　コールリッジの想像力の形成的精神を停止させる原因ともなった様々な苦悩や不幸は、彼を哲学的思索へとさらに一層駆り立てることになった。哲学の迷路の中をさまよい、徐々に生来の自然的本性を失い、形而上学の不毛の抽象から逃れようと、頭脳と感情の調和的融合に苦悩した彼の姿を窺い知ることができる。論弁的精神態度が詩人の創作活動には必ずしも益とはならず、想像的作品に有害な結果をもたらしたという彼の苦悩は、想像力という造形する魂を神性にして非合理な不可知の精神活動と捉える考え方を生み出した。このような苦悩は、詩人である以前に哲学者でもあったコールリッジにとって、生涯追究すべき重大な問題となっていたのである。彼の詩作品の中の超自然は、ある意味において論弁的思考や哲学的思索に対する反動として見る事もできるのである。このように、詩中において想像的飛翔と哲学的思索の対立と和解というコールリッジ的な主題が多面的に取り扱われているのである。故意に念入りに構築された超自然現象の異様さは、形骸化し死滅した自然界と不毛の体系的思考に対する彼の拒絶を如実に表している。彼は合理的思考に満足できなかったが、それなしで済ます事もできなかった。合理性に反発しながらも、体系的思考の理知性と神秘的直観の非合理性、理論的論証と異様な未知の存在様式といった人間精神の堅固にして抜きがたい対極性に注目し、両者の調和的和解に苦心するコールリッ

ジであった。「老水夫の歌」は他の様々な特質の中でも、彼の初期の苦悩を表しているばかりではなく、その後の苦悩も予言している点で、彼自身の内面にある本質的な問題が無意識に投影されているのである。この作品の作者の個人的な意義を理解すれば、詩中に漲る異様な熱情の源に重要な解明を与えることになるし、終結部で示された教訓とモラルの意味の含蓄も深みを増してくるのである。コールリッジのモラルとは、人間と自然世界との悪循環を断ち切って、全てのものとの宇宙的調和と融合の中で生命を自覚し、あらゆる瞬間を決して繰り返されることのない貴重な時間として認識する力である。このモラルは精神を凌駕する日常的習慣という怪物からの意識の離脱を促し、習慣からの逃避も、習慣への逃避も認めない峻厳たる教えである。

　あくまでも詩自体の分析や解釈の重要性が第一であることは否定できないが、詩作品を通してコールリッジの人間的本質に触れ得る機会を持つならば、超自然に潜在する彼の思想の真髄に迫ることにもなる。彼を真に理解しようとする試みの中で、作品をある種の共感と同情を持って見つめることで、新たな解釈の可能性が生まれてくるのである。彼は生涯肉体的病弊に悩まされ、常に苦悶し、憔悴し、取り憑かれていたが、にもかかわらず、彼の残した作品の量と質は眼を見張るものがある。彼は怠惰に耽っていたわけではない。彼の才能と使命感、倫理意識があまりに壮大で厳格であったのである。コールリッジにとって、詩心の飛翔を意味する鳥は、かつて訪れたことがあったが、老水夫と同じく、善兆をもたらす敬度な聖なる鳥を無慈悲にも殺してしまったのである。この事が彼の生涯に付きまとった自責の念と悔俊の情をもたらし、憑かれた魔性の詩魂を形成するに至ったのである。したがって、死中の生にはコールリッジにとって原罪と贖罪の入り交じったものがあり、老水夫の物語は作者の自責と孤独の体験を背景とした究極的な地獄を意味している。ヴィジョン喪失の世界では、太陽は単に熱と怒りとしてのみ出現し、報いとしての罰は灼熱の太陽の下で行われ、救済の働きやヴィジョンの回復と精神的覚醒は月の下でなされる。月は常に慈悲的なものの象徴であり、死や呪いに直接関係しないが、老水夫に訪れる精霊の復讐を予示するのは、弦月の先端の間にかかる星である。沈黙の海が不気味な粘液質の恐怖の海に変貌するという異様な超自然世界にあって、老水夫は死体となった仲間の水夫達を惜しみ、その息絶えた存在を美しいものとして把握する。この不思議な認識は後の海蛇に対する無意識的な祝福の行為への前触れとなっている。そして赤道下の沈黙の海に至る老水夫の航海は、船の儀式的な運行様式や超自然的な速度と停止の中で、宇宙の静寂なる秩序と遭遇する過程を示している。しかし、燐光を発して不気味な粘液質のものが生きている恐怖の海は、不快な無秩序な世界であり、不吉で陰惨な紋様を示している。

> The many men, so beautiful!
> And they all dead did lie:
> And a thousand thousand slimy things
> Lived on; and so did I.
>
> I looked upon the rotting sea,

And drew my eyes away;

I looked upon the rotting deck,

And there the dead men lay

I looked to heaven, and tried to pray;

But or ever a prayer had gusht,

A wicked whisper came, and made

My heart as dry as dust   (11. 236-247)

　あらゆる物が本来の意味を失って、調和も統一も欠いた世界では祈りも救いも与えられないの
である。沈黙の海の静寂の世界は、不変不動の美しい結晶体が崩壊するように消え失せ、戦慄と
恐怖の異様な呪いの世界が出現するのである。無数の粘液質の生き物で占められた恐怖の海は、
生命力の涸渇から生じる陰惨な病の海である。このような中で華やかすぎる海蛇の豊かな色彩の
模様と黄金の炎は、老水夫の暗い屈折した感受性に平衡感覚を与えることになり、心の清深な緊
張の中で彼は内奥の深くて広大な闇を看取し、彼の存在の核はさらに闇の向こう側に一際親しい
存在の故郷のようなものを予見したのである。海蛇の示す美には確かに老水夫を魅惑するものが
潜んでいたのである。海蛇は複雑な色彩を放った。それはある意味において絶美の世界を示し、
老水夫の心に確かな作用を働きかける点で、美の要請、美の倫理、至上美の究極的性質であり、
ひいては芸術の倫理にまで至る超絶的認識である。老水夫は厳しい煉獄の中で虐げられた奴隷の
ような形を強いられて、しかも神聖な美の極致を垣開見るのである。激しい渇きなどによる人間
の肉の凌辱を通して、いわば老水夫はその肉を離脱したのである。それはある意味において、厳
しい地獄と煉獄の試練の果ての究極的な孤独と苦悩の領域において、天上の至福の瞬間を経験し
た者に与えられた神性のヴィジョンであり、言葉の魔力を授かった老水夫の本質には、この至福
の記憶が内在しているのである。かくして、彼は真にロマン的な永遠の巡礼者となるのである。
　このように煉獄で厳しく痛めつけられ辱められた肉体は浄化されて、もはや老水夫に所属する
ものかどうかも定かではなくなり、究極的な領域において、今までに体験したことのない清明な
調和と統一感を瞬間的に垣間見る次元にまで達するのである。それはあらゆる存在を包含する宇
宙との遭遇であり融合である。また、あらゆる事物は神の本質を成す属性の様態に他ならず、存
在の未知の様式の中に神を垣間見る刹那が生まれるのである。神はその本質を表現する無限の属
性の無限数を持つ実体であり、その崇高なる力、即ち、その無限なる自然から限りなき存在が限
りなき仕方において必然的に生まれてくるのである。このような意味において、老水夫の海蛇に
対する祝福は、一種の直観知であり、神への知的愛へと向かう心の活動を招来するものとなる。
この時はじめてアルバトロス殺害による呪いが消滅するのである。しかし、老水夫の煉獄はなお
も続くことになる。

Oh happy living things! no tongue

Their beauty might declare:

A spring of love gushed from my heart,

And I blessed them unaware.

Sure my kind saint took pity on me,

And I blessed thern unaware.

The self-same moment I could pray;

And from my neck so free

The Albatross fell off, and sank

Like lead into the sea.　(11. 282-291)

　個が個であることをやめ、人間が人間たることを止め、様態が様態であることをやめて、無我無心の境地で無限なる属性の中に消え去り、神そのものと一体となって融合しない限り、直観知、即ち、神への知的愛は成立し得ないのである。宇宙的調和と統一を地上の調和と統一にも求めようとする老水夫にとって、彼があるべきと考えるものは決してこの世には存在しない。しかし、何かが存在しない不毛の地ならば、彼にとってそれが存在すべきであった。無知無教養であるはずの老水夫が、無意識裡に何かに取り憑かれたかのように、このような哲学的考察を実践している姿には、思想の冒険者としての知的孤独の物悲しい影が付きまとっているのである。少なくとも、彼の最大の関心事は、存在の未知の深淵への下降の倫理的で実存的な意味であり、存在の最も高貴で微妙な部分は結局のところ孤独であるという動かしがたい事実が、詩的感銘をもって伝えられるのである。夜の相、存在の深淵への降下が、実存的な意味を持つ時、超自然の海や無辺や彼岸の中に自己を溶解し果てることが、意識からの解放に結びつき、個体の限界を超えて無辺の無意識と合体する無上の歓喜の瞬間が訪れるのである。それは単なる存在の夜へののめり込みや死との恍惚たる融合を意味するものではない。確かに、「老水夫の歌」の呪いと救いの図式や、「クブラ・カーン」の意識の薄明状態での幻想の中には、死としての夜の存在様式、無としての海、未知としての異国への傾斜、そして魔性の歓喜、地下の流れ、破壊的エネルギーへの傾倒等が見られる。コールリッジが夜、海、無との融合を求めて内面に深く降りて行く時、彼を想像力の奔放な解放から引き留める過敏な宗教観、罪の意識があった。夜と昼、闇と光の和解を求めながらも、彼は想像力と理性との和解の可能性を信じて、これを要求したのである。無意識へ個体性を溶解させて真の自我の自己実現を計りながらも、存在の夜の相に未知の果実を求めていくことに鋭い罪悪感をも抱いていた彼にとって、根源的な対極の和解は痛切なる課題であった。この絶対的実存を直観視することができれば、太古の無名の老水夫の心を一種の神聖な畏怖の念と共に理解することになるのである。この意味において、老水夫の物語は太古の賢者の教えに近づくのであり、「クブラ・カーン」終結部の孤高の理想的詩人像にも迫るのである。そして、聞き手である婚礼の客の心に神秘的な未知の感情が喚起される。老水夫の煌めく眼は、このような究極的な世界を体験した者の眼である。アルバトロス射殺、幽霊船、沈黙の海などは、総て日常的世

界から遊離した未知で不可思議な物としての幻想的超自然の諸相を表しており、コールリッジに
とって哲学や宗教との関わりからの詩的表現として、人間の意識の深層や説明されがたい存在の
闇の領域を示している。老水夫が無意識に海蛇を祝福する行為は、純粋な感覚的恩寵による主客
合一の認識を示しており、コールリッジの哲学の対象であると同時に、宗教的瞑想の対象でもあ
る。スペンサーは認識において本来あるべき主体と客体の合一について次のように述べている。

> Thus the product in any given act of perception is a modified combination of the percipient
> and the thing-perceived and is, as Coleridge asserts in Biographia Chap XII, neither a subject
> (perceiver) nor an object (thing-perceived) exclusively, but rather the most original union of
> both. [1]

　霊感や神来としての主客合一の境地は日常的意識や世俗的価値観からの離脱を促し、対象に向
けられた全存在的なアプローチによって、日常的理解を超えた洞察が果たされ、宇宙の静寂と秩
序を感知し、存在の闇の領域や無限的世界との出会いと融合の瞬間が生まれるのである。
　「老水夫の歌」はコールリッジの宗教と哲学の融合を示した詩的表現であるが、既存の宗教観
にも伝統的な哲学観にも縛られず、独自の形而上的探求の世界を表現している。生硬な道徳的規
律や社会的因習を超越した次元において、至上の神の恩寵がみじめで悲惨な老水夫の身に訪れる
のである。一見して罪、罰、救済といった伝統的宗教観の図式を示しているこの詩の超自然世界
は、従来のキリスト教的教義では説明し尽くせない神の秩序であるような宇宙的調和を示唆して
いる。異様な不思議さに満ちた超自然世界は、神秘的で非人間的であり、非合理と陰気な曖昧さ
に満ちている。愚かにも邪悪な行為をなした結果は老水夫に降り掛かり、悔い改めがあり、救済
がなされる。しかし、一度なした行為そのものから逃れることはできない。許しを得ても原因と
結果の大きな課題が老水夫から消え去ることなく働いているのである。アルバトロス射殺は人間
の魂の堕落としての原罪を暗示しており、この動機のない罪に対して、不可思議な天恵としての
恩寵によって調和が与えられる。したがって、この詩の中の魂の堕落としての原罪は重要な特質
を持っていることが分かるのである。この事は途方もない壮大な主題であり、宗教と哲学の深遠
な融合を取り扱ったコールリッジの最も偉大な芸術作品であると言える。アルバトロスに対する
人間の無意識的悪の行為は、海蛇に対する祝福の行為が無意識的な感覚的恩寵として現れること
によって贖われるのである。この無意識的行為には、人間の悪と善の両面が示し出されていると
言える。そして、この善の行為は単なる道徳律では説明されえないもので、予測することも分析
することも困難な瞬間的啓示であり、人間の全存在で把握する直観的認識なのである。そこには
意識的自我は存在しえないのである。日常的意識に支配された自我が破壊されることによって、
苛烈なリスクに身を晒しながら苦悩し模索する人間にのみ訪れるエピファニーである。海蛇への
祝福において老水夫は自分と他の生物との一体感を知るが、まだ神なる宇宙との一体感を体得す
ることが残されている。最初の救済、真の愛の発見、祈りの力の回復等は、老水夫のこのような
他の生物との一体感の認識によって可能となるのである。

海蛇への祝福の行為を契機として、老水夫は孤独地獄の中で不思議な煉獄の過程を体験することになる。精霊や守護霊や天使達の支配する超自然世界が老水夫に恐怖と歓喜を与えるのである。沈黙の海の孤独地獄の苦悩の中で、燐光を発し腐敗した恐怖の海が眼前に出現した時、老水夫は海蛇の存在を祝福し、その美を認識する。それは予期せぬ歓喜の瞬間でもあった。幽霊船が去った後、水夫達の死体の眼の呪いから解かれた時、一人海を眺める老水夫には異様な孤独と新たな恐怖が続くのである。このような極限的状況において訪れるヴィジョンは、審美的であると同時に哲学的で宗教的な意味の含蓄を持っており、詩の構成と展開上で重要な場面となっている。天使の精達が死体から立ち去る時、小鳥のさえずりの様に孤独な笛の音を出すのであり、南極精は自己充足的な孤独の精霊とも述べられている。老水夫の孤独は作者コールリッジの孤独でもある。異様な孤独意識は常にコールリッジに付きまとっていたもので、彼の詩心とも深く結びついており、他の詩や書簡、ノートブック等さまざまな箇所で散見できるのである。彼の自責の念は時に病的な程激しく、荒涼とした荒地の孤独世界の奥底へと罪の意識を探求していくのである。怠惰、病弱、アヘン常用、結婚の失敗、詩心喪失の恐怖、抽象への不毛の探求等、各々の中に彼は罪の要素を鋭く見つけ出すのである。孤独の自省に満ちた彼独自の想像力によって、自意識的迷路の苦悩や無意識の闇の領域の恐怖を示すこの作品の超自然世界は、彼の後半生に照らし合わせてみれば、実に文学的に彼にとって意味深いものがあることがわかる。また、コールリッジの人生が1797年から1799年にかけての短い期間に最も充実した創作期を迎えていたことは事実であるし、その後この時期よりも希望に満ちた精神や溢れる詩心を持つことはできなかったのである。しかし、この時期といえども彼は本質的には流浪の身であり、移り気で落ち着かず、病的で自責の念に苦悩し、不眠の夜に恐怖の夢想を見ていた。一時期理想的平等社会を志して結婚したり、息子ハートレイの誕生、ワーズワース兄妹との親交などによって理想的な幸福や驚異の年月を経ていたとしても、このような事柄が彼の内面の本質を変えてしまうことはなかった。1797年4月にジョセフ・コットルへ宛てた書簡の中で彼は次のように述べている。

> On the Saturday, the Sunday, & the ten days after my arrival at Stowey I felt a depression too dreadful to be described —
>
> 　　So much I felt my genial spirits droop!
>
> 　　My Hopes all flat, Nature within me seem'd
>
> 　　In all her functions weary of herself.
>
> Wordsworth's conversation &c rous'd me somewhat; but even now I am not the man, I have been — & I think, never shall. — A sort of calm hopelessness diffuses itself over my heart. [2]

　このように、後年のコールリッジの傷心した姿の萌芽的要素がすでに1797年に認められるのである。彼の鋭い知性と深い内省力が、この事の重大な意味をぼんやりとでも気づかなかったはずはない。彼の繊細な自意識が孤独の存在と安住のない流浪の身を強めることになり、「老水夫の歌」制作以前にすでに一種の宿命としての悲劇的感覚が彼には付きまとっていたのである。した

がって、この詩は様々な矛盾的要素が一体となって、彼の生涯の縮図のような内容を持っていると言える。究極的ヴィジョンは死のリスクに身を晒した自己破壊の惨めな老水夫に予期せずして生まれ、若者に語りかけるその物語は暗い超自然界の出来事であり、一種異様な衝動的脅迫観念によって支配されているかのようである。しかし、老水夫の物語を歌うこの詩は、大変にリズミカルで、その優れた音楽性は一種独特の催眠的効果を発揮し、大いに幻想的雰囲気を盛り上げているのである。そして、若者に対面した時、老水夫の存在が光り輝き積極的意味を持ち始めることは、その輝く眼が無言のうちに語っている。夜の如く彷徨する老水夫の死中の生の幻想の方が、婚礼の客の若者の貧弱な生の日常よりも遙かに強い生命力をもってその眼を輝かせていたのである。この事は作品の意図を明瞭にしており、超自然世界のリスクが生の空白を埋めるためにのみではなく、生の充実をより確実なものとするために招来されているという積極的な意味を示しているのである。

注

　論文中、原作品からの引用はHartley Coleridge(ed.) Coleridge Poetical Works (Oxford, 1974)版による。

（1）H.J.Spencer (ed.) *Imagination in Coleridge* (Macmillan, 1978) p. 3.

（2）H.J.Jackson (ed.) *Samuel Taylor Coleridge Selected Letters* (Oxford, 1987) pp.56-7.

第二章　コールリッジ的闇の実相

（1）

　コールリッジによれば、1798年の春、「クブラ・カーン」は少なくとも外面的には深い睡眠状態の中で生まれたとされているが、実際はアヘン服用後、『パーチャス巡国記』を読書中に陥った意識の薄明状態の中で得た幻想を基にして書かれたものである。幻想は彼の詩魂と深く結びついている。コールリッジは「老水夫の歌」の初稿の20年後に注釈を書いているが、これは作品に対する作者の熟慮の上の寸評としての意味を持ち、老水夫の孤独とよるべなさがよく強調されており、随分以前から彼の孤高の存在の本質につきまとっていたものであったことが分かる。彼自身の生涯の大半が老水夫と同様に流浪の身の上であった。したがって、月、青空、故郷、家庭、結婚等の関連は、彼にとって思慕すべき重要な意味を持っている。しかし、自然や家庭を孤独な魂の慰めとしながらも、超自然世界にのみ自己本来の独自の領域を見いだすことにおいて、コールリッジは流離う心の寂寥たる宿命を見つめる。そして、再び彼の思いが失われた家と故郷に向かう時、隔絶した身の上の彼の詩魂が激しく揺さぶられ喚起されるのである。夜の如く流浪する老水夫の幻想も超自然の闇と孤独の世界として表現されている。苦悩の航海の後に故郷の港を見た時、こみあげてくる感情を押えながら老水夫は故国に帰ってくるが、誰も彼を待つ者もいないという設定は、最も効果的によるべない流浪の身の空気を漂わせることになっている。

> Oh! dream of joy! is this indeed
> The light-house top I see?
> Is this the hill? is this the kirk?
> Is this mine own countree?
>
> We drifted o'er harbour-bar,
> And I with sobs did pray —
> O let me be awake, my God!
> Or let me sleep alway.　　(11, 464-471)

　この様に、作者コールリッジ自身のよるべない孤独と流浪の感覚が、老水夫のイメージにも生かされているのである。孤独と流浪の老水夫の闇夜の存在様式の中では、内在面と超越面とが相互不離の関係にあり、吟遊詩人のような孤高の身の上に、同時且つ同所に確立されるのである。これらの内在面と超越面を一点に凝縮したロマン主義的熱情としての全身的な内部触覚は、老水夫の心身を激しく活動させ歓喜させる詩魂の源であり、幻想的超自然世界を生み出す芸術的核心とも言える境地なのである。人間から宇宙を経て神に至る道、神から出て宇宙を経て偶然的混沌から小宇宙へと自らを集中して人間存在に至る道、荒涼たる超自然世界で暗示されるこれらの道

は、人間と神の円環的両極を示し、始めと終わりの定かでない宇宙的環を形成するものである。

　コールリッジの超自然詩の超越的世界は、宗教的には神の恩寵、哲学的には真理と密接に結びつき、無限なる神の力の永遠なる象徴に向けての有限なる人間の形而上的模索であることを教示する。さらに、表象と真理において単一なるものからあらゆる対立が生まれるように、あらゆる対立から単一なるものが成立することを示す。そして、超越的な超自然現象のイメージを内在的対象として心の内奥にある高次の存在として把握する時、潜在意識の内在面から出発する超越性の成立が確定することになる。孤独と流浪の闇の存在様式の中で、このような認識の過程を体得した老水夫は、信仰と生活に対する創造的認識の意義、すなわち、神的本質に接しながら新たな自覚的生活を可能にする共同意識を若者に向かって説いている。神の永遠なる法則を自覚的に自らの内在面の本質とし、神の最高理性の真理へ同化しようとする絶えざる努力は、単に「老水夫の歌」の中のあらゆる詩的形象において見られるのみならず、コールリッジのあらゆる思惟と労作の中に散見されるものである。詩の終結部では、孤独と連帯の表現を通して、新たな自覚的生活によって宗教と哲学の融合を実践することが説かれている。

> O wedding-Guest! this soul hath been
> 　Alone on a wide wide sea:
> So lonely 'twas, that God himself
> 　Scarece seemed there to be.
>
> O sweeter than the marriage-feast,
> 　'Tis sweeter far to me,
> To walk together to the kirk
> 　With a goodly company! — (11. 597-604)

　愛するべき友人や老人、陽気な若者や乙女達、すべて皆無縁の孤独地獄にいた老水夫にとって、このような言い回しは孤独の憂いに満ちているが、その真意は特定の個人を超越した普遍的想念としての連帯意識の必要性を伝えるものなのである。催眠的魔力を持つ輝く眼の神秘性と何かに取り憑かれたかのように自らの幻想に忠実に行動する受動性は、老水夫の大きな特徴を表す要素である。このような存在の孤独な憂いと不思議な言葉の魔力は作者にとって深い結び付きを持っているのである。チャールズ・ラムはクライスツ・ホスピタル校時代の若き日のコールリッジには、親から顧みられない孤児のような孤独があり、すでに不思議な言葉の魔力を身につけ、弁舌巧みに人を引き付ける魅力を持っていたと『エリア随筆集』の中で述懐しているのである。次のような老水夫のイメージには、作者の自画像的要素が多く含まれている。

> Forthwith this frame of mine was wrenched
> 　With a woeful agony,

Which forced me to begin my tale;

    And then it left me free.

Since then, at an uncertain hour,

    That agony returns;

And till my ghastly tale is told,

    This heart within me burns.

I pass, like night, from land to land;

    I have strange power of speech;

The moment that his face I see

I know the man that must hear me;

    To him my tale I teach.   (ll. 578-590)

　孤独の中で存在の闇を透視しうるものだけが、言葉の魔力を持ち得るのであり、これを理解し得る者にのみ物語は語られるのである。ここには作者の文学的特質の反映が見られるばかりでなく、知識欲のために膨大な読書量によってあらゆる書物を丹念に研究し続けて抽象の世界の迷路を彷徨い、詩心喪失の危機に直面し、さらに形而上的探求の中で頭脳と感情の和合に苦悶したコールリッジの精神的流離が、想像的比喩をもって見事に描かれているのである。彼の想像力、すなわち詩心が発動し、豊かに機能するためには戦慄すべき存在の孤独状態が不可欠であった。老水夫の受難と苦悩、孤独が頂点に達した時、眠りと夢としての幻想的超自然が中心的世界となってくるのである。故郷の港に帰った時の彼の救済への祈りは、航海の全行程が存在の闇の恐るべき悪夢であったことを示している。水先案内人が小舟で近づいてくる音を聞いた時、彼の脈拍は異常に動悸して波うち、超自然世界の航海が生身の人間の日常的現実世界によって破られることが分かる。そして、詩の終末で以前よりも平凡で日常的な現実に戻っていることは、かえって老水夫の幻想的経験の異常性、異様な孤独の宿命、消えることの無い奇異感、不可知な神秘性等を強調するのに役だっていると言える。夜の闇の如く各地を流浪して存在の闇の様式を漂わせる老水夫は、死んで地獄に堕ちた仲間達よりももっと悪い、生きながらの地獄、即ち死中の生の消息に誰よりも精通した人間となったのである。また、この詩の音楽性は、掴もうとすれば消えてしまう不可思議な悪夢の雰囲気を見事に作り上げると同時に、砂漠と化した老水夫の心の苦悩の果ての詩的展望が、一段と確かな精神の覚醒の状態へと飛翔する気運を伝えている。

　コールリッジにとつて、単なる夢の眠りは詩的想像力とは無縁である。単なる安逸な夢の幻想は彼の詩人的特質を物語るものではない。彼の詩的夢想とは目覚めた状態における覚醒的幻想であり、一種の意識の薄明状態に他ならない。彼の生涯そのものが老水夫の航海のごとく、夢想と現実の相克の状態で過ぎていったのであり、特に「老水夫の歌」の完成後、詩的夢想、すなわち、

想像の世界が日常的通常の現実よりも遙かに実体を伴った論考すべき対象を意味することが少なくなかったのである。コールリッジの眠りとは、日常的現実を戦慄させる苦悩と恐怖に満ちた闇夜の悪夢である。

　この悪夢の眠りから逃れるために彼は目覚めたまま苦悩のうちに身を横たえるが、意識の薄明状態の中で様々な幻想の諸相を体験しているのである。幻想世界は恐怖とリスクをもたらすと同時に、予期せぬ鮮明なヴィジョンの瞬間を与えてくれるものでもある。それは彼の自己矛盾でありジレンマである。激しい内省的考察や鋭い自己意識は、心の内奥に対する分析的思考を習慣づけることになったのである。このような自己矛盾やジレンマを絶えず考察する態度が、彼の自己認識を広げることになり、無意識や幻想と深く結びついた彼の想像力の性格を決定づけたのである。したがって、老水夫の幻想の恐怖や救いの眠りへの切望、そして平穏な魂への祈りは、総てコールリッジ自身にもあてはまるのである。「老水夫の歌」は彼自身の個人的な危機意識、受難、苦悩、困惑等の反映であり、彼が老水夫の姿とその物語を想像力で熱情的に描く時、無意識の内に自分自身を詩中に表現したことになったのである。

　健康を求めて転地療養を決めたコールリッジは、1804年のマルタへの航海で海を直接知ったばかりでなく、彼自身も述べているように、ほとんど毎日死ぬ程の苦しみと恐怖の55日間を体験したのである。また、マルタでは、沈滞と憂鬱、悪夢と不安、創造力の停止、不毛の努力等によって精神的危機の瀬戸際にまで追い詰められていたのである。1798年3月に一応完成した「老水夫の歌」に、さらに1817年の改訂版を出すに至ったのは、このような体験が大いに影響していたと言える。彼自身との個人的な関わりは、新たに付け加えられた注釈によって一層高められ、老水夫の幻想体験が作者自身のアヘン服用による幻覚体験とも、より一層緊密な関係にあることが窺われる。詩中の生彩ある描写や取り憑かれたような超自然世界の迫真力を説明するものは、本質的に彼自身の悪夢の体験や探求する詩人的気質なのである。この詩の予言的で自伝的な性格を理解することによって、後年この詩を自らの人生の寓話と解し、流浪の寂寞と苦悩の生涯によって予言に裏づけを彼自身が与えることになったことを考えれば、さらにこの詩の文学的意義が強められることになるのである。したがって、この作品はコールリッジにとって個人的な意義を持ち、その創作においても個人的な問題が真剣に取り扱われ、万人にもあてはまる普遍性を帯びるまで考察と推敲によって昇華されているのである。孤独な詩人の眼によって捉えられたイメージや象徴による描写は、個々の事象の間に新たな結びつきを発見しようとする試みであり形而上的探求である。このような探求は彼の宗教観とも深く関連しあってビジョンの瞬間を招来せしめるのである。有限の存在である人間の原罪意識は、存在の闇への無限の模索を導き出すもので、自己分析や自己省察という行為が永遠の煉獄という内面の恐怖を生み出すのであり、「老水夫の歌」の世界を作り出している超自然の本質的部分である。人間の原罪と堕落という聖書的発想から、コールリッジの豊富な学識と詩的想像力は従来の宗教観に縛られない独自の超自然的神話の世界を構築しているのである。失われた楽園と呪われた人間の有限性という状況の中で、このような日常的現実をむしろ前提としながら、さらに禁断の樹の実を食うことによって第二の無垢へ至る道を模索する試みがなされたのである。頭脳と感情の融合を求めての彼の知的探求は、常に究極的

な末期の眼の状態における有限的人間のより高次元な認識形態を模索するものであったと言えるのである。人間的主題の背後、人格の背後、世間的任務の彼方へと向う時、思想的冒険の超越面が精神的探求の内在面を決定づけ、暗い魂の内部の森林の中にわけ入り真の人間存在の形而上的究明に向かうと同時に、コールリッジは神の存在を未知の存在様式としての魂の奥深くに探ろうとするのである。

　アルバトロス射殺と海蛇への祝福は、哲学と宗教の融合というコールリッジの至上の命題の詩的表現という意味において形而上的に重要な位置を占めるものであり、認識上の問題を示唆しながら主体と客体との間で生じる激しい知的緊張こそ、新たな第二の無垢への模索を示すものに他ならないのである。主体と客体という二つの現実から生み出された直観的認識を示唆するものと言えるのであり、日常的で形而下的な現実の彼方に存在する超絶的真実を見極めようとする詩人の想像力を鼓舞する原動力となっているのである。有限的存在としての自己意識は、極限的状況の中で死と生、時間と永遠、希望と幻滅、罪と罰、思考と感情、個と普遍といった対極で人間の実存を捉える彼独自の思考様式を生み出した。これが人生を死中の生として把握する彼の末期の眼の認識ともなり、この詩の主宰的精神となったのである。原罪や自我の有限性の認識が、狭い自我の破壊を誘発させ、謙譲と悔悛の中で日常的自我放棄が果たされて、宇宙的無限との出会いの瞬間において主客合一の直観的認識の境地が実現されるのである。無意識的自然が意識化されることによって自然は超自然の形を取り、融合し統一する想像力は、あらゆる対極、光と闇、内と外、有限と無限等の睦まじき合一を果たすのである。このような密やかで分かちがたい融合は、婚礼の客の目的である結婚の宴に対するもうひとつの形而上的結婚の形、すなわち日常的現実の彼方にある別の真実を暗示しているのである。しかも、この相反物の結婚は対極相互の対等の結び付きではなく、光に対する闇の、昼に対する夜の、有限に対する無限の、知性に対する魂の優位を確実なものとする究極の理念でもある。この時、詩人は無限なる一者との忘我的な融合を直接体験するのである。

　「老水夫の歌」はこのような意味における未知への精神的冒険の旅を表している。詩中の超自然世界は狭い自我の殻を追撃し無力化する効果を持ち、非日常的世界のリスクに身を晒すことによって、日常的自我放棄の志向が確立されることになる。日常意識が絶えず強いている卑小な目的の中で、世界が陥った悲境の責任を自分独りの身に負って苦しむかのような老水夫の姿は、第二の無垢への模索と人類に対する感傷的な愛情で織り交ぜられた一種果敢な探求の意志に満たされている。婚礼の客の若者に対峙した時の老水夫は、少なくとも日常的規模を隔絶した世界の権威的存在であったはずである。その権力は世俗的次元のものではなく、彼はあたかも地上の恒久的平和と人類の幸福を維持すべき清浄きわまる理想郷を夢見ているかのようである。海蛇の出現は老水夫の最も深い意識の底に触れて、彼の心に何物かを霊感のように触発して行った。この瞬間、エオリアの竪琴の音のように、彼の心の内奥に鳴り響く諸和と統一感が生まれ、何者かの手に引かれるかのように、彼に語部としての使命感が植え付けられ、語るべき相手を見出した時、彼の超自然の物語に生命が吹き込まれるのである。したがって、日常的限界と形而下的現実を越えたところに宇宙的無限との忘我的な融合を求めようとするロマン主義的探求と苦闘こそ、この

詩の支配的な気分であり、融合させ統一させる有機的な力としてのコールリッジの詩的想像力の本質を良く説明するものと言えるのである。

　射殺されるアルバトロスは、コールリッジの詩と哲学と宗教の対立と和解を暗示する超自然世界を喚起させるという意味で象徴としての重要な役割を果たしている。彼の象徴は知性と感性との両面における調和と融合という関わりにおいて、最も究極的な主宰的言葉として詩中に位置づけられ、あらゆる想念を包含する至上の純粋概念の表出と考えられている。コールリッジによれば、カントもまた、象徴の意味を看破し得る者だけを対象として彼の思弁哲学を後世に残したのである。このように、コールリッジはカント哲学に示された思弁的知性の最も本質的な要素を象徴の働きによってのみ伝達可能であるとし、"An idea in the highest sense of that word, can not be conveyed but by a symbol"[1] と述べている。この言葉は徹底した象徴主義者としての彼の姿を明確に示し、また、彼生来の言語哲学的な物の考え方や思考様式を如実に示した言明である。詩人、哲学者としての彼が自らの信条を表すのに如何に慎重に言葉の伝達性について考察していたかがよく分かる。「老水夫の歌」の中で彼は、自己存在と認識に関わる最も切実な問題の解決として、常に捜し求めていた象徴的超自然世界を描き出したのである。象徴による観念の伝達の真実性とは、真理を直接的に説明するのではなく、包括的で神秘的な象徴の機能によって伝えようとする意図に存在するものである。したがって、コールリッジによれば、最も高次での詩的真理の啓示は象徴を通してのみ表現可能である。この詩の超自然世界も象徴的手法を基盤として成立しており、宗教的かつ直観的真実に知的表現を与えようとした詩と哲学の融合へ向けての彼の模索の結実であると言えるのである。模索された対象が詩に表現されたというよりは、模索する主体たる詩人に密接な形而上劇として存在しているのである。雑多な相反する価値観の中で、永遠の普遍性や包括的で統合的な真理に対する知覚を象徴的手法で詩に表現するコールリッジにとって、象徴の果たす働きは実に彼の哲学的考察においても非常に重要な意味を持っている。人間の認識能力を悟性と理性とに峻別し、永遠に対する知覚機能を理性の職能と規定した彼は、純粋理性による観念の中でも最も至高の思考の表出としての象徴の機能を論考する思想家でもあった。彼は『政治家の手引』の中で、寓意と象徴を比較し、寓意を抽象的概念の絵言葉の翻訳にすぎない無価値で実体のないものとし、象徴については至上のリアリティーを透視し得る機能を持つものと考え、次のように論じている。

　It always partakes of the reality which it renders intelligible; and while it enunciates the whole, abides itself as a living part in that unity of which it is the representative.[2]

　自然界に真理の表象を求め、その未知の内的原理の究極的真実の表現を具現化した時、象徴は超自然世界を喚起するものとなるのである。象徴は詩人の探求するリアリティーを暗示し、詩心を鼓舞するもので、コールリッジの詩の本質を示すと同時に、その本質に不可欠な構成要素である。一般的事物に普遍性を見抜き、刹那的なものに永遠を透視するという包括的で主宰的な特性が、象徴としての言語に与えられているのである。詩と哲学の宗教的融合に対する直観的認識を

暗示する彼の詩的象徴は、言葉の血肉としての実体を備えた「焦点となる言葉」として捉えられており、彼は "The focalword has acquired a feeling of reality ― it heats and burns, makes itself be felt." [3] とも説明している。象徴の機能に対する彼の真剣な考察は、人間の心の内奥への省察とも呼応しており、コールリッジの哲学と宗教の究極的和合の表現に他ならなかったのである。個人的体験から発する頭脳と感情の対立と和解を普遍化し、さらに純化させて非人称的な芸術の世界にまで昇華しようとする試みの中で、彼の詩の超自然の要求する包括的な象徴の言語が獲得されるのである。したがって、詩中における彼の哲学的要素と宗教的要素は密接に絡み合って超自然世界を形成しており明確に区別することはできない。このように、多くの事柄の矛盾的対立と和解を集中させて、純化され精製された言葉となった象徴は、詩中の超自然的な素材を再構成して、詩の内容に永遠への知覚に対する知的な心の関わりを持たせるという最も顕著な特性を発揮することになるのである。キャサリーン・コバーンもコールリッジの形而上的模索に心理学的要素を指摘し、次の様に述べている。

 That the fulcrum of Coleridge's thought is his awareness of the psychological facters in any kind of human experience, and that it derives its power from his own subtle and complex personal realizations, is, at the very least, a part of the truth about Coleridge. [4]

　コールリッジの心の対極をなすものは、詩人的感情と哲学者的頭脳であったが、この詩の超自然的幻想世界も自然界の具象と形而上的認識との究極的融合としての象徴によって構成されているのである。心の中の相反的要素の相克や葛藤に苦悩し続けた彼は、象徴をこのような両対極の合一的表現と見なしたのである。情緒的事項は同時に知的考察の対象であり、感覚的耽美にのみ陥るには、あまりに自意識の探究と論理を好んでいたコールリッジにとって、象徴は想像力と表裏一体であり、あらゆる事象を捉え統合しようとする彼の認識欲の充足を促すものでもある。このために、彼は常に自制と克己に務めて耽溺でも冷徹でもない超絶的境地を維持することに心がけ、自らの多彩な知識に知的統制と感覚的柔軟性を与えねばならなかった。詩人で哲学者でもある彼の形而上的で多様な考察の対象は、象徴によってのみ表現可能であり、象徴は常に思想的冒険において総括的で主宰的なものを必要としたコールリッジの探求する精神の性格を示すものに他ならない。彼の精神の軌跡は頭脳と感情の相克の和解を求めての模索と苦悩の連続であった。哲学者としての激しい論理的考察や抽象世界への傾倒は、彼の詩人としての創作活動の挫折の原因ともなった。また、形而上的考察においても、経験論と観念論の相克と和解に苦しみ、ハートレイの連想主義哲学から脱却してカントのドイツ観念論哲学との出会いによって、ようやく自らの思想的模索の方向性に確信を持つに至ったのであった。彼は『詩人の精神』の中でも、"I seem rather to be seeking, as it were asking for, a symbolical language for something within me." [5] と述べており、探求する精神と詩魂とが深く結び付いて、象徴に対する真剣な考察を生み出すことになったのである。

　象徴に対するコールリッジの考察は、彼の文学の題材と表現にも大きな影響を与えている。作品が単なる感情の吐露に留まらず、情緒と観念の融合という高度に知的な内容を持つためには、主宰的な象徴の機能が彼の詩の文学形成にとって不可欠なものであった。「老水夫の歌」の中の超自然世界は、精霊達の支配する所であり、日常的な人間世界の意味を拒絶し、人間の理解の領域を逸脱した闇の彼方の未知の存在様式を示している。幽霊船とダイス・ゲーム、精霊や天使や守護聖者達の不思議な働き、途方もない船の速度、無音の世界、全ての動きが停止する瞬間等は、詩の異様な幻想性を一層強調するものである。このような超自然世界と遭遇することによって、老水夫は日常的意識の捉えることのできない世界を明らかに体験したのである。婚礼の客は人間世界の日常性を代表している。婚礼の祝宴ははなやかな光の世界でもあり、新たな人生の門出を意味してもいる。両者の対峙には老水夫の老齢に対する婚礼の客の青春という意味も込められている。さらに、日常的意識の自我を示す婚礼の客に対して、老水夫は超自然の非日常性を語りながら、内奥の無意識的自我を示している。それは光に対して闇を、現象的自我に対して純粋自我の世界を示していると言える。最終的な詩の効果は、婚礼の客の日常的人間世界と老水夫の非日常的超自然世界との対立と融合であり、老水夫の幻想の真実性が人生における重大な問題を提起し、婚礼の客の若者に強力な影響を及ぼすことにある。婚礼の祝宴という場面設定には、人間の儀式的行事が神の摂理に叶い、人々の幸福にも資するものであるという安易な人間主義が読み取れる。これに対して、超自然世界は人間世界の日常性から隔絶した真理を示そうとしている。この相反する世界の対立と融合が、この詩の物語の基調を成している。時折挟まれる婚礼の若者の台詞は、常に劇的な緊張感を盛り上げ、老水夫との緊迫した対話は、簡潔に描き出された事件の展開と共に、必然的に極めて鮮明な劇的効果を生んでいる。そして、老水夫の幻想の真実性が、若者の現実生活に重大な関わりを持ち、若者の経験と意識の領域が、以前にも増して広がりをみせる時、この詩は老水夫の存在の何であるかを語るのである。日常性から隔絶した宇宙的永遠に向かって呼びかけ、その超自然世界の真実を説いて放浪する老水夫との直接交渉によって、若者は最早日常的安逸を保ち得ず、何等かの創造的行為によって日常的限界から超絶することを促される。真の自己実現や自立の実現は、日常的な道の上には見いだせず、リスクに身を晒すことによって日常的な眼から最も遠い末期の眼に求められねばならないことを詩全体が読者に伝えようとしているのである。

　罪と罰と救済という伝統的宗教の図式の背後には、コールリッジの探求する精神が表現されており、未知の闇の領域に対して哲学と宗教の両面から考察を続けた彼の詩的表現の必然的結果が示されている。このように、この作品は彼独自の思索に基づく形而上的要素を含むものであるが、特に道徳的要素や教訓的要素のみが強調されることについては、彼自身批判的であり、"the only, or chief fault, if I might say so, was the obtrusion of the moral sentiment so openly on the reader."(6) とバーボウルド夫人に語ったという有名な逸話がある。道徳的要素が必要以上に強調される点を警戒して、彼自身1800年版に新たに副題として「詩人の幻想」という言葉を付け加えたように、純然たる想像力の作品として善悪を超越した姿が本来の詩作の意図であった。虚構の風景のような幻

想と神秘的現象の超自然世界には、今まで誰も行かなかった沈黙の海で人間的規模を超越した未知の領域に出会い、人間の日常的限界の外で超越的存在と遭遇するという過程が描かれている。このような哲学的で文学的な過程が、同時に、罪に対する罰を耐えていくという宗教的煉獄の過程ともなっている。そして、老水夫は超自然世界の全体験を通じて、あらゆる点で思想的冒険の結実として頭脳と感情の融合を深め、新たな自己認識に目覚めることになったのである。『文学的自叙伝』の中でシェイクスピアを論じて、"No man was ever yet a great poet, without being at the same time a profound philosopher."[7] と述べているように、コールリッジにとって、詩人的感性は哲学的思索の鍛錬を重ねることで十全なる表現を獲得するのであり、宗教的真理をも包含することで普遍性と芸術性を確かなものにすることができるのである。このような彼の思想的特性が、「老水夫の歌」には如実に現れているのである。哲学と宗教の詩的融合としての彼の超自然世界の本質は、超絶的真実を精神世界の究極的表現として認識し、神の創造力に倣って有限的存在である人間が無限に創造行為を繰り返すという彼の想像力説に凝縮されていると言える。コールリッジの想像力説によれば、人間の創作行為は神の創造と同様の神聖な活力を秘めるもので、詩人は主題に対して不滅の生命を与えて作品全体に有機的統一をもたらすのである。作品が獲得する有機的統一は、付随的に他から与えられるものではなく、主体的に生み出されるものであり、内発的に機能する想像力の特性を帯びるものとなる。したがって、想像力の原理を生成的生産能力として認め、彼は "the rules of Imagination are themselves the very power of growth and production"[8] と述べ、さらに、"words are no passive Tools, but organised instrument, re-acting on the Power which inspirits them."[9] とも考えて、想像力と言葉の有機的で能動的な関係を強調するのである。コールリッジの想像力説は、神聖なビイジョンの瞬間を捉える詩人の感性や直観の正当性を論理によって示し、誰もが納得し得る学説を模索した結実であった。想像力の中でも最も根元的な人間の機能を第一義的想像力と規定し、彼は "the living Power and prime Agent of alhuman Perception"[10] 述べて、神の神聖な創造の類推に基づく人間の能産的機能を確認しようとしたのである。さらに、有限なる人間の無限の創造行為の繰り返しを、"a repetition in the finite mind of the eternal act of creation in the infinite I am"[11] と表現して、無意識の領域にまで及ぶ最も基本的な人間の精神機能であることを彼は強調するのである。この「無限なる我有り」こそ、神の似像としてのあらゆる人間の中に存在する永遠なものに対する思慕の念を示すものに他ならない。老水夫が月光の下で海蛇の鮮やかな色彩を眼にし、その存在を祝福するのもこのような永遠への感覚によるものである。月下の海蛇に対するビジョンと祝福の背後にある作者の文学的意図は、このような想像力の神聖な機能の具体的顕現を示すことにあったのである。

　海蛇への祝福が神の恩寵として訪れることは、想像力の神聖な機能を暗示しているし、宇宙的規模の超絶的感覚への覚醒が、老水夫の日常的意識を洗い清め、万物との理想的調和の中における自己の存在を自覚させることになるのである。このように、老水夫に意識の拡大を可能にしたものは、神の恩寵であったことを "spring of love"(1. 284)の一節が如実に示しているのである。一見謎めいた超自然世界の未知の深淵や不確定な領域の闇の諸相を取り扱ったこの作品は、実はコールリッジの形而上的な詩的想像力に基づく詩論や文学観による必然的な結実であった。素朴

な宗教的信仰を歌いながら、「老水夫の歌」は日常的自然や人間社会の外側に存在する超自然や無意識の深淵に対する関心を読者に喚起し、我々が日常的で人間的な意識の限界の中で可能な限り永遠の世界と対面し、無限の創造性を発揮しなければならないことを語っているのである。日常的現実を絶対化するために人間社会の価値基準のみに頼ることは、人間のエゴで他の生命を奪うように、自然の全体の調和を見失い、さらに、個我の持つ創造的認識を失うことになる。宇宙的秩序は人間社会の日常的価値基準からみれば、人間社会の裏側の大きな混沌に他ならず、それは自然の裏側のような超自然の形象をもって表現される。探求する精神の人間とは日常的意識から離脱し、複雑な混乱の中に身を晒して、狭い自我意識を破壊することによって、混沌の中で社会の裏側や自然の裏側や意識の裏側に戦慄して、苦悩、緊張、挫折感等を味わうものである。宗教的煉獄の過程が今まで気づきもしなかった領域に触れて意識の拡大を果たす創造的過程と結び付くのである。日常的意識の中で真の創造性を死滅させた人間の無気力状態から、人間社会を隔絶した存在と遭遇することによって、本当の生命的存在様式のあり方を模索するのが、コールリッジの文学と思想の主要な傾向である。

　不可解な超自然世界の混沌と闇は、煉獄としての創造的過程の中で、詩の終結部のような質朴な一つの意味の流れを生み出すのである。このように、無学無知の老水夫が、哲学的にも宗教的にも創造的存在となるためには、日常的人間社会を超絶した大きな混沌としての超自然的宇宙の出会いが必要であった。したがって、超自然世界の混沌の広がりに直面し、狭量な意識では今まで気づきもしなかった新たな宇宙的秩序に覚醒する時、老水夫は自らの身にその混沌や存在の闇を漂わせ、夜のごとく大地を放浪する宿命を与えられるのである。最初老水夫を恐怖の対象として見ていた婚礼の客の若者は、日常的意識の維持に専念し、混沌であれ何であれ新たな体験に躊躇する惰性の人間の象徴的存在である。しかし、この若者は老水夫によって選ばれた存在であり、その物語を聞くべき人間である。婚礼の祝宴や儀式は、人間の知性やエゴの作り上げた有限的社会の束縛として否定されるべきものとなって取り扱われ、その狭量な意識の住心地の良さは、真の認識を曇らせ意識の拡大を日常的些事で不可能にするものに他ならない。婚礼の儀式の陽気な浮かれ騒ぎは、皮肉にも人間社会の不毛性を暗示させ、虚偽の生活に支配された者には真の婚礼の神聖さは存在しない。しかし、終始取り憑かれたように受身の幻想を見る老水夫にも限界がある。彼は自らの創造的能力を自覚しているのでもなく、一つの固執した観念や妄想に支配された傀儡的要素を持っている。彼の意識、認識、直観力、感情等が異様な超自然的経験によって豊かなものに成長することがない。真に創造的であるためには、自己認識が自己実現への広がりを維持しなければならない。だが、老齢で病的にとりつかれたような老水夫の言葉が、語るべき相手である健康で活動的な若者に伝達された時、若者の意識と認識は広がりと深みを与えられることになり、日常的限界を超越して頭脳と感情の完全なる合一へと鼓舞されることになるのである。老水夫の異様な容貌と超自然の物語はこのような意味において、あくまでも示唆的で暗示的な不思議な含蓄に満たされている。

　老水夫が超越的存在と関わりを持つのに対して、仲間の水夫達は日常性の谷間に安住する住民の意識から解放されない。濃厚な霧に包まれた南極の荒涼たる風景が、水夫達にとって意味する

ものはこの詩の展開の上で重要である。アルバトロスが振子の様に船の周囲を飛び交う海は、沖に広がる霧と不安の色調の霞の中で、氷山の裂け目から不気味な光を放つ荒涼たる海に変貌している。老水夫の周りを取り巻く世界の変化が、彼の心の深層に大きな変革を与え、未知の存在様式に彼が気づくには異界での苦悩と孤独の時間が必要であった。夢見心地の順調な航海が終わり、異様な悪夢の海の光景が出現することによって、老水夫はこの航海の形而上的な意味に気づくのである。このような未知の光景は直接的に物を見るというよりは、もっと象徴的に人間の内部をのぞかせてくれるものである。超自然世界の未知の風景や異界の闇の領域はある意味において人間の心の深奥の世界を晒し出したものと言えるのである。超絶的な現象が人間の内部の未知の領域を喚起する。すなわち、永遠なるものの知覚を常に何か異様なものとして、通常の物の見方を撹乱するものとして描き、合理的思考を抑止して、読者に幻想的世界の感覚を強力に喚起するのである。南極の氷や霧や雲は自然世界の神秘性や人間的な規模を超絶した不可知なものを暗示している。『文学的自叙伝』第12章の中で「丘陵の最初の山脈」の頂上を占める霧や雲が "the dark haunts of terrific agents, on which none may intrude with impunity"[12] と述べられていることは、この詩の解釈にとって示唆に満ちたものがあると言える。ティリヤードも第12章のこの記述が、詩の解釈に興味深い関連を持つ事を指摘し、旅や巡礼が人生の長い道程を暗示するように、老水夫の航海も未知の領域への精神的冒険を意味していると次のように述べている。

The Ancient Mariner and his ship represents the small but persisting class of mental adventures who are not content with the appearances surrounding them but who attempt to get behind. [13]

アルバトロスが水夫達の意識のレベルでは理解できないものを象徴していたことは、最初吉兆を表すものと受け入れられていたものが、悪運をもたらすものとして映ることによって示されている。善であったり悪であったりという彼らの不明瞭な判断は、迷信という不十分な理解がもたらすものである。彼らの迷信は日常意識の谷間の弊害を如実に示すものとなっている。このように、不十分に知覚された超越的実体や意識の闇の領域は、日常的意識の谷間に住む人々にとって恐怖と苦悩の原因となるのである。狭量な日常的意識の安住を打破するという意味において、形而上的冒険としての老水夫の幻想の真実性が重要なものとなるのである。ウォルター・ペイターもコールリッジの詩の幻想性について次のように解説している。

Gradually the mind concentrates itself, frees itself from the limitations of the particular, the individual, attains a strange power of modifying and centralising what it receives from without, according to the pattern of an inward ideal. [14]

コールリッジは本質的に多様の統一を志向するプラトニストであった。また、彼の想像力は対峙する価値観や矛盾の両極性の中で和解を果たす中間的媒介として介入しようとし、相反物の調和と融合という具体的結実を創作するために無限の努力を繰り返すのである。赤道下で精霊達の

不思議な共同作業で船が動き始めることや、帆柱に群がり集まった水夫達の死体の口から発せられる音色があらゆる小鳥の妙音のごとく辺り一面に広がる姿は、宇宙を支配する有機的統一の表出であると同時に、相反物を融合する至上の存在を暗示するものである。このような有機的統一の源となる唯一絶対の力こそ、コールリッジにとって神聖なる至上の存在であり、彼の探求する精神や詩的想像力と深く結び付いているのである。I. A.リチャーズも『文学的自叙伝』第14章の中の理想的詩人像と統合し形成する精神についてのコールリッジの論考をわざわざ引用して、有機的統一と想像力の関係に注目している。

The poet, described in ideal perfection, brings the whole soul of man into activity,…He diffuses a tone and spirit of unity, that blends, and (as it were) fuses, each into each, by that synthetic and magical power, to which we have exclusively appropriated the name of imagination. This power, first put in action by the will and understanding, and retained under their irremissive, though gentle and unnoticed, controul (laxis effertur habenis) reveals itself in the balance or reconciliation of opposite or discordant qualities. (15)

　常に神聖なる想像力の知的理念を宗教と哲学の両面から考察し、その総合的で神秘的な力の詩的具象を文学の世界で模索し続けた彼にとって、想像力は相反物を融合する精神を意味すると同時に、有機的統一の源として全体を統括する至上の理念を産出するものである。相反物の融合によって果たされる有機的統一は、単なる各部の集計以上のものとしての全体であり、一種の緊張状態を内在させた均衡であり、内部に多彩な動を含蓄する容易ならぬ静止の均衡である。このように、コールリッジが相反物の融合を容易ならぬ静止の均衡として捉え、あらゆる可能性を含んだ諸要素の融合を様々な認識や活力の源泉と考えていたことは、彼の思想の重要な特質である。彼にとって、自然界のあらゆる存在は諸要素の均衡状態の中で生存しているのであり、このような多様の統一に対する直観的認識に独自の詩的審美感を抱き続けていたのである。コーンウェルもこの審美意識について次のように論じている。

In other words, the sense of beauty derives from the intuitive perception of the organic unity of an object (its "Multeity in Unity," its reconciliation of opposites); and the "absolute complacency," from the intuitive perception of that organic unity as a symbol of the "Supreme Reality," the unifying spirit (in and behind Nature) which is God. (16)

　自然界の事物の美に象徴的意味を直観的認識で把握し、有機的統合の至上の領域に神の存在をも透視するコールリッジは、あらゆる事象に潜在する不可視の力や容易ならぬ緊張関係を看破した。さらに彼は自然界と精神世界との有機的統一を模索し、神聖なる存在の融合力を示す至上の理念の表現としての象徴による超自然詩の創作に専念したのである。彼は1801年3月23日のトマス・プールへの書簡の中でも "deep thinking is attainable only by a man of deep feeling, and all truth is a species of revelation" (17) と述べており、彼にとって意識が昇華する頭脳と感情の融合の瞬間は、

悦惚とした神の啓示の時であった。頭脳と感情の融合は神来の真理の啓示にとって不可欠であり、意識の昇華には無意識的混沌としての無我状態が前提ともなり、コールリッジはこのような意識の裏側としての無意識や自然の裏側としての超自然といった存在の闇の領域との融合の感覚を霊感としての詩心喚起の理想的境地と考えていた。『文学的自叙伝』第4章でも彼は、ワーズワスの詩的想像力を論じて、"It was the union of deep feeling with profound thought"[18]と断じており、哲学的真理が宗教的存在と融合するためには、知性と感性が相互に融合しなければならず、詩的超絶世界の表現には深い思想と感情の調和が不可欠であると述べている。このような詩人の想像力が自然界の事物を至上のリアリテイーの象徴として捉えることを可能にし、神聖なる力と一体になった詩人は、自然界に遍在する神との出会いの霊的瞬間を忽然とした啓示の時として認識するのである。啓示を求めて闇をも透視する精神となった詩人は、空霊な形而上的探求の中で自然を象徴として認識するだけでなく、自分自身が飛翔する未知の存在様式として力動する詩魂となるのである。そして、あらゆる事物が有機的統一の全体の構成にとって不可欠となり、空霊な精神の未知の闇への飛翔は躍動する生命の活力を感知させながら、至上のリアリティーとしての神との遭遇の霊的瞬間を詩人は忘我の中で体得することになるのである。

注

（1） Shawcross (ed.) *Biographia literaria* (Oxford, 1973) vol. 1., p.100.

（2） I. A. Richards (ed.) *Coleridge* (Viking Press, 1975) p. 388.

（3） Kathleen Coburn (ed.) *Inquiring Spirit* (Routledge, 1951) p. 101.

（4） *Ibid.*, p. 19.

（5） Walter Pater, *Appreciations* (Macmillan, 1910) p. 73.

（6） J. W. Mackail (ed.) *Coleridge's Literary Criticism* (London, 1908) p. 9.

（7） Shawcross (ed.)前掲書, vol. 2., p. 19.

（8） *Ibid.*, p. 65.

（9） Kathleen Coburn (ed.)前掲書, p. 101.

（10） Shawcross (ed.)前掲書, vol. 1., p. 202.

（11） *Ibid.*

（12） Shawcross (ed.)前掲書, vol. 1., p. 165.

（13） E. M. W. Tillyard, *Poetry and its Background* (Chatto & Windus, 1972) p. 71.

（14） Walter Pater, 前掲書, p. 78.

（15） Richards, 前掲書, p. 45.

（16） Ethel Cornwell, *The Still Point* (Rutgers University Press, 1962) p. 69.

（17） H. J. Jackson (ed.)前掲書, p. 89.

（18） Shawcross (ed.)前掲書, vol. 1., p. 59.

第三章　コールリッジの諸相

（１）

　「クブラ・カーン」は名作「老水夫の歌」と並んで詩人コールリッジの代表作である。 この短い詩の中に彼の詩人としての特徴が端的に表れており、詩的想像力や理想的詩人像に関して示唆に富んだ内容を含んでいると考えることができる。父親から崇高な宗教観や倫理意識を受け継いだコールリッジは、先験的観念論を思索する哲学者であると同時に、人間的規模を超えた世界を表現する詩人である。「クブラ・カーン」は壮大な構想と幽玄な幻想性において、彼の宗教と哲学と文学の諸相を如実に表現している作品である。クビライ汗は上都に歓楽宮を建てる。城壁に囲まれた10マイルに及ぶ土地は、さながら地上の楽園のごとく人間の理想郷を思わせる。しかし、聖なる河アルフは人間の力では測り知ることのできない無限の未知を秘めている。アルフの源である大噴水や終末の深い洞窟等と共に、この河は人間の知性では至り得ぬ、深くて暗い所で生成し躍動する未知の存在様式を強烈に暗示し、存在の下降へ内側へと向かう鮮烈な直観と吸収力を詩中で象徴している。また、聖なる河アルフは非合理で原初的な抑えきれぬ力の象徴でもあり、ギリシア的昼の光の世界の合理性はヘブライ的夜と闇の世界の神秘に呑込まれるのである。この闇の力の暗示は、「老水夫の歌」においても婚礼の宴の光に対侍する老水夫の夜の存在様式に現れており、詩を構成する重要な要因となっている。

　強大な権力のもとに作り出された人工の楽園には、謎を秘めた深い岩狭間がある。この不気味な深い岩狭間から、大地を揺るがせる大噴水が絶えることなく噴きでている。大きな岩のかけらを吹き飛ばしている巨大な泉は、楽園の土地の半ばにまで達する聖なる河アルフの源泉である。アルフは楽園を５マイルにわたって迷路のようにうねりながら流れる。そして、深い岩狭間からほとばしり出るアルフは、人間に知られることのない洞窟へと向かい、大きな騒音と共に太陽のない、生命も住まない地下の海へと沈んでいく。この大音響の中で、クビライ汗は戦争を予言する先祖達の遠い声を聞く。エゴの代表の様なクビライ汗に対して脅威的である聖なる河アルフの奔流は、宇宙の法則を体現するかの様に、作者コールリッジにふさわしい神秘的幻想性、崇高な論理的精神の端正さと無限の倫理的精神の峻烈さをもって貫徹して流れ、堂々たる河の営みを示している。クビライ汗の楽園は聖なる河アルフの流れによって、豊かな緑に包まれているが、アルフの源泉である深い岩狭間は、荒涼たる様相を呈しており、人間を圧倒する程に神聖である。それは三日月の下で魔性の恋人を思慕して嘆き悲しむ女が出現する所でもある。クビライ汗の歓楽宮、聖なる河アルフ等とともに、社会の法律や規範に束縛されない最も奔放な人間の夢が描かれている。魔性の恋人が、イブを誘惑したサタンを暗示すると考えれば、楽園喪失という聖書的意味の含蓄を読み取ることも出来る。この様な意味において、ジョン・ミルトンの『失楽園』に関連づけて、その影響を強調するJ.B.ビァーの様な批評家がいる。クビライ汗の歓楽宮は、楽園喪失を経験した人間の楽園回復への無意識的努力を示すものと考えられており、城壁に囲まれた楽園は、自然と和合できない人間の不毛の努力を代表するものに他ならないと彼は論じている。

さらに、絶対的権力を行使して歓楽宮を建立するクビライ汗は傑出した人物ではあるが、自然に和合できない所業に終始するその姿には、悪魔的要素が感じられると彼は次の様に指摘している。

The palace which the daemons built for themselves is a characteristic fruit of daemonic energies, and it helps us to see Kubla Khan's true nature. [1]

この様に、ビャーはミルトンの『失楽園』からの類推による解釈の可能性について述べているが、クビライ汗が歴史上の人物であることや、彼の楽園が有限的存在である人間のはかない地上的な試みを示していると考えれば、悪魔的存在と見る解釈には行き過ぎを感じざるをえない。クビライ汗をミルトン的悪魔の類推によって否定的に見るビャーの意見に対して、クビライ汗の行為を詩人の創造そのものと同一視する肯定的意見が、ハンフリー・ハウスによって示されている。

Just as the whole poem is about poetic creation at the imaginative level; so, within the work of the imagination, occurs the creativeness of man at the ethical and practical level. This is what the poet, of all men, is capable of realising. [2]

ハウスがクビライ汗を傑出した人間の代表的人物像と考える点においては説得力を持っているが、その物質的な次元での行為を詩人の創作行為とに類推しようとするのは無理があると言わねばならない。アルフの流れの終わるところは、幾つもの洞窟を通り抜けた底知れぬ地下の海である。洞窟の中へと流れ落ちるアルフの騒音からクビライ汗が聞くのは、戦争を予言している先祖達の声に他ならないのである。 この様に、クビライ汗が地上の楽園に対して脅威となるような予言の声を聞き、破滅を予感するのに対して、聖なる河アルフから調和の調べを聞くのは詩人にのみ許されたことであり、詩的創造の神秘をも暗示するものと考えることが出来る。岩狭間から噴き出す大噴水は自然の強大な力を示し、クビライ汗の楽園ははかない人間の有限の試みである。この様に、詩人はクビライ汗の地上の楽園と大自然の無限の力とが、幻想の中で同時に、また同所に共存する姿を見るのである。「クブラ・カーン」に登場する詩人が作者コールリッジの投影であることは言うまでもない。

聖なる河アルフに映った歓楽宮の影から詩的ビジョンを見た詩人は、自分の理想とする詩的境地を述べている。限りなく深い地下から盛り上がる響きを立てながら、岩狭間から大地を揺るがせてほとばしり出るアルフが、単に地下から響く騒音たることを止めて、地上に堂々たる大噴水となって姿を現す時、詩人は芸術家として立ち上がり、哲学に対峙しつつ、その対立の中でかえって哲学の思索を具体化し強靱化して、詩と哲学の融合の具現化を完成するのである。そして、コールリッジの哲学的思索の根底には、深淵な神秘主義の潮流が絶えざる流動を続けていたことをアルフは象徴しているのである。クビライ汗は蒙古帝国第五代目の1200年代の実在の人物であ

る。この様な歴史の感覚を詩中に導入することによって、歴史の根源を模索し、歴史の母胎に帰り行く思索が、必然的に未開拓の未来を創造する根拠と決断を産出すると言う作者の願いが込められているのである。原始歴史の感覚は絶対未来の予感を導きだし、詩人は至上の展望を得て、詩的情念のほとばしりを獲得するのである。これらは詩人の中で緊密不離な内面的連関となって、創造的活力を生み出すことになる。

　この様に「クブラ・カーン」は、作者の幻想体験そのものが詩的精神の母胎となる経験であったことを例証しており、終結部で理想的詩人像を歌う作者の熱情に総てが集約されているのである。聖なる河アルフとクビライ汗との対比に含蓄される鋭烈な英知を、詩人が幻の歓楽宮という明確で堂々たる表現において主張する時、潜勢から現勢へ、そして生成へと続く詩的創作過程を見事に具象しているのである。また、聖なる河アルフが想像力の源泉を暗示していることを考えれば、創造的主体性は内から活動するもので、活動が活動そのものを根拠づけることを意味しており、あらゆる存在はその実現するべき実質を萌芽の形でことごとく最初から自らの内に宿していると言える。詩人は聖なる河アルフで詩心を鼓舞され、アビシニアの乙女によって詩的霊感をかき立てられるのである。詩の後半で登場するアビシニアの乙女は、コールリッジの詩心を喚起する上で女性の存在が不可欠であったことを示すものである。ジェフリー・ヤロットも女性の存在を必要としたコールリッジの詩心の特性に触れて次の様に述べている。

Before the poet can build his ʻdomeʼ, the ʻvital airʼ of love is needed. A woman's entry into the poem is virtually inevitable at this point. [3]

　形而上的想念や哲学的考察から生み出される激しい知的訓練と、詩的想像力や芸術的理念から生じる鋭い感性の世界との相克に苦悩したコールリッジにとって、精神的平穏や和合を取り戻すには、この様に理想化された女性や愛の存在が必要であった。アビシニアの乙女はダルシマーを手にして詩的調和の世界を象徴するアボラの山を歌っている。コールリッジにとって、心の中の音楽は事象を究極的次元まで突き詰めて、劇的なものにまで仕上げてしまわない限り聞こえてこなかった。アヘン服用の影響下の催眠状態の中で、極度に病的ともいえる鋭敏な感受性が研ぎ澄まされ、単に受動的に潜在意識を動かしているのではなく、無意識裡に最も切実な象徴を積極的に利用しているのである。このアビシニアの乙女こそ、詩人がかってビジョンとして見た女性に他ならない。乙女の歌は詩人に詩的霊感を与え、この調べに触発された詩人は、聖なる河アルフの流れに影として映じたビジョンとしての歓楽宮を中空に構築することが出来る。詩人はかつてビジョンとして垣間見たアビシニアの乙女の調べが再び訪れることを切に望むのである。そして、この世のものならぬ至上の調べを獲得した詩人は、奇跡の歓楽宮を読者に示すことが出来るのである。

（2）

　詩人的感性を鼓舞し、頭脳と感情との調和的融合を果たすために、コールリッジが常にアビシ

ニアの乙女に代表されるような女性の存在を必要としていたことに関して、エドワード・ボスッテターの意見は興味深いものがある。彼は「クブラ・カーン」を「クリスタベル」と同様に完成された詩ではないと考え、コールリッジの詩人としての欠陥を示すものとして捉え、"Indeed, Kubla khan is a symbolic expression of his inability to realize his power as poet." [4] と述べている。確かに、ボステッターも指摘しているように、1804年3月のハンフリー・ディヴィーに宛てたコールリッジの書簡を読めば、彼自身が強靱さのない力を自分の欠陥として把握していたことがわかる。

There is a something, an essential something wanting in me. I feel it, I know it — tho' what it is, I can but guess. I have read somewhere that in the tropical climates there are Annuals [as lofty] and of as ample girth as forest trees. So by a very dim likeness, I seem to myself to distinguish power from strength & to have only the power. [5]

異常に成長した熱帯性植物の様な内実の空虚な木にコールリッジ自身が書簡の中で自らを例えているように、「クブラ・カーン」の本質には同じ特徴が表れており、この詩の終結部は詩人の挫折感さえ示すものがあるというのがボステッターの意見である。しかし、コールリッジの性格的な欠陥から生まれる彼の特質の一面を示しているにしても、「クブラ・カーン」の解釈そのものに適用しようとする点では極論の感が否めない。むしろ、コールリッジの自己省察や洞察の鋭敏さに注目するべきである。本来、彼の詩の想念は捉えどころのない幻想的特質を持ち、絶えず詩作品としての具現化が困難な程に壮大なビジョンの姿をとって現れることが多かった。詩の前半では、コールリッジが読んでいた旅行記『パーチャス巡国記』から触発された象徴やイメージの描写で占められているが、後半になると、詩人にとって理想となる至上の境地や理想的詩人像が述べられている。かつてビジョンとして現れたアビシニアの乙女を想起し、その至上の音楽性を思う時、詩人の熱情は恍惚たる頂点に達し、詩としての全体的統一性が与えられるのである。アビシニアの乙女の音楽性が、詩的想像力の理想的境地を喚起することは、詩の音楽性を想像力の顕現と考えるコールリッジの立場をよく説明するものである。

聖なる河アルフ、奇跡の歓楽宮、アビシニアの乙女等をはじめとして、詩人コールリッジの代表的な一連の象徴やイメージが、「クブラ・カーン」に見られる重要な構成要素となって、視覚的要素、聴覚的要素、感覚的要素が相乗的に駆使されて詩全体に統一性を与えているのである。元来、コールリッジの詩論においては、想像力は相反的要素を調和融合させ統一する有機的な力と捉えられており、詩の象徴やイメージは詩人の強い熱情によって統一的効果を発揮しなければならないと考えられている。詩人の強い熱情によって支えられた象徴やシンボルの統一的効果は、読者に音楽的快感を与えねばならず、奇跡の歓楽宮やアビシニアの乙女は詩人の生命ともなって、壮大な威厳さえ与えられるのである。鋭敏な感性に基づく独創的活力と、深い思索による知的洞察力が、総合的な調和と融合を可能とする想像力を生み出すのであり、また同時に、想像力をめぐる深遠な想念の哲学的認識の基盤となるものに他ならないのである。この様な哲学的認識の下

で、直観的で習慣的になるまでに至った詩人の学識は、幽玄なる感情と深く結ばれて無意識をも支配することになるのである。「クブラ・カーン」の中で示された理想的詩人像の途方もない壮大な理念は、コールリッジの詩的想像力や詩的天才に対する長年に及ぶ考察と精密な研究の必然的結実であった。詩人の理想像に対する彼の強い思慕の念が、作品全体を統一させる強烈な活力となっているのである。アビシニアの乙女の音楽性と奇跡の歓楽宮を自らで体現しようとする詩人は、人々にとって、畏怖すべき超絶性と霊妙な権威をさえ与えられているのである。

　コールリッジが「クブラ・カーン」の最後で述べた詩人の理想像は、何人の追随をも許さない究極的な姿であり、詩の霊峰の頂点を意味している。しかし、究極的な姿とは、同時に人々にとって畏怖すべき存在でもあり、人は「クブラ・カーン」の終結部の理想的詩人像に対して投げかけたのとほとんど同じ言葉を、「老水夫の歌」の煉獄の孤独と渇きを知った男である老水夫に投げかけて、彼から後ずさりするのである。婚礼の客の恐怖の言葉は、この事をよく示すものと言える。異常な光景、異様な情熱、隔絶の巨大さ、壮大な構想、驚愕すべきエネルギー、コールリッジはこの様な非日常的現象に携わる喜びを誇張的に表現した。超自然に代表される様に、人間的規模を超絶した異常な尺度の一種逆説的な領域でしか、自己の中に最も真に人間的な情熱を見いだせなかったことが、詩人としての彼の宿命であった。大噴水、地下の海へと続く大洞窟、魔性の恋人、氷と熱を共存させた幻の歓楽宮、きらめく眼とたなびく髪の畏怖すべき詩人等、全てが優れた言葉の音楽性と共に一種の催眠的効果さえ醸し出しているのである。その異様な現象はいずれも常識の皮相な規範や日常性を逸脱している。

　太陽の熱に照らされながらも、内部に氷の洞窟を持つ幻の歓楽宮は、永遠に凍結した不滅の芸術の有意義な瞬間を暗示しているものと考えられる。この様な暗示は知的意味よりもっと深い情緒的意味を持つもので、コールリッジの象徴の特徴を示しており、精神の力強い活動を喚起するという効果を生むものである。そして、どこまでも暗示的なイメージの群れが、読者の中で増殖して合理的思考を抑止してしまう。中でも、終結部に登場する理想的詩人像には、作者コールリッジの詩的情念の全てが込められている感がある。シェイクスピアとミルトンに対する長年に及ぶ彼の丹念な研究と深い思索が、この様な理想的詩人像を形成するに至っており、詩的想像力や詩的天才の解明へと考察を進めていく上での大きな動因ともなった。詩の霊峰の象徴であるアボラの山を歌い、至上の音楽を奏でるアビシニアの乙女は、想像力や独創性を生み出す詩心に不可欠な霊感そのものを意味している。高らかな音楽の調べと共に、中空に出現する奇跡の歓楽宮こそ、あらゆる相反するものを調和と融合の中で捉え、新たな統一へと導く芸術的境地を象徴するものに他ならないのである。コールリッジにとって、詩人とはこの様な特性を身をもって体現するものでなければならず、詩心を喚起する情緒や思想が、この特性によって統一的全体として表現されねばならないのである。したがって、詩人の理想像とは、各々の精神機能を相互に関連させて融合させ、相反物を相対的に見つめながら、有機的統一体としての生命感を与えるために、人間の全精神、すなわち、全存在を活動させるものであると彼は論じるのである。

He diffuses a tone and spirit of unity, that blends, and (as it were) fuses, each into each, by that synthetic and magical power, to which we have exclusively appropriated the name of imagination. This power, first put in action by the will and understanding, and retained under their irremissive, though gentle and un-noticed, controul (laxis effertur habenis) reveals itself in the balance or reconciliation of opposite or dis-cordant qualities. [6]

　意志と悟性によって始動する想像力は、最初おだやかで目だたないが、やがては消滅することのない統制力ともなり、あらゆる不調和の要素を融合させる魔術的な力ともなって、詩人の全存在を満たすのである。旅行記『パーチャス巡国記』を読んで触発されたコールリッジの想像力も、眠りの中の幻想において、消滅することのない統制力として活動を続け、「クブラ・カーン」の世界を形成するに至っているのである。意識的思考によって得た知識が、催眠状態の中で習性的で直観的な知識となって蘇り、埋もれた知的内容が詩人に壮大な構想の詩的境地を喚起するのである。そこには意識と無意識という精神の二大勢力の相克と和解を暗示する詩人の理念も述べられており、さらに、最高の芸術の創造へ向けての詩人の情念が高らかに歌われているのである。相反物の融合として現れる想像力は、奇跡の歓楽宮に見られる熱と氷の共存に象徴的に示されている。また、クビライ汗の楽園と聖なる河アルフの共存は、人工的なものと自然界との調和的融合を喚起するものである。自然との無理のない融合は、クビライ汗の果たそうとして出来なかったことであり、その有限的な人間の力は、アルフが代表する自然界の無限の力に従属するものである。この様な光景を幻想として見た詩人は、理想的詩人像を情熱的確信と共に語り、芸術至上主義的なビジョンの世界に対する信奉と権威的威厳さえも示し出そうとするのである。深い瞑想によって到達した諸概念の吸収と融合は、詩的創造の喜びと宇宙の秩序に参画する歓喜を伴うものである。豊潤な情緒と深遠な思想の結合が、形式面と内容面の一致を生み、さらに、その直観的影響力が作品に内的首尾一貫性を与えるのである。コールリッジが『文学的自叙伝』第14章において引用しているサー・ジョン・ディビスの詩は、「クブラ・カーン」に現れた詩魂の内容を説明するものと言える。

From their gross matter she (soul) abstracts their forms,
And draws a kind of quintessense from things;
Which to her proper nature she transforms,
To bear them light on her celestial wings. [7]

中空に奇跡の殿堂を建てようと詩魂の翼によって天界に臨む詩人は、様々な事物の精髄を捉えて混沌の中から有機的調和と融合の世界を究極的ビジョンとして顕示するのである。「クブラ・カーン」を始めとして、「老水夫の歌」も「クリスタベル」もコールリッジの傑作は、全て超自然的要素を含んでいるが、それは彼の形而上学における認識の啓示としての超感覚的現象の意味づけを可能な限り追求し具現化して表現しようとしたものに他ならない。彼の詩の超自然世界は、常に自然界と形而上学との結び付きの感覚を示す独自の幻想性によって表されている。様々な諸

相を見せるコールリッジの精神的探求において特徴的なことは、物質としての宇宙を瞑想することによって、形而上的な精神世界を理解するようになるという信念である。物と心の究極的な対話の調和的表現が、彼の超自然詩の本質と言えるのである。

注

（1） J.B.Beer, *Coleridge The Visionary* (Chatto & Windus, 1970) p.226.

（2） Humphry House, *Coleridge The Clark Lecture 1951-52* (Rupert Hart-Davis, 1953) p.120.

（3） Geoffrey Yarlott, *Coleridge & The Abyssinian Maid* (Methuen,1967) p.147.

（4） Edward E. Bostetter, *The Romantic Ventriloquist* (University of Washington Press, 1963) p.84.

（5） Earl Leslie Griggs (ed.) *Collected Letters of Samuel Taylor Coleridge* (Oxford, 1966) vol.2., p.1102.

（6） J. Shawcross (ed.) *Biographia Literaria* (Oxford, 1973) vol.2., p.12.

（7） *Ibid*, p.13.

第四章　宗教的思想家としてのコールリッジ

（1）

　コールリッジは1772年、デヴオンシャーのオタリー・セント・メアリーの牧師の家に生まれたが、幼少にして父を失い、ロンドンのクライスツ・ホスピタル校で学び、ケンブリッジ大学へ進学した。彼はプラトンなどの古代ギリシアの形而上学や文学に示されたヘレニズムや聖書のヘブライニズムに早くから親しんでいたため、内省的で瞑想的な詩才を発展させて超自然的な事象を扱った独自の詩作品を書くようになり、1798年ワーズワスとともにイギリス・ロマン主義の宣言ともなった『抒情民謡詩集』を出版するに至った。また、コールリッジは政治的、社会的問題を取り扱った批評論集も出したが、フランス革命の幻滅的結末以降、次第に急進的思想や科学万能主義に対して懐疑的で批判的な論調を示すようになった。コールリッジはワーズワスとの共著、『抒情民謡詩集』を出版するために、形而上的超自然詩「老水夫の歌」の執筆に傾倒した。その後、さらに、イギリス・ロマン派の詩を代表するような幻想的な「クブラ・カーン」や、人間の意識の深層を深く掘り下げ善悪の問題を捉えた「クリスタベル」を構想し、完成に向けて最後まで努力したが、両作品とも未完で終わった。

　シェイクスピアとミルトンを頂点とする詩と先験的観念論哲学を聖書の考察による宗教的観点から融合させようと苦心し、さらに独自の形而上的情熱をもって、彼は後年の散文による著作、『文学的自叙伝』、『俗人説教』、『政治家提要』、『教会と国家』などの中で政治や経済の問題を論じた。コールリッジは聖書の中のヨハネとパウロを特に愛読して自らの宗教的思索の指針としたが、プラトンやプロティノスにも哲学的親近感をもって接していた。また、17世紀英国思想の伝統を熟知し、さらにカントを始めとするドイツ観念論哲学との出会いによって彼独自のロマン主義思想確立に彼は自信を深めるに至った。

　産業革命とフランス革命以降、18世紀末から19世紀初頭は特に農村から都市への人口集中、資本主義の台頭などの価値観の激変による社会変革の時期となった。19世紀初頭以降、政治や経済の制度、さらに宗教観までが劇的に変化し、中世からの伝統的神学や封建的旧体制は崩壊するに至り、科学技術の進歩や楽観的経済学、進化論、ユートピア思想などが、新たな学説や文学芸術の主張を生み、変革の思想や意識を社会全体に蔓延させようとしていた。しかし、聖書の理念を中心とする宗教的観点から全人的教育の必要性を唱えるコールリッジは、世俗的な実用主義や功利的教育に批判的であった。また彼は特定の宗派や教義に基づいた偏狭な宗教教育にも反対であった。革命による社会動乱が、教育改革への動きを加速させたが、教育の普及が国民の市民意識を高めるという啓蒙主義的急進派と、下層階級の台頭に怯える上流階級の頑迷な保守派との対立は激しさを増していた。

　当時の社会問題を独自の観点から見つめ直すために、文学、哲学、神学、政治、経済、教育などから社会制度の諸相を考察しながら、学際的思索を重ねた末に、新たな洞察の視点を獲得することによって、コールリッジは有機的な統一をなす自然の生命、すなわち生命的有機性を重視し

た独自の理念に基づくロマン主義思想を構築するのである。社会問題の諸相に対処するには、学問の各分野を全体としての有機的統合として駆使することによって理念を構築する必要がある。彼の思索の様々な暗示は、有機的生命の類推からの学問体系を模索したものであり、著書に多く含まれた示唆的な記述は、新たな学問体系の中で生かされるべき彼の精神的探究の記録に他ならない。[1]

　世俗的権力と癒着した国教会の聖職者達の時代は終わり、哲学とキリスト者の時代が必ず来ることを彼は確信していた。偏狭で閉鎖的な専門性を嫌うコールリッジは、権力に癒着した聖職者でない一平信徒の立場で聖書の理念を社会全般に適用し、当時の混乱した世相に警鐘を鳴らそうとした。T.S.エリオットの『キリスト教社会の理念』は、コールリッジのこのような考えを継承したものである。哲学とキリスト者の時代とは、『教会と国家』の中でコールリッジが提唱している「有識者」の時代に他ならない。この「有識者」は政治に直接参与したり、資本主義的商工業を動かす勢力ではなく、社会の秩序を維持し改善していく勢力の中心となるべき様々な分野で活躍する人達である。このような「有識者」が国民文化の背骨となって社会の健全性が維持されうると彼は考えた。大学の研究者、地方の教区牧師、地域の学校の教師などからなる「有識者」は、過去の文明の蓄積を維持し、現在を過去と結びつける役割を担い、さらに過去の蓄積に磨きをかけ、現在を未来に関係づけるのである。[2]

　単に観念的論究に終始するのではなく、常に実体験に基づいた人間の精神に対する鋭い洞察力をコールリッジの思想は持っている。コールリッジの聖書観から生まれた歴史哲学、存在と行為との実存的考察から生じた生命哲学、祈りと救済等の宗教的思索は、後世の英国思想界に大きな影響を与えた。彼の詩と哲学と宗教は壮大な思想として幻の大著『ロゴソフィア』に体系化されるに至らなかったが、神との対峙を巡る形而上学的考察はカントを越えた先験論の中で、彼独自の有機的統合の思想を生んだのである。神との対峙において自己存在への省察を繰り返し、彼は全人的な信仰のあり方を自らの著作に吐露した。超越的存在である神と現実の人間の精神機能との文学的で形而上的な関係を信仰と救済の神学的問題の中で捉え、さらに主客の有機的合一の哲学的認識論を独自の学問体系の中で彼は追究した。あらゆる学識を融合させて学際的に有機的統一の体系を考察するにつれて、コールリッジは自らの詩的論究の方向が、宗教的思索へと向かうという厳然たる事実に神の偏在と普遍性を意識し始め、哲学の迷路の中を模索し苦悶する思索に安らぎとして訪れる祈りの力を強く認識するに至った。また同時に、彼はあらゆる学問分野への遍歴の後に、このような神の存在や力を受け止める人間の精神機能の諸相に心惹かれるようになったのである。

　当時の動乱の社会状況を聖書の理念の光の中で照らし出した歴史哲学の眺望によって、宗教的暗示と政治的洞察を読者に与えることをコールリッジは願っていた。聖書から人類の歴史的英知を汲み取り、現実の社会問題の解決に生かすためには、聖書を神の声として受け取り、聖書の中に信仰と救済の歴史を読みとる歴史哲学が必要であると彼は考えた。そこで、聖書を思考と行動の指針として、現実世界に神の啓示を読みとるような宗教的な歴史認識の必要性を彼は説いたの

である。このために、自然界に偏在する神を象徴として看取し、聖書の中の神の力と人間への救済の歴史、現実社会への神の力の発現の諸相、神と人間との究極的な対峙などをコールリッジは好んで後年『俗人説教』をはじめとする宗教的著作で取り上げ解説したのである。神の力を認識することなしに信仰は不可能であるから、神の力の派生としての人間の理性を信仰の根拠とし、形而上的な祈りによる神との接点としての対話の必然性を彼は力説したのである。敬虔なコールリッジのロマン主義は、古典主義との相違を歴然たるものにすると同時に、宗教的要素を時代精神に与えようとしたのである。

　国家を有機的共同体として生命的に統合し再生しようと説いた『政治家提要』の中で、理性は全体を一者として統括する志向性として人間精神に現われるもので、人間は無限なる全体者にのみ安らぎを覚えるとコールリッジは述べている。文学、哲学、宗教などにおける広範な思想的遍歴を続けた彼の人生の集大成が、1816年の『政治家提要』、1817年の『俗人説教』、『文学的自叙伝』であった。さらに、1825年の『省察への手引き』と1829年の『教会と国家』は、後期のコールリッジの宗教と哲学における思想的特徴を如実に示すものである。彼の後期の著作は政治や経済に関しても、当時の工場での幼児虐待をはじめとする荒廃した世相の社会問題に対する認識を深めさせようとするものであった。特に英国の指導的立場の人々である上流階級や知識人達に向かって、宗教的で哲学的な意識的覚醒を働きかけることによって、新たな社会構築のための理念を育成しようとするものであった。聖書に明示された真実を当時の時代の世相に注意深く適用することを地位ある人達に語りかけることが、宗教的思想家としてのコールリッジの主要な関心事であった。彼にとって、神の御言葉は宇宙の生命に他ならず、神の法はこの世において具現されるべき真実であった。[3]

　コールリッジのロマン主義思想は、政治や経済の問題に対して、排他的な保守主義を志向するのでなく、また、全てを新しくするという急進主義でもない。歴史的展望に立って、保守と革新の意味を問い直し、歴史の中に一貫した真理を追究した彼は、独自の歴史哲学の樹立によって、新旧の価値観の調和的融合の社会のあり方を模索し、因習に捕らわれない自由な思索を続けた人物であった。

　コールリッジは、現世を超越する直観的認識を自我の絶対自由や自己決定様式として捉え、さらに、単一と多様の相互浸透作用を全体の相としての有機的統一の存在様式の中で考察するのである。時空間に拘束された世俗的精神を無限の全体者や永遠の相に解放しようとする直観的認識の行為は、無常の変転の現世を超越した絶対者への思慕であり、彼にとっては聖書のキリスト教的愛の理念によるものに他ならない。絶対者への思慕と愛の理念の融合は、人間を無限の全体者の把握へと導くものであり、さらに、未知の存在様式への探求心は彼の存在の空虚を贖う充実であり実存となることを意味している。このように、絶対者や無限の全体者への思慕は全体の相や永遠の相の把握に他ならず、コールリッジのロマン主義思想の認識上の根本的特質であり、自由自我や自己決定様式の確立への彼の不断の努力の対象を示すものである。

（２）

　コールリッジとワーズワスの『抒情民謡詩集』の共同執筆は、お互いの相違を越えて、両者の思想の形成に大きな影響を与えた。性質や関心において両者は補完的であり、コールリッジは文学と哲学によって批評精神と形而上的理念の構築に手腕を示し、ワーズワスは詩的感性と深遠な思索に天才的な力を示した。ワーズワスの詩の宗教的思索は、思想遍歴の哲学的迷路で苦悩していたコールリッジに安息の静謐と詩的想像力の示現を与えるものであった。両者は補完的な文学的同志を得て、創作と人生に対する示唆や啓発をお互いに受け合い触発された。両者ともに自由意志への信念と哲学的精神を詩に表現しょうとしていたが、それは思想の本質を道徳や倫理の体系ではなく、自分の体験から生まれた個性的な詩的描写で表現し、人間の精神の生命力や自由自我を高唱するものであった。

　『抒情民謡詩集』を共同執筆していた当時、ワーズワスと妻メアリ、そして妹のドロシー、メアリの妹のセアラ・ハッチンソンとコールリッジはよく行動を共にして文学的刺激を共有していた。その後コールリッジはドイツ・ロマン派やドイツ観念論哲学の強い影響を受け、1801年からカントを本格的に学び始めた。1804年から約２年半の間マルタ島やイタリアに渡り、思想的模索を積み重ねた。特に英国に帰って後、ワーズワスの『序曲』の朗読が、詩心の衰退に苦悩していたコールリッジに強い衝撃を与え、彼は「ワーズワスに」と題する詩を書いた。その後、彼は詩作品の創作よりも、詩的想像力に関する思索に傾倒するようになり、文学芸術から哲学や宗教に至る学際的な研究を深めることになった。ワーズワスの詩から受けた鮮烈な印象は、深い情緒的沈潜と深奥な観念との融合によって生み出された不思議な魅力であった。(4) このように、ワーズワスとの体験は詩人から批評家へ向かうコールリッジの精神的転機となったのである。

　コールリッジは想像力の存在をワーズワスの詩の特性として注目し、『文学的自叙伝』の中で詳細に論述した。詩人は自然と想像力によって結合し、既知の日常性を照らす詩中の月光は、未知を暗示する想像力の作用の象徴とされた。詩中の月光や夕日は重要な位置を占めており、人間と自然、特殊と普遍、同一と相違、時間と永遠などの対立と和解という均衡の原理は、日常的風景の中で隠れた真理への生命的覚醒に導くという想像力の重要な機能に他ならない。コールリッジにとって象徴は詩そのものであり、詩的なものは象徴によってのみ表現可能であり、詩人は象徴となるべき言葉を模索し続けるものである。この様な詩と詩論に示されたコールリッジのロマン主義思想は、当時の科学的合理主義の時代精神に対抗する意識的挑戦であったと言える。

　ハートリー、バークリー、スピノザなどの哲学の迷路に苦しんだ思想的遍歴の後に、コールリッジはワーズワスとの出会いによって真の詩人に遭遇し、その後両者はお互いに補完的に触発し合って彼自身も優れた詩を書き、想像力に関する文学的、哲学的、さらに神学的な思索への貴重な転機を与えられることになったのである。1798年以降、コールリッジはフランス革命や急進的啓蒙思想から絶縁し、また、時事問題に関する論争からも退き、今後は着実に思索を深めて真理を探究して、事物の根本原因について沈思黙考の日々を送る決意を固めることになる。コールリッジにとって、詩人は事物の生命を体感して、生ける魂としての生命的な美を表現し、想像力によって思考と感情の融合を詩の世界に表現することに専念するのもであり、さらに、思想家は人

間の実体と可能性の均衡を強靱な精神で探究するものである。コールリッジは詩的幻想に陶酔するように自然の山河も愛し、優れた詩人として業績を残したが、自然への耽溺の中で心の静寂を得るという自然の恵みを人々に伝達して、思想家として人間性の真実に関する考察を確実に表現したいと願っていた。

『文学的自叙伝』第15章において、コールリッジはイギリスの偉大な二人の詩人シェイクスピアとミルトンについて述べ、シェイクスピアは、変身しながら決して自分を失わず、あらゆる社会の不条理や矛盾、すべての人間の個性や感情に入り込んでいくのに対して、ミルトンは事物や人物を自分の世界の中に引き込み強烈な熱情と壮大な個我の中で統一させて、あらゆるものを再創造すると論じている。(5) 両者ともに正反対の方向において、外界を内界に変質し、精神世界を物質世界に変容させているが、その本質において神の創造力を体現した詩的想像力の天才である点で共通しているのである。この様な矛盾的対立の融合が天才の秘密である。コールリッジは相違の同一や異質の同類などの対立語の並置を好んで使用したが、詩的言語と日常的言語の関係ついて、同一と相違という対立と和解の論理で韻律の起源を説明している。熱情と抑制的意志という矛盾的対立の心理的緊張状態の中で、詩的想像力の機能としての相反物の対立と調和の相互作用によって、韻律の配列が必然的に確立すると彼は強調している。さらに、主題と表現の関係において、神聖な想像力の均衡を伴った形成作用や創造作用によって作品の真実性と有機的統一が成立するとコールリッジは『文学的自叙伝』第15章の論旨をまとめている。

相反物の調和的融合や主体と客体の合一の具現を果たすべき想像力の総合的構想力や統一機能は、多様を単一にする創造のプロセスや連続を瞬間に集約するビジョンを生み出す。詩人の想像力が多様性を単一にする行為は主体と客体の融合をもたらすもので、自然の多様性が詩人の強力な情緒によって統合される過程こそ、想像力の活動の示現に他ならないのである。哲学の迷路に苦悩し、頭脳と感情の相克に絶えず悩まされ、調和と統一を模索したコールリッジは、多様な学識と多感な経験の中で自己実現を求めて、変化と分裂を繰り返すのであり、知性と感性の調和に苦闘する天才的精神の存在様式を如実に示している。他者への感情移入はロマン主義に不可欠であるが、変化を意識し他者の存在に肉迫しても、虚構の介在は避けられない。この様な矛盾を意識しながらも、他者の心情に詩的に感情移入し、学問の分野の垣根を超えて哲学的に事物の核心にまで迫り、人間性の心の内奥まで宗教的に辿ろうとするコールリッジの探究は、鋭敏な感性と知性の生命的な融合によって支えられている。

コールリッジとワーズワス、シェリーとバイロンなどの交流には、両詩人の魂がお互いに共感して補完的に影響し合って、世俗的現世の限界を超越して詩的創作の豊かな土壌を培ったという事実がある。コールリッジは詩の本質と創作心理の関連に興味を抱き、詩的真理への哲学的で神学的な探究の道が人生に意義深い内実を与えると考えた。このように、コールリッジの思想は人生の伴侶として寄与するもので、特に『文学的自叙伝』第13章における詩の考察は、あらゆる人間の生命力として、知覚の第一義的な作動者であり、永遠の創造行為を有限の心の中で反復するものとしての想像力を定義し、固定的で限定的なものを対象として、時空間の秩序から解放された記憶の一様式としての空想力との有名な峻別によって、ロマン主義の理解への有益な示唆を与

えている。彼の洞察力に富んだ見解は明確な裁断的論述というよりは、詩の問題に対する認識ばかりではなく、人生そのものを豊かなものにする様々な思索の萌芽に溢れているのである。

　両極端は一致するというコールリッジの格言に示される様に、彼は相反物の緊張と和解の関係に根源的な存在様式の意味を探究した。生命的存在は多様へ変化する単一と、単一に帰着する多様との対極的緊張と和解の神秘的な相互浸透作用によって維持される。主体と客体が合一し、認識において自然が思考と融合して、自然が思考となり、また思考が自然を表すように、思考と自然とが一体になるのは、両者間の緊張と和解の相互浸透作用に人間の想像力の機能が深く関わっているためである。自然と思考力の相互作用は、緊張と和解によって関連し合いながら、自然と思考の対峙を生命的に統合するのである。主体と客体の合一や相反物の対立と和解による自己同一性の確認は、あらゆる人間の思考と存在の認識に本質的なものである。この様な有機的統合の生命哲学の観点から、コールリッジは機械主義哲学を批判し、些末な部分の並置や結合を学説の根本原理とする思想的誤謬を糾弾したのである。1767年10月16日付けの手紙によれば、五官の感覚を自らの信念の基準とすることなく、自らの信念を観念によって形成し、偉大な全体への思慕の念を抱き続けたコールリッジは、本質的に事物を部分的に捉えたり、宇宙を微少な部分的集積とする考え方を嫌っていたことが分かる。(6)

　思想的遍歴の中で哲学の迷路に苦悩した末に、生硬な論理や不毛の知識の限界を熟知していたコールリッジは、頭脳と感情の自己分裂に苦闘しながらも、現実を冷静に観察する能力を持っていた。官能的情念と理知的思弁との相克に翻弄されながらも、彼は豊かな想像力と鋭い洞察力に恵まれていたため、自己分裂の危機から身を守り、多様な学問の諸分野をはじめ文学芸術における想像力の飛躍を果たすことが出来たのである。分断し細分化して部分と化した思想を統合し、一つの分野から他の分野への思考の移行を有機的な生成過程として定着し、絵画や音楽から文学へと生成し、さらに、自然と人間との営みから哲学や宗教にまで展開する想像力の機能についてコールリッジは考察した。彼は学問の区分を横断して、学問の諸分野を統合した荘厳な空間としての学問の殿堂を樹立し、真理へ昇華する道を模索して、『ロゴソフィア』という幻の大著に自らのロマン主義思想の結実をまとめようとしていた。

　コールリッジは政治や経済の問題においても、詩と哲学と宗教の分野からの考察を基盤としていたように、想像力による全体の相からの分析と再創造を重視する立場から、有機的組織としての国家と憲法の理念を構想し独自の社会体制を樹立しようとしていた。

　コールリッジの想像力は、相反物の均衡と融合による創造の原理であり、全人的総合への思慕と全体の相の理念的把握へ向かうものに他ならない。18世紀の急進的啓蒙思想の裁断的論理に支配された科学主義は、人間精神を分断するに及び、抽象的理性や感覚的悟性によって精神が独断的に支配されることに彼は反対したのである。このように、生命的全体を有機的統一として認識する最も重要な創造的精神機能がコールリッジの想像力であった。啓蒙思想の抽象的理性は彼にとって悟性に他ならず、想像力を発動させ理念を把握する理性こそ、神の似像としての人間の創造的精神機能を可能にするものだと彼は『政治家提要』や『俗人説教』の中で力説した。コールリッジの理性は想像力を発動させて理念を把握し、自己を理念と同一化することによって無限な

る全体者と融合することを可能にするのである。

（3）

　18世紀啓蒙思想の合理主義的な世界観や人間観に対して、ロマン主義思想の個人主義的理念は、特異な個性や詩心を神聖視し、詩人を自由な精神の絶対的権威者とする論理に如実に示されている。ロマン主義の個人主義的な個性は、近代の凡庸的大衆を形成する原子的で類型的な個人と違って、自由意志の主体性を持った比類なき存在としての人間を意味している。ベンサム的功利主義は自由意志を持った主体的人間を否定するもので、政治や経済の外面的側面からの議論に終始している。個性的自我が自律的発展を不断の意志力によって続けると主張するコールリッジのロマン主義は、ベンサム的功利主義の機械論的な受動性を否定して、自発的能動性や自由意志を伴った自己決定的な自我の存在様式を強調した。中でも、コールリッジの想像力と理性は、生命的な自由意志の行為者として、有機的な自己形成の発展や知的創造性をもったロマン主義の個性的自我を形成するものである。近代の科学思想に基づいた自我が凡庸的大衆を構成する原子的個我であるのに対して、ロマン主義の自律的個性の自我は内発的自己形成能力を持った個別的存在として、総合的で統一的な想像力による理念把握能力と創造性を持つのである。この様に、功利主義や合理主義を否定したコールリッジの新たな共同社会樹立の構想や人間観は、自律的存在としての個我の創造性を基盤にしたものである。

　ロマン主義は近代の人間の分断化現象から生まれた苦悩の精神を表しており、その魂は絶えず有限的存在から無限や永遠を思慕している。日常性の中で分裂した自己の統一と再生を求めて、苦悩しながらも絶対自我を確立しようとした点でロマン主義に匹敵するものはなかった。コールリッジは自己内面の複雑な心の世界を観察し、判別しがたい混乱の渦巻きが、分裂と融合の同じ調べを繰り返しながら、動と静を超越した新たな精神の変化を示す魂の神秘に注目してきた。彼は形而上学的自我探究の中で、先験的な知的直観による自我行為を意識することによって、客体と主体の合一による自己認識の過程を確認したのである。そして、この様な自己認識の中核をなす想像力は、思考を発動し行為によって具現化するために体を動かし、不随意な器官も任意に支配するのである。コールリッジによれば、自我の自律的自己決定は、精神と肉体に対する知的直観の超越的観察に基づくもので、意志力で現世からの独立性を獲得し、自我高唱を限界まで押し広げたものである。主観内容の感情的状態に対して、彼は常に詳細に冷静な客観的観照をしていた。

　しかし、自己の内面世界に陶酔し耽溺するコールリッジの自意識は、現実には時おりロマン主義的精神の苦悩や探求の中で世俗的な処理能力や実行力を奪い去った。独自の怠惰と精神的耽溺の中で、彼は現実問題への集中力を失い、自らの無力を意識していた。しかし、世俗の粉塵から超然と立ち上がり、努力と勇気の必要性を痛感して、自らの怠惰と耽溺に不満を抱きながらもロマン主義的自負の念を彼は抱いていた。人間性の無限の可能性の中で自由な自己実現を果たすためには、人間は絶対無限者へと向かって対峙し、世俗の束縛や迷信的因習から解放された強靭な意志力を持つことが重要であると自戒を込めてコールリッジは説いた。『文学的自叙伝』第9章

の中で、真に深く科学したり、事物の真理の内奥へと探究することは、学問的因習や思弁的限界を逸脱して既存の学問体系の境界線を乗り越えてしまった人々によって実践されたと彼は論じている。コールリッジによれば、彼等は正式な教育を受けることのなかった貧民層にあって、逆説的に独自の霊感を受けて、真に独創的であり得た一群の人々である。[7]

コールリッジは犀利な洞察力で躍動する霊的精神に溢れた独自の思索の世界を哲学や宗教に表現し、また、天界の至福の瞬間から永遠の苦悩への転落や、聖書的愛の精神によつて再び至上の幸福を取り戻すという魂の遍歴を文学に表現した。人間と自然の境界線を遙かに超越した彼方に両者の融合の第三の世界を模索した彼は、自然的無意識と人間的自意識の接点にあらゆる魂の故郷である神の存在を確認しようとした。有限的個我が無限を体現することは、自己を超越しようとする形而上的要求に他ならず、神の如くすべてを支配する絶対的存在を希求することである。ロマン主義の精神は世俗的次元から昇華して自己を解放して、自由自我の立場から地上的存在である現世を非存在や非現実と把握する。

無限を体現しようとするコールリッジのロマン主義は、有限的個我を超越して、自己を作品に対しても超越させようとさえするものである。さらに、読者に作品の世界だけに捕らわれることなく、確固たる自由な精神から永遠の無限世界を洞察させようとする。このような詩人と読者との自由な相互関係が、有限的個我の限界意識からの解放を可能にして、無限を透視する精神を促すロマン主義の本質なのである。無限への思慕と自由自我の確立は、コールリッジのロマン主義の根幹に関わるものであり、また、彼の精神世界の考察や形而上的探求の大きな動因となった。無限への思慕から永遠の相への探求を喚起して、キリスト教的愛の理念を形而上学的探求の対象とするに至ったコールリッジにとって、愛は単なる世俗的愛でなく、聖書を中心として宗教や哲学の対象となった。彼の哲学的愛や宗教的愛は絶対無限者への思慕から生まれ、ヘレニズムとヘブライニズムの融合の接点を意味していた。愛の理念に対する彼の考察は、哲学、宗教、文学の相互関係をより密接なものにし、ロマン主義的絶対無限への思慕をより明確なものにしたのである。

コールリッジは哲学的真理を宗教的愛の中に探求し、絶対無限への憧憬を神の愛として詩的想像力で文学に表現する。絶対無限は神から派生した人間の理性が認識するもので、その理念が知的に把握されて思想を形成し、それが神の愛として実体験された時に宗教的啓示となり、これらが想像力によって融合した時に詩として具現化される。神の理性や理念はコールリッジのロマン主義的無限の探求に明確な精神的指針や安らぎを与え、彼の哲学と宗教と文学の論考に確固たる基盤をあたえた。彼は絶対無限への憧憬を普遍的理念として表現するために、詩的精神、知的愛そして聖書的愛が融合することによって、哲学と宗教と文学が調和することを望んだ。理性と愛によって自他が同化し、主客が合一して、人間と人間、人間と自然が有機的に融合する総合的な想像力の存在をコールリッジは主張した。コールリッジの想像力は哲学的弁証法や社会的自我の拡大を可能とし、自他の同化、能動と受動の融合、無限者と自我との内面的連関、そして自然宇宙への帰依をもたらすものである。無限に対する知的直観によって、人間は時空間を超越し自然宇宙の神秘的様相を直観認識する。神の無限を直観して宗教と遭遇すると同時に、人間は聖書的

愛によって人間性を自覚するというのがコールリッジの神学的理念である。無限への憧憬が神の愛という宗教観を育成し、神と人間を融和させる彼独自の世界観を生んだのである。

　自然界から感得する沈黙の言葉は神の理性となって、自然界の事象との暗黙の共感を覚えさせるもので、この時、コールリッジは神の愛を深く体感し、世俗の気遣いが鎮められゆくのを感じたのである。神の至上の最高理性からの派生としての人間の理性はそこなわれることなく、澄んだ水の様に清純な思考に流れて、彼を善へと導びくのであった。コールリッジにとって、理性は人間本来の視力であり、啓示とは神の与えた眼鏡に他ならない。[8] 神は唯一にして多様であり、自然という形質において自らを現す啓示であった。したがって、汎神論的な自然認識と直観的把握が彼の宗教的思想家としての特徴であると言える。詩作品「宗教的瞑想」の中で、コールリッジは自然界の諸相のひとつひとつが、創造主の真実のしるしであり、沈思黙考と瞑想を重ねることによって、唯一にして偏在する心として万物を創造するものが存在していることを確信すると述べている。その最も神聖な名は愛であり、最も崇高な真実に他ならないと彼はその信条を吐露している。[9]

　当時の過激な革命思想や動乱の世相の中で、ゴドウィン思想への熱中から転じて、反ゴドウィン思想を掲げるに至ったコールリッジは、悟性的合理主義や機械主義的な哲学が理性を支配してしまわないように、人間精神の実体と有機的生命の様式の可能性に関する探究の末に独自の想像力説を唱えたのである。彼にとって、ベンサム的功利主義の思想における悟性的合理主義や機械主義的裁断や利己心に基づく感情移入や感受性は、自己分裂を増幅させるものであった。科学万能主義による過激な変革や感覚的経験に対する過信は、逆説的に想像力の欠乏をもたらした。啓蒙思想の不見識な抽象的理性は、コールリッジにとって忌むべき悟性の専横に他ならず、人間を創造ではなく破滅的なものに導くものである。本来、理性と想像力はコールリッジのロマン主義の中心であり、外界から様々な心象を受容し、自己の存在に集約させ再創造する人間の精神機能の本質に他ならない。したがって、ロマン主義は古典的形式を否定した独自の混沌を特徴とするが、単なる破壊的混沌ではなく、生産し創作するための創造的混沌であると言わなければならない。ロマン主義の精神は、自由と変化を標榜して無秩序に展開するものではなく、新たな生産のための創造的混沌を意味するものである。コールリッジにとって、何かを生み出すための創造的混沌を完成させる指針は理性と想像力であった。想像力の信奉者であった彼は、頭脳と感情の自己分裂に苦悩しながらも、常に完成への情熱や理念を捨てなかったのである。

　詩的精神は彼の哲学と宗教に生命的活力を与えたが、『俗人説教』と『政治家提要』は人間と神との宗教的対峙の中で、政治や経済における人間の諸能力や社会の諸相を文学的にまた形而上的に捉えて考察した宗教的思想家としての彼の思索の結実である。コールリッジの理性論、想像力説、言葉の象徴論、聖書の歴史哲学、論理と信仰などは、既存の哲学や論理学の体系ではない彼独自の思想体系の構築を示すものに他ならなかった。『政治家提要』は主に上流支配階級のために書かれ、『俗人説教』は中流以上の知識階級に向かって書かれた。これらの著作の中で、聖書から導き出した歴史観や世界観に基づいて一般大衆に対する教育の改革の必要性を彼は説いた。英国の混乱と階級的対立を和解させようと、聖書のキリスト教精神による教育で国民全体の

融和と民族意識の確立を彼は考察したのである。⁽¹⁰⁾宗教的思想家としてのコールリッジにとって、経験に先行する真実性の根本原理は、当時の英国国教会の聖職者達の独善的な形而上学的見解によって示されるのではなく、聖書こそがこの様な真実性の根拠であり、最善にして究極の権威であった。また、彼にとって、宗教の要素は理性と悟性であり、真の宗教を生み出すのは、この二つの力の生成力に満ちた相互作用に他ならない。したがって、宗教は作られたものではなく、生まれたものとして必然的に成長するものでなければならないのである。

　現象を比較し整理して概念や用語を作り出すのが論証的悟性であり、現象の限界においてのみ、その統一性を考察するので、深みのない明瞭さを示し、実体の欠如した皮相的な知識を生み出すにとどまる。このように、悟性は経験界にのみ関わる能力であり、理性から光を得ることがなければ、人間の世俗的な物質世界以外に相応しい対象を持たない。これに対して、深みのある明瞭さを生み出すために、悟性と感性を結合させて完全なものとし、実体としての観念を理解させる力が想像力である。想像力を発動させる理性は、単一としての全体の法則を知る力であり、時空間の質量にのみ関係する悟性とは峻別される。しかし、孤立して単に理論的になった理性は、包括的理解力や公平性を失って、思弁において非現実的なものとなり、不道徳と不人情を生じ、全体という幻影のために個を犠牲にしたフランス革命哲学のジャコバン主義という欺瞞の思想となった。このような抽象的理性の誤謬を批判したコールリッジの理性は、孤立した専横的な理性ではなく、科学的原理を知るための単なる知的機能としての理性でもない。それは誤謬を悔い改めて新しい生命を得た人間の完全な精神としての理性であり、実体を持った生命的な理性であるために、単一にして多様であり、悟性全体に浸透していくのである。すなわち、神の息吹としての理性は、全能なる神の栄光から発する純粋な輝きとして、他のものをすべて蘇らせて神の友と予言者を育成するものである。⁽¹¹⁾

　宗教は全能にして偉大なるものの象徴であり、偉大なるものに類似した人間の器官としての理性と想像力によって、また悟性と空想力の協力を得ながら、可視的に自然界にその似像を見るのである。宗教は魂の行為であり、無限の豊かな霊をあらゆるものに浸透する生命となって、有限な形に示すものである。真の宗教は単に豊かな神の霊を示すだけでなく、霊のあふれ出る性質によって、人に伝達し人を説き導くものとなるのである。このように、コールリッジにとって、宗教は生命的で神の霊の創造性を反映するものである。理性と宗教は同じ力の働きが二通りに現れたものであり、理性は単一としての全体の法則を知る力に他ならない。悟性と感性を結合させて完全な力にする力が想像力であり、想像力は悟性を直観的で生命的な力にするのである。理性は神の力の息吹として、完全な精神としての実体を持ち、単一であると同時に多様であって、すべてを見通して悟性全体に浸透するものである。この意味において、コールリッジの理性は、感性も悟性も想像力もすべてを含有したものとして、心の思考の原因であり、すべての思考の中に存在し、光のように自らを表現し、人間の中に常に住んでいるものである。

（４）

　想像力で時代の世相を読み解くことによって様々な思想の原理を把握して、英国の国民性や歴

史的な理念を強靱な思索力で分析し、彼は多角的論考を加えていく。難解な文章を駆使するコールリッジは、度々逸脱することもあるが、あらゆる角度から哲学的原理を考察し、形成的精神から生命的で生産的な理念を構想するという彼の思考様式を示している。彼の後期の著作はこのような理念構築の考察の結実であり、示唆と洞察に充ちた思索の様々な萌芽が読者に語られたものである。知的で難解な彼の文章は、一般大衆には理解しがたく、特定の知識人や教養ある上流階級を読者として想定せざるを得なかったと言える。

　人間と自然の間に介在して作用する中間的精神機能としての想像力は、象徴という高度な形而上的集約としての言語的表現となって現れる。コールリッジによれば、啓示の書としての聖書の言葉こそ、想像力で読みとられるべき神の象徴に他ならず、聖書を一字一句逐語的に読んだり、本来含まれていない意味を寓意的に読むことは不信心を示すものに他ならなかった。死滅した言葉として聖書を捉え、象徴を寓意と取り違えたり、自分の都合の良い意味だけを拾い集めるような利己的精神としての悟性の支配によって、信仰が形骸化していることに彼は警告を発したのである。聖書は神の生命的言語である象徴で構成された生命の書であり、想像力で聖書に示された神の真理を読者は読みとらねばならないと彼は説いた。神の創造の調和的統一を聖書のパウロやヨハネの記述に見出し、神と聖書作者との創造的な対話、さらに読者と神との精神的な創造性を聖書に見出し、コールリッジは神の象徴としての聖書の意義を力説しているのである。

　あらゆる知識の根源を先験的に神の力に彼は求めた。最高理性から人間の理性に教示されて、人間は神の知識を得て救済へと導かれる。したがって、人間の理性は神の英知の現れであると彼は強調した。コールリッジにとって、聖書の啓示はすべて絶対的な知識であり、人間によって想像力で読みとられるべきものであった。聖書は神の言葉に他ならず、生命的な歴史の流れと永遠の象徴を示していると彼は力説している。生命的な聖書の歴史の流れの中では、過去と未来が現在に包含されているために、聖書の歴史は予言となり、聖書の予言が歴史となるのである。この様にして、聖書の歴史の事実や人間においては、過去と未来、時間と永遠、特殊と普遍という二重の意味が含まれているのである。(12) 人間は霊感によって神の声を受け止め、全体の相で物を眺める理性による直観的知識の中で神に接するのであり、想像力による宗教的認識が、人間社会の基本的構成原理となるべきだと彼は説いた。

　コールリッジの思想は文学、哲学、宗教の有機的な融合という立場から、経済や政治などの学問の諸分野を全体の相において考察するもので、論理を多様に展開させる過程の中で、理念としての統一的見解をもたらそうとすることを特徴としている。コールリッジの思索の基礎となるべき重要な考え方は、すでに初期の詩作品「エオリアの堅琴」から、「老水夫の歌」、「クリスタベル」、「クブラ・カーン」などの彼の代表作に示されている。したがって、本来、文学者として体得した詩的想像力の世界を、後年思想家として宗教的瞑想や哲学的思索の中で彼は論証し、その原理を政治や経済、教育などの社会改革に応用しようとしたと言える。

　後年に彼は詩から散文へと移行したが、詩的想像力は彼の散文を詩的にし、詩を考察した文学論は哲学や宗教に至る社会批評の原動力となった。このように、コールリッジは当時の啓蒙思想の急進的機械論の世界観や人生観を批判して、有機的統一の思想を提唱し、さらに、聖書を生命

の書として想像力で読み取り、聖書から導入した歴史哲学から自然界を神の創造と同時に、神の啓示として把握する事を説いた。コールリッジによれば、神は全ての生命の根源であり、人間の想像力も神の理性や創造を前提として可能である。聖書に示された神のロゴス、すなわち、神の言葉、神の心、理性、真理であり善なるものについての聖ヨハネ的な神学的思索や神の似像としての人間の理性についての考察が、彼のロマン主義思想の中心に位置するに至った。自然界に見られる不可視の有機的統一体としての生命の存在様式は、コールリッジにとって、詩と哲学と宗教を融合させる形而上学の対象であり、伝統的カソリックに帰依して後も、彼は汎神論的生命や不可知の力の存在を信じていた。要するに、既成概念として形骸化したキリスト教教義や教会組織に束縛されることなく、彼は聖書の中のイエスのロゴスを形而上的に考察し、象徴としての言葉から神の啓示を想像力で読み取ろうとしたのである。

コールリッジによれば、デカルトやその追随者たちは生命体を自動的機械とみなし、人間も必然的論理に支配された自動的機械と考える機械論哲学者達であり、物質主義的な死の哲学を提唱する者たちである。コールリッジは急進的啓蒙思想の機械主義的論理や無機質で受動的な死の哲学に反対して、有機的な生命哲学を提唱し、不可視な神の力としての融合と統一の力が、自然界に作用していることを力説した。自然界から神のロゴスを感得し象徴として把握する精神機能としての想像力を説明して、神の啓示としての聖書と同様に、自然界も神の創造による象徴的世界であると彼は強調した。不可視の神の力は永遠であり、自然界のあらゆる事物に神性を示している。さらに、自然の一部としての人間は小宇宙を意味し、自然の象徴的意味を読み取る機能を持っていると彼は説いた。

聖書の中のキリストの真理を読み解く理性と想像力とは、コールリッジにとって、信仰の器官に他ならない。神の象徴を認識できない者は、神の力の派生である理性に目覚めていないのであり、信仰の器官としての理性と想像力を持たない者は、感覚的悟性のみに支配された機械主義的経験論者だと彼は難じ、神の理性を否定する死の哲学の横暴を糾弾したのである。理性と連関する想像力に対して、悟性と結びついた空想力は感覚的事象と有限的推論にのみ専念するもので、連想を構成する因果律に基づいて記憶を生み出す。連想を構成する素材は感覚的事象として存在し、観念の連合によって生み出されたものは、時空間において類似のものとして同一化される。この様に、空想力は記憶を際限なく複製し、時には夢想や妄想となって、正確であるべき記憶を劣化させ曖昧にする。

『文学的自叙伝』において、コールリッジは想像力を第一義的なものと第二義的なものに分けて、第一義的想像力は人間の知覚に根源的な力として、無限なる創造神の永遠の行為を、有限の人間精神が反復するものであると定義した。そして、具体的な創造活動に関わる第二義的想像力は人間の自由意志と共存し、その作用は第一義的想像力と同じであり、活動の程度や姿が相違しているもので、常に再創造しようとして、溶解、拡散、浸透を繰り返し、これが不可能な時でも尚、理想的統一へと努力するものであるとした。第二義的想像力は、文学芸術や哲学、宗教などの精神活動を通じて、固定した客体の死滅状態に生命を与えるのである。

想像力とは直接的と間接的、主観的と客観的などの両極に介在して、両者を有機的に融合、統

合して形成的に創造する中間的能力であり、感覚的事象に理性の光をあてて、永遠の生命力を内包する最高の言葉としての象徴を生み出すものである。この様に、聖書の歴史が生命力に充ちているのは、想像力が生みだしたものだからである。想像力は形象に理性を浸透させて、理性の永遠性や自らの円環を生む生成力によって、五官を組織化して象徴の体系を生み出すのである。象徴は特殊を個によって、一般を特殊によって、また、普遍を一般によって表現し、永遠なものを時間的なものを通して明示するものである。このようにして、象徴は現実に関わり、現実を理解しやすく提示するのである。全体を顕示しながら、自らがその代表として統一した生命的存在の不可欠な部分となるのである。[13]

　感覚的悟性中心の経験論哲学の機械主義に対して、超越的で不可視の霊的存在に直接的に関わるのが、コールリッジの理性と想像力である。カント哲学との遭遇の後に、コールリッジは理性と悟性の峻別の発想から、統一と融合の作用として中間的に機能する想像力の理論を樹立した。主客合一による有機的統一の意識から生じる生命的展開によって創造へと作用する精神機能としてのコールリッジの想像力は、先験的認識を前提としており、超越的存在としての神を絶対的現実として受け止め、この宗教的命題を文学的思索や哲学的考察の中で具現化しようとするのである。

　コールリッジは文学では詩的想像力の天才の具現として、ミルトンとシェイクスピアに早くから親しみ、同時に哲学では早い時期に、プラトンから不可視な霊的存在とイデアの宗教的認識能力を学び、さらに、カント哲学の影響によって、生来の思想傾向が体系化の方向へ進むに至った。独自の思索を重ねたコールリッジにとって、カントの理性と悟性は神の霊的な理性からの派生としての人間の理性という理念哲学を生み出す契機となったのである。このように、カント哲学から導入した理性と悟性の峻別は、中間的に介在し相反物を統一する総合的な能力としての想像力の理論の必然性を彼に自覚させ、さらにカントの論理学を超越した神の理性へと考察を深めることになった。創造力をもたらすために仲介して、主観と客観を有機的に統合させる想像力は、形成的精神の機能としてコールリッジ思想の中枢となった。

　コールリッジの想像力は神から派生の人間の理性を前提として可能であり、彼の詩的体験から生じた形而上的考察と神学的思索の結晶の産物であった。人間が主観的で客観的にも認識するものは、種類や程度において様々であり、主客合一の認識の原理において自己同一性を確認するのである。コールリッジの「能産的自然」とは理性の生命に充ちた汎神論的存在である。超越的世界に関わる理性は、直観的で神の力を受けた霊感となって理念を形成する。直観的で霊感的な認識は超越的なものである。コールリッジの理性は神の力であり、神霊に他ならない。理性は神の理性の派生したものとして、常に人間と神との対話を可能にする。コールリッジによれば、悟性や想念も、理性において命を得る神の恩寵であり、個人的能力ではない。父なる神と子と聖霊の三位一体において、聖霊を受けた人間の霊が個人的能力ではないのと同様に、理性は神の力の流出であり発現である。

注

（1） L.Patton and P.Mann (ed.) *Lecture 1795: On Politics and Religion* (Routledge, 1970) p.68.

（2） J.Colmer (ed.) *On the Constitution of the Church and State* (Routledge, 1976) pp.43-4.

（3） R.J.White (ed.) *Lay Sermons* (Routledge, 1974) p.7.

（4） J.Shawcross (ed.) *Biographia Literaria* (Oxford, 1907) vol.I., p.58.

（5） *Ibid.*, vol.II., p.20.

（6） E.L.Griggs (ed.) *Collected Letters of Samuel Taylor Coleridge* (Oxford, 1956) vol.I., pp.352-5.

（7） J.Shawcross (ed.) *op. cit.*, vol.I., pp.95-6.

（8） L.Patton and P.Mann (ed.) *op. cit.*, p.91.

（9） Hartley Coleridge (ed.) *Coleridge Poetical Works* (Oxford, 1969) p.113.

（10） R.J.White (ed.) *op. cit.*, pp.39-41, pp.206-7.

（11） *Ibid.*, pp.62-3, pp.69-70.

（12） *Ibid.*, pp.28-31.

（13） *Ibid.*, p.29, pp.69-70.

第五章　コールリッジのロマン主義思想

（1）

　コールリッジのロマン主義思想は文学芸術に限られたものでなく、哲学研究から政治経済や宗教的道徳教育などに及ぶ社会制度の革新を提唱したものであり、人間の思想や文化の領域に幅広く関わっていた。しかし、彼の学説は幅広い領域に及んでいるが、その出発点はやはり文学芸術であったことも事実である。彼の文学的論考がギリシア・ローマの文学と哲学の研究に基盤を置いており、古典崇拝の気運の中で育ったことを示していることを考えれば、ロマン主義が実は古典主義の一派生としての発展形態であると見なすことも根拠のないことではない。古典主義は思想上の権威主義や保守主義を生むが、ギリシア・ローマの古典を従属的に模倣するのではなく、古代と対峙した現代人の認識こそが真の古典主義でなければならない。各領主が独立した経済を構成し、地方分散性を特色としていた封建制度の下で、古典主義は国民的統一を目指す時代の思想でもあった。資本主義は封建的経済を破壊して、大きな国家的経済を発展させたが、同時に資本家の搾取と労働貧民という社会問題を発生させた。封建的分散性から国民的統一へ、さらに封建制度から資本主義への社会変革期が人間や文学に大きな影響を与えた。封建制度に対する近代精神の闘争はルネサンスと宗教改革において如実に現れているが、18世紀は絶対主義の打倒と革命の時代であり、文学や社会思想では啓蒙主義の世紀であったと言える。

　古典主義から啓蒙思想に至る時代思潮の中で、文学的法則の理論的支配を主張した人々は文学や芸術も知的技術の習得に他ならないとし、形式と模倣の法則を守れば優れた作品を達成できると考えた。処世的教訓や知識の伝授を意図しているとされた道徳は、物質的満足による幸福を説くものに堕落した。さらに、社会の全ての不幸は知的法則や理論に対する誤謬から起こると断じる浅薄な思想が生まれた。豊かな感性と学識で真理探究に努めたコールリッジは、合理主義や功利主義に偏重した啓蒙思想に対して、情緒的で思索的であるような革新ロマン主義思想の正反対の方向性を模索したのである。　彼の国民的民族主義は啓蒙思想からロマン主義への思想的転換の必然的結果であり、抽象的なものへの固執から個性的で具象的なものの探究へと移行して、普遍的真理は具体的で個別な事物を通してのみ表現できるという彼の象徴としての言語認識へ展開したのである。

　初期のジャコバン的なコールリッジは、啓蒙思想に従った急進主義の立場を表明し、哲学では観念連合説の感覚的経験論や楽観的進歩主義を信奉していた。結局、この時期の愛国的共和主義者の彼は、啓蒙思想の特徴である抽象的世界同胞主義者であった。抽象的理論によって個人的功利を全体的功利へと転換させるハートリーの観念連合説においては、社会の悪弊は単に教育の不足と環境論だけで機械的に説明された。しかし、コールリッジは独自の世界観を政治や経済の理論に浸透させ、哲学的思索と宗教的信仰を結びつけて独自の体系を模索したため、急進主義の抽象的理論には受け入れがたい気持ちを抱くに至った。啓蒙思想は完全無欠の人間という抽象的概念を想定し、過去の人類の歴史を否定して迷信と暗黒の世界と見なし、伝統を無視して時間と空

間に属する皮相な因果関係のみで全てを説明していた。したがって、コールリッジのロマン主義思想は、人間的な心や過去を無視した啓蒙思想に対抗する生命的な理念と歴史哲学の模索であり、全体と個我との均衡の有機的考察を特徴とする。啓蒙思想が把握できなかった大衆の声を認識し、人間の魂を新たに発見することが彼の至上の詩人的使命となった。

　科学技術の進歩と共に急成長した資本主義を分析し、時代の病弊を厳しく非難したコールリッジは、産業革命やフランス革命によって生じた深刻な社会問題に対する考察を深めた。資本家の搾取による労働者の困窮、大都会のスラム化と犯罪の増加、拝金主義の蔓延、人を労働賃金で価値判断する楽観的経済理論などが当時の社会混乱の大きな原因であった。資本主義の構造的矛盾に対する彼の洞察は、産業革命と商業主義への徹底的な批判という形をとることになった。

　コールリッジは現実の人間社会を無視した革命理論や貧富の格差拡大による貧窮労働者を生んだ資本主義経済の非人間的側面を鋭く批判した。初期の彼は啓蒙思想に大衆への近代の精神的覚醒を期待したが、後に彼はその抽象的理論の非人間性を非難して感覚的悟性の産物と糾弾し、単なる事実の分析と打算的原理にすぎないと訴えた。啓蒙思想の欠陥は想像力と徳性教育の欠如であると考え、この様な悟性中心の時代精神に対して、ロマン主義改革の実現のために、聖職者から成る学者集団による神学を中心とした国民的教育機構を設立する必要性をコールリッジは唱えたのである。[1]　人は孤立してではなく、相互に関連しながら存在しているために、個我の完成は人間の有機的な相互関係の中において達成されねばならない。しかし、現実の人間は不完全な個我であり、全人的な個我としての可能性をのばした個我ではない。さらに、啓蒙思想の合理主義社会は精神の分断化による悟性の支配をもたらし、つねに人間の全人的な発展を阻害して、卑小化した部分的な個我のみを生みだした。啓蒙思想は封建君主の人格的統治を否定し、合理主義的な中央集権政治を理想として、人民による近代国家体制の樹立を高唱した。国民の啓蒙による画一的人間の産出を目指す整然とした教育組織では、理想とされる合理的人間とは正確な計算能力のみの感情の希薄な機械的存在に他ならない。絶対自由と内的自律を喪失した人間は、権力に操られる画一的存在である。したがって、全人的に発展した個我は詩人の理念としてのみ存在し、達成しがたい理想として、失われた人間性への郷愁として存在するに至った。合理主義と資本主義の社会には真の理性によって導かれた完全な個我など存在せず、また存在する余地もないことにコールリッジは慄然たる思いであった。

　『教会と国家』の中で、文明国家社会は啓蒙思想の悟性的啓発によるのでなく、人間性を形成すべき様々な特質や能力の全人的調和と発展、すなわち、全人的教養と内面的陶冶に基づくものであるとコールリッジは主張した。[2]　　人間が労働だけでなく、自己の余暇によっても存在理由を示しうるような社会において、すなわち、自分の求める仕事を選び、能力と希望にしたがって生きることが可能な社会においてのみ、人間の全人的発展は可能である。封建的旧体制と資本主義社会の動乱の時代の中にあって、彼は全人的個我の完成という新たな理念を求めて、急進的啓蒙思想、ルネサンスの理想、ギリシア・ローマの古典的人間観などを遍歴して、相互関係の中で批判的考察を繰り返しながら、彼独自のロマン主義思想を形成するに至った。

　コールリッジは思考と感情の両面に豊かな資質に恵まれていたが、情緒的感性と形而上的思弁

の対立と調和に苦心した人物でもあった。彼の存在の根底に息づくこの二律背反を包含する偉大な全体者への思慕は、鋭敏な感情と深い思惟力によって支えられた幅広い受容力となり、様々な思想遍歴を可能にし、重厚な思索を生み出した。しかし、彼は賢明で才能に満ち、洞察力鋭く的確な機知を備えていたが、生来の病弱のために膨大な学識や思想を体系的に完成させる意志力に欠けていたと言われている。未完の作品や計画の中止、約束の不履行などについて彼自身も自分の不決断と怠惰として自嘲的に述べている。[3] にもかかわらず、膨大な量の彼の全集が示すように、彼は様々な思想の全領域にわたって多くの著述を残した英文学史上でも希有な人物である。実際的処理能力欠如と夢幻的世界への傾倒といった現実と理想の相克に苦悶したコールリッジの姿に、高尚な理想が世俗的現実に敗北した結果、悔悛と原罪意識から宗教的考察や形而上的思弁を深める過程を辿ることができる。彼は不安と分裂を内在させて苦悩するロマン主義的性格の典型的要素を示している。

　コールリッジの幻想世界への神秘主義的陶酔や宗教的瞑想は、理想と現実の相克の絶望的状況からの逃避であると同時に、想像力を喚起する源泉ともなったというロマン主義的矛盾を示している。昼と夜、光と闇、生と死との相反的対立は、苦悩の現実世界を去って幻想世界へ向かう神秘的思慕を生み、絶対無限や永遠の相を表現する彼独自の超自然詩の題材となった。思索的頭脳と直観的感情の衝突と和解の中で、有機的全体としての知的把握と同時に、不可知な真理の神秘としての先験的存在を彼は捕捉しようとした。この様に、矛盾的撞着や葛藤から調和の融合へ、単一的命題から反対命題への多様性へ、さらに全体としての総合的命題へと思想的発展を繰り返すのがコールリッジのロマン主義思想の特徴である。

（2）

　コールリッジは功利主義や合理主義の教育論や環境論を無神論的と批判し、理念形成や天分の育成をしない感覚的経験論の弊害を指摘した。すなわち、即物的才能や知識のみを絶対的価値とする実用主義を否定した彼は、現実の社会を無視した急進的理論のみを強調する啓蒙思想の不完全な人間観や世界観をも批判したのである。当時は道徳や政治の衰退と無神論の時代であり、不毛の物質的繁栄、私利私欲を煽る投機心、大衆のためではなく国と資本家のための拝金主義を生んだ時代であった。この様な社会状況を危惧して、コールリッジは思想的基盤としての啓蒙思想を放棄して、独自のロマン主義思想の立場から、有機的世界観による能産的自然の理念を力説した。時代精神に対する彼の考察は、『友』における理性と悟性の峻別とその調和的精神機能の分析的探究、さらに真理認識と政治哲学の論究のきっかけともなった。[4] コールリッジにとって悟性的理解でしかない合理主義的理論のみを強調し、唯一の絶対的価値判断基準としていた啓蒙思想は、文学や哲学や神学をはじめ広く当時の社会を支配していたのである。

　合理主義を批判し、功利的機械主義の世界を嫌悪し、内面的探究へと傾斜するコールリッジのロマン主義は、北方的思想風土で生まれたドイツ観念論を取り込んでいった。1798年からのドイツ滞在中のカント哲学との出会いによって、彼は革命思想を激しく断罪する反動の保守主義へ転向していく。日常世界と異なった超越界への憧憬を抱いていた彼にとって、カントの悟性と理性

の二元的世界観は非常に魅力的であった。理性は内面的感覚器官で不可視の普遍的精神世界を認識する能力であり、理念は理性によって活動する想像力の産物であり、直接現実世界に対応するものでないとされた。しかし、カントが理念理性を統制的規範としたのに対して、コールリッジは生成的で現実世界を支持したり変えたりする実体的な力として存在すると考えた。(5)

理想と現実、そして思考と感情の対立の和解を求めて、ドイツ観念論哲学から導入した人間の精神構造の分析によって、コールリッジは認識主体の意識の地平線の拡大と神の似像としての人間の理性の発見を模索した。しかし、彼にとって思想的示唆を多く受けたカントであったが、人間の認識能力に与えた厳格な論理学的定義と彼は衝突するに至った。カントの哲学は人間の認識能力の限界を厳格に定義する論理学として、新時代の精神活動に大きな影響を与えた。道徳的行為者としての人間の自由自我の主体には、あらゆる他の領域で知識や能力に明確な限界が存在するとカントは説いた。全人的発展のための人間の諸特質や諸能力の調和、すなわち、人間の潜在的神性と自由の実現というコールリッジのロマン主義的目標が、現実には論理学的に不可能であることをカントは断言していた。カントの論理学では、憧憬は所詮憧憬以外の何物でもないが、コールリッジは神の絶対無限を探究し、論理学的認識の限界を凌駕する神聖なる領域を模索し続け、その理論的根拠を理性論を中心とした想像力と聖書的愛の理念に求めたのである。自我の拡大を確立する理性論と想像力説によって、彼は人間と自然との有機的関係の理論的根拠を示し、機械的合理主義の受動的精神に対して、生命的で能動的な精神世界の豊饒を説いた。彼は本質的に夢想家であったが、偉大なる全体への思慕を想像力という明確な形で高唱し、思想の各分野に幅広く応用したことに大きな意義があった。

有為転変の現象世界を常に超絶的な全体の相で眺めるコールリッジは、無限の自己啓発を生む生命哲学としての理性論を考察する情熱的思想家であり、カントの様な冷徹な論理家ではなかった。政治や経済の社会問題に対する彼の思索には原動力とも言える直観的認識や無限への憧憬がある。したがって、コールリッジの思想は決して生硬な純粋論理に偏った思弁ではなく、頭脳と心情の調和的融合を求めた詩的形而上学であつたと言える。理性と想像力による自由自我の確立も、彼の詩と哲学と宗教の形而上的考察の必然的結果であった。しかし、精神的調和の世界は理想としては存在しても、近代の人間の錯綜した生活の葛藤や軋轢の中では、現実世界での実現は至難である。また、全人的教養や内面的陶治が、コールリッジのロマン主義の目標であったが、彼の現実の外面的、内面的生活は非常に不安定で堅実さを欠いていた。絶えず理想と現実の狭間で呻吟した彼の個人的生活が分裂すればする程、彼は全体の意識としての理念の世界、すなわち、自己実現のための認識可能な超越的実在を追求し続けるようになった。理念は先験的観念に他ならず、理性に先在し理性によって生まれ、理性は対立的で異質な要素を融合する有機的生命力や生産力を持つものとして、絶対無限者である神から人間に派生するものである。たとえ対立の調和が至難の業であっても、融合への不断の思考を巡らし、さらに構成的な新たな存在の可能性を模索することによって、実在としての有機的統合の理念の実現に接近することが出来ると彼は力説した。

「両極端は一致する」というコールリッジ的思考様式(6)が示すように、相反する両極端を全

体の相において眺めることによって、極端な外面的客観性も内面的主観性も誤った精神の半真理にすぎないことを認識して、人間は偏狭で部分的であることから免れ得るのである。全人的な有機性や創造性を生み出す自由自我の可能性を模索する彼は、絶対無限や永遠の相を直観的に体験するが、同時に自分のビジョンの世界が現実では容易に達成されないことを痛感していた。このために、真の理性と意志力によって発動する想像力に、全ての対立的不調和を止揚する全体者としての絶対無限を把握し表現する機能を彼は認めた。思想的遍歴を重ねたコールリッジの思考の変化や論理の矛盾的対立にもかかわらず、真理の多面性や部分的真理を包含しうる茫漠たる不可分性や偉大なる全体の相に対する知的愛 (7) によって、彼の思想は一貫性を保っている。また、単一と多様との相互依存関係から事物の全体像への考察は、変化や矛盾的対立に対する豊かな受容性を持った彼独自の想像力と有機的統一の思想を生んだのである。

　部分から全体を把握すると同時に、全体に部分の有機的作用を洞察する想像力と理性の機能の論証に努めたコールリッジは、18世紀的なものと19世紀的なものの相反する価値観の調停役を果たし、イギリスの伝統に新たな生命を加えることを願っていた。古典主義的伝統とロマン主義的熱情を調和融合して、生命的精神全体を受容し整然と表現すること、すなわち、至福の感動状態と整然とした秩序の結合、個我と普遍の合一などの実現を文学だけでなく哲学や政治の世界にも彼は求めたのである。コールリッジはドイツ観念論に傾倒したが、生来プラトン主義者であり、プロティノスに心酔した新プラトン主義でもあった。彼は新プラトン主義的な知的直観や恍惚の瞬間における人間の想像力の機能を論証し、その強靱な意志力や壮大な霊的支配力を自由な自己実現の決定様式に加えようとした。コールリッジの想像力と理性によれば、実在認識は人間の精神機能の産物であり、中でも最も中枢的な道徳的機能こそが人間を改善させ、永遠の相において無限者なる神への開眼をもたらすものであった。コールリッジはこの想像力のプラトン的信奉者としての思想的基盤を先験的観念論哲学によって確立したのである。

　コールリッジは道徳の問題については厳格であり、『文学的自叙伝』第13章における想像力説でも「無限なる我有り」(8) の派生としての絶対自由自我の変化する神聖なる精神的運動性を重視している。人間は精神的運動性の全体の相を絶対自由の自己決定様式によって機能する理性の下で把握する。全体像の把握によって感覚的悟性を支配する理性の高邁な究極的目標に接近し、永遠の相である絶対無限者に触れるという人間の創造的使命を果たすのである。先験的領域に存在する理性の原理は経験主義の論理で証明されるものではない。したがって、この根本原理を認識基盤として容認しなければ、人間が経験の法則に属さないものを把握することはできず、この前提がなければ、あらゆる存在認識も不可能になることが、この原理の存在理由を証明していることになると彼は『文学的自叙伝』第12章で論述し、この様な直観的知識に対する「哲学的想像力」によって、人は自己直観の神聖な力を獲得すると断じている。(9)　科学的合理主義万能の時代において、近代の無神論や虚無思想の蔓延をいち早く洞察し、先験的な根本原理の必然性を認識していない大衆に向かってなされたコールリッジの学説は、この原理の最初の提唱者であった彼の業績を如実に示している。さらに、この先験的原理を教会組織に適用して批判し、既成概念や権威主義としての宗教が創造主を産出しようとする行為は、自己欺瞞であり自己否定に他な

らないとコールリッジは当時の宗教界に警告を与えた。

　先験的観念論がコールリッジの思想の基盤となり、彼独自のものとして開花するまでには、多くの思想的遍歴を必要としたが、彼は特にルネッサンスに始まる人間主義の精神や道徳に大きな関心を持っていた。彼の『政治家提要』は独自の歴史哲学から古代を崇め、さらに、近代人の体験における聖書的理念の存在の先験的重要性を説いている。(10)　標準的な言葉と形式を確立しようという古典主義的な考えは、文学のみならず他の領域においても権威的法則構築の動きを生んだが、コールリッジは感覚的悟性を中心とした外面的規則や形式でなく、真の理性に基づいた理念の内的自律性による絶対自由自我の想像力が創造的能力にとって不可欠なことを主張したのである。コールリッジのロマン主義は18世紀思想の文学・宗教・哲学・政治には見られない新たな人間精神の領域を生み、不可知の霊的存在や不可視の存在様式に対する冒険的な探究心が旺盛であった。18世紀の皮相的な合理主義では把握できない豊かな人間精神の全体像を、彼は新たな経験内容の論証や分析によって模索した。功利主義と合理主義の精神で育成されたミルが、自らの思想の偏狭な一面性から離脱しようとコールリッジの思想に向かったことは有名である。この事はコールリッジの思想の影響力や魅力の大きさを如実に物語っており、ミルはコールリッジに自らの思想上の危機における精神的開明への手がかりを希求したのであった。

（3）

　無情と軽薄、古代や歴史に対する無視、道徳の衰退、宗教の喪失、神秘的探究に対する軽蔑、さらに人間性を死滅させた功利と合理の醜い姿を曝した時、コールリッジは啓蒙思想を激しく非難し、『政治家提要』の中で、この様な理念不在の時代精神の本質を「抽象的理性」(11)とも感覚的悟性による「現象の科学」(12)とも呼び、厳しく糾弾した。悟性に支配された抽象的理性が全てを冷徹に分類することは、理性本来の生命哲学を求めながら、実は「死の哲学」(13)と言うべき機械論へと入り込むようなものだとコールリッジは時代精神を容赦なく非難した。部分的な目的と結果だけの打算的計算のみに終始する感覚的悟性中心の時代精神が、創造的な人間の想像力や理性の生命的活動を死滅させてしまうことを彼は憂い嘆いた。この様な啓蒙思想による知性の分断の中にあって、コールリッジは人間の全体像を探究し、偏狭な部分的存在ではなく、統一と調和の全人的関係による共同社会を構想した。その理念の根本精神について、自然界の有機性と同じく確実な究極的目的に関する知識としての先験的根拠を持つと彼は『教会と国家』の中で主張した。(14)

　旧体制下で進行中であった合理主義の風潮は、近代啓蒙思想と政治の決定的結合の産物であるフランス革命によって急進主義へと加速した。啓蒙思想は最新の科学技術や学識によって政治や経済を動かそうとするに至ったのである。啓蒙思想において自然科学を支える抽象的理性は、同時にジャコバン主義ともなり、合理主義思想の非歴史性の典型的特徴であった。人間は単純な原因と結果の法則で運動する存在とされ、共同社会は機械的組織として機能するものとされた。合理的人間の理想社会は自由のない原子のように操作される組織である。18世紀の啓蒙思想の合理主義的自我の主張は、経験論哲学に基づく原子論的社会の構築過程を生みだし、最終的には社会

的結合の崩壊をもたらし、ジャコバン的急進主義から功利主義に至って、人間社会の分断化現象は極限の域に達した。産業革命以降の自由競争を加速させた楽観的経済学や人間性無視の急進思想に対して、コールリッジは革命思想や資本主義の矛盾を解決すべく、『教会と国家』の中で有機的共同社会再生のための国民教会と国家の理念による国民的統一性の再構築という立場を明確に示した。(15) 悟性に他ならない抽象的理性に対する神から派生の創造的理性、原子論的社会に対する有機的共同体論、そして急進的啓蒙思想に対する伝統の理念の歴史哲学、さらに、近代の世俗化現象に対する国民教会の宗教的道徳教育の必要性などを掲げてコールリッジは対抗した。彼の絶対自由と国家の理念によれば、教育による全人的な人格形成が国民としての完成を意味し、人間の潜在的神性と尊厳が保証されることになるのである。

　フランス革命理論の失敗に対する反省から、旧体制を排除するために暴力的革命に訴えても、それは単に新たな殺戮と混乱を生むだけであり、復讐と憎悪の悪循環が続くと彼は考えた。真の人間性に基づく自尊心と勇気が、社会に詩的真実と愛をもたらすというのがコールリッジのロマン主義の信条であった。自由自我の理念はルネサンスから啓蒙思想に至る理想であったが、彼は産業革命後の資本主義の非人間的要素を批判し、現実の人間を直視しない啓蒙思想が、世の中の混乱に拍車をかけたと断じた。このために、全人的開花としての人間性の完成が、国民教会を中心とした精神的社会活動や教育によって達成されることを彼は期待したのである。人間は世界の中でさまざまの体験を積むが、相互に何の関係も持たない抽出物としてだけの個々に分離した悟性的世界認識ではなく、体験が有機的で生産的な全能の無限者に関わるような真の理性による理念の世界を現実社会に構築しなければならないとコールリッジは説いたのである。(16) さらに、永続的社会の必要条件としての国民的生涯教育機構、そして国家に対する民族的恭順や忠誠心が、国家存続の強力な結合の原理であると彼は説いた。すなわち、文学的想像力に求めた有機的融合の原理を伝統的共同体の社会的想像力の理念に求め、その精神的指導原理を再認識し育成する哲学的想像力による新たな国家社会制度を彼は構想したのである。

　古典主義の整然たる秩序や抽象的美は、人間の自然な感情に直接訴えかけるものがない。また、啓蒙思想や近代科学は抽象的法則を自然界のあらゆるものに見出し、整然たる幾何学的秩序を自然の姿と考え、非合理なものを全て自然に反すると否定した。人為的観念を自然に持ち込む啓蒙思想の科学主義や古典主義的秩序に対抗して、自然と人工の対立の中で、人為を否定して自然を称讃するロマン主義の態度が決定的となったのである。古典主義の価値観や啓蒙思想の抽象的理論の誤謬を痛感するに及んで、コールリッジは合理主義の時代精神の中で分断された知性の回復を求めて、国民の統一性や国家社会全体を理念の教育によって再生しようとした。このために、彼は想像力を政治思想に導入し、理念による政治の再生を考察した。全体と部分との有機的な関係を仲介する理念が国家であり、この均衡の理念において国家は現実的存在であると彼は説いたのである。(17)

　科学的理論や知識による物質的進歩を信奉する近代文明に対して、コールリッジは人間性の道徳的進歩を人格陶冶や教養化と呼び重視した。そして、道徳的進歩のための知識を伝授するのが国民教会の使命であり、その指導的役割を果たすのが神学者とされた。あらゆる原理が理念で現

実となり、理念は生産的で無限の力を秘めた絶対無限者に関わるものであった。理念が人間社会で実現されていく過程が歴史であり、この神聖なる歴史哲学の中で究極的目標の実現への生成過程を認め、この理念を国家に導入するのが国民教会とその聖職者集団であった。国家を指導し国民を教育する知的エリート集団によるコールリッジの国家観は聖書的歴史哲学の中で生成する理念に基礎を置くのである。歴史的存在である人間が相互に交流することによって政治的社会制度を構築する過程には、道徳観や政治的倫理に配慮して正義と慈愛の感情を育成することが必要であるために、コールリッジは打算的な合理でなく、直観的感情という人間の非合理的能力を高く評価した。人間の認識能力や価値判断に道徳的自律性や民族的自己同一性を求め、歴史的展望の中でこそ真の自由自我が存在しうると彼は考えた。過去を重視する彼の歴史哲学の反動的態度は、真の自由自我の人間社会の成立を求めて、個と全体との有機的結合を歴史的存在としての伝統的共同社会に実現することを示すものに他ならない。

　人間は他者から孤立した存在ではなく、他者との交流によって存在理由を示しうる共生的存在である。しかし、この事が国家的絶対主義や排他的共同体という危険なナショナリズムへと結びつかないように彼は配慮した。このために独自の政治思想を追究するコールリッジは、国家よりも国民教会の役割を重視した。政治は宗教的理念を実現するための手段であった。国家と国民教会の結合としての聖書的な民族意識と歴史哲学が、国家の政治的存在よりも重視されたのである。彼は独自の歴史哲学の立場から、歴史的経験による英知が政治に不可欠と認め、後天的な現在の経験内容よりも先天的な歴史の理念の実体を考察した。この点で、コールリッジの保守主義は既成概念や政治権力に対して革命的提言を主張していたのである。

　世俗的俗物精神に対抗する闘争運動は、ロマン主義だけでなく啓蒙思想や古典主義も本来同じであった。しかし、意識の啓蒙的覚醒や人間の古典的教育をさらに改革して、コールリッジは諸能力の調和的融合による全人的人間像を絶対自由自我の自己実現として完成することを説いた。古典主義は政治的社会行動の遅れのために、国民的意識の育成に不充分であり、啓蒙思想も合理主義と功利主義の限界を露呈していた。彼の理性論に示された先験的知識としての理念は、無限者に関わる宗教的想像力の生産的な生命力であり、[18] 全体者への意識に通じる自由自我を可能にするものである。コールリッジのロマン主義思想は時間の精神的超克によって、過去・現在・未来に一貫して存在し続けるこの理念を把握し、あらゆる思想や事件を歴史全体の中で捉え、啓蒙思想の単なる合理主義的進歩への信頼ではなく、理念の無限の生命力による円環的展開において、歴史を独自の時間の観念として捉える歴史哲学を提唱したのであった。[19]　フランス革命は人為的な社会構築の壮大な試みであったが、その思想的基盤であった啓蒙思想は、人間から非合理な道徳的感情や想像力を除外して、最も価値ある人間性の有機的生命を解体分断して合理的存在に集約するという誤謬によって、時代精神の病弊を生み出したのである。

　無機質で合理主義的な近代国家に対する反論として、理念の政治の具体例を過去の中世的封建制に求めたことや、政治と宗教の合一、そしてエリート集団指導体制を高唱している点は、コールリッジの反動的保守主義の性格を顕著に示している。しかし、人為的な抽象的理性によって真の人間性が圧殺されることを憂い、個人としての内面的自由を守るために、迷信や因習という不

条理も含めて伝統という長い歴史観に立脚し、時間の流れの中を持続してきた歴史的集団の英知の存在に対する認識の必要性を彼は力説した。風俗や習慣は共同社会の中で他者との交流によって成立してきた民族の集団的英知に他ならない。コールリッジの政治思想は感受性豊かな人間性と社会生活を基礎づける習慣を考慮し、歴史的経験の中で作為的な政治制度を自然的存在に一致させ、無限の生命力を持った歴史哲学の認識を民族的欲求という自らの存在の根源として受け止めようとするものである。近代合理主義と対立したコールリッジのロマン主義思想は、反動的保守と歴史哲学を特徴とし、人間の自然な本性を非合理的で歴史的な共同社会的存在と見なす。啓蒙思想の抽象的理性の専制を攻撃したコールリッジは、社会のあらゆる領域で合理化が進行し、政治、教育、宗教などが形骸化していく現代においても尚、今日的意義を失わないのである。

注

（1） J.Colmer (ed.) *On the Constitution of the Church and State* (Routledge, 1976) pp.46-7.

（2） *Ibid.*, pp.42-3, p.54.

（3） E.L.Griggs (ed.) *Collected Letters of Samuel Taylor Coleridge* (Oxford, 1956) I., p.656.

（4） B.E.Rooke (ed.) *The Friend I* (Routledge, 1969) pp.154-61.

（5） *Ibid.*, pp.189-99.

（6） J.Colmer (ed.) *op.cit.*, p.96.

（7） E.L.Griggs (ed.) *op.cit.*, pp.352-5.

（8） J.Shawcross (ed.) *Biographia Literaria* (Oxford, 1907) I., p.202.

（9） *Ibid.*, pp.160-94.

（10） R.J.White (ed.) *Lay Sermons* (Routledge, 1972) p.9.

（11） *Ibid.*, p.63.

（12） *Ibid.*, p.59.

（13） *Ibid.*, p.89.

（14） J.Colmer (ed.) *op.cit.*, p.12.

（15） *Ibid.*, p.299.

（16） R.J.White (ed.) *op.cit.*, pp.69-70.

（17） C.Patmore (ed.) *The Table Talk and Omniana of Samuel Taylor Coleridge* (Oxford, 1917) pp.163-4.

（18） R.J.White (ed.) *op.cit.*, pp.196-7.

（19） J.Colmer (ed.) *op.cit.*, p.32; cf. R.J.White (ed.) *op.cit.*, p.104.

第六章　コールリッジのロマン主義運動

（1）

　18世紀末から19世紀の中頃に至るロマン主義運動は、文学や思想史上に大きな影響を及ぼした歴史的重大現象であり、人類の精神史において注目すべきものである。ロマン主義は単に文学上の主義主張だけでなく、人間観や世界観の革新を意味し、哲学、宗教、科学から、政治経済等の社会全体の状況にも及ぶに至った。ロマン主義運動は人間の思想と感情という精神を構成する心理的態度の源泉に対する歴史的な一大隆起であった。文学や社会思想の諸相は合理と不条理の二大潮流の相克と和解の歴史から生まれるが、1800年前後に絶頂を極めたロマン主義運動は、非合理主義的傾向を顕著に示し、後の象徴主義や芸術至上主義、神秘主義等の先駆となった。ロマン主義はプラトンの哲学を源泉とし、さらにプロティノスの新プラトン主義に思想的基盤を得て、古典主義と対峙する価値観を構成するという独自の発展を遂げた。

　古典主義は感覚的外界との密接な関係の所産であり、外界を人間と緊密な関係を持つものとした。しかし、プラトンは感覚的外界や悟性的理解に現れるものは真実でないとし、イデアの世界こそ真理の世界だと主張した。プロティノスはさらにイデアの世界を純粋精神の世界として把握し、感覚的外界の現象は精神にのみ存在理由を持つと考えて、プラトンの世界観をもっと精神化してキリスト教的精神を反映するに至ったが、プロティノスは伝統的キリスト教徒ではなかったので、中世的神学と新プラトン主義との間に距離が生じた。しかし、南欧とは隔絶の厳しい自然界を生き抜いたゲルマン民族にとっては、感覚的外界を拒否して精神世界を構築する新プラトン主義が自然に受け入れられ、新プラトン主義と融合したキリスト教が彼等の信仰となったのである。

　1700年頃にプロティノスの哲学はシャフツベリーによって再評価されて、ブルーノからプラトンへの系譜と連関が確立された。シャフツベリーの思想は審美的特質を持ち、宗教的感情において新プラトン主義的思索を深めた。このような思想や感情は、主知主義的で現実的なギリシア思想に対立する反対勢力の勃興であり、アポロ的思想に対峙するディオニソス的思想の主張であった。さらに18世紀の時代精神であった啓蒙思想への反抗ともなったこの運動は、ロマン主義思想の先駆として、ギリシア精神の復活ばかりではなくプロティノスの哲学をゲーテやシラーなどのドイツ古典主義に導入させることになった。反主知的な理念が古典主義によって否定されたわけではなかったが、ゲーテやシラーは感覚的外界の現象を拒否して精神のみを肯定するのではなかったから、プロティノスの哲学がさらに受容されて芸術の形態や形而上的思想として具現化していくのがロマン主義運動であったと言えるのである。

　ロマン主義思想の歴史的系譜は、その反主知的で反現実的な諸相における本質的価値や特徴に注目しながら、時代の制約や様々な作家や詩人の思想と感情を詳細に検討して正当に評価し得るものである。1789年に起ったフランス革命は、ヨーロッパの知識層に大きな衝撃をあたえ、詩人や思想家達はそれぞれの個性や立場から反応を示している。ゲーテやシラーもフランス革命から

深い影響を受けたし、ロマン主義運動もフランス革命とその後の政治や経済の社会状況を考察しなければその本質を把握できないのである。

　時代の精神に注意をはらう者にとって、大衆の不満の原因を解明し、持てる者と持たぬ者との間の失なわれた信頼を取りもどすために、その障害を打破し改革することが必要であった。フランス革命は自由への熱情によって搾取された者たちを鼓舞し、正義に反する重圧への反抗であった。領主は農民に残忍な暴君であることが多く、平民に加えた暴虐は想像を絶するもので、自分は悦楽に耽って、平民を苦しめたのである。司教や貴族も領主と同じく平民を軽んじ搾取していた。全ての官位は世襲制で貴族の平民に対する暴虐は言語を絶するものであった。この様な状況の中で、イギリスやフランスでは、平民の勢力が中産階級の台頭と共に、古い権力を排斥して新国家を建設する方向性を示すようになった。

　古典主義は大衆運動から遊離したが、思想的にはフランス革命の精神に反するものでなく、大きな政治と経済の社会問題をあくまでも客観的に把握し、美学的に表現しようとした。しかし、この様な当時の社会革命思想に対する古典主義思想の後退的方向性は、唯一の窮余の逃げ道を意味していた。ロマン主義は古典主義の大衆運動からの離反に対抗して、フランス革命を背景として生まれた。ロマン主義が一般知識層と同じく、フランス革命に共感し共和主義を支持していたことは、ロマン主義の思想上の出発点が、古典主義から啓蒙主義につながるイギリスの偉大な伝統にあったことを示している。そして、その後の社会的混乱と矛盾を引き起こしたフランス革命と産業革命に対して独自の反動の思想として確立したロマン主義は、ヘレニズムやヘブライニズムといった西洋思想の源流と深く結び付き、幅広い多様性と強烈な個性を特徴とするに至った。

　ルイ16世処刑に至ったフランス革命に対してヨーロッパの知識層は動揺と当惑を禁じ得なかった。イギリスの代表的なロマン主義詩人で思想家であったコールリッジは、啓蒙思想の影響下で1789年から1799年にかけて起こったフランス革命による戦乱や18世紀末から発生した産業革命による近代化の時代精神に伴う社会制度の変革と資本主義の台頭の中で、両革命の理想と現実の矛盾と幻滅的結末や非人間的要素を批判し、人間社会の組織に与える影響を深刻に考察していた。フランス革命に心酔した初期のジャコバン的急進主義から反動的保守主義へのコールリッジの変遷は、彼のロマン主義思想の必然的移行であって原理的帰結であった。フランス革命や産業革命を支えた啓蒙思想や近代化の時代精神に対する彼の批判哲学に注目しながら、彼のロマン主義思想の先験的な性格を念頭に置きつつ，革命の歴史的衝撃と政治と経済の社会的動乱の中における、彼の思想の特徴と意義を考察する必要がある。

　コールリッジのロマン主義は啓蒙思想や古典主義への批判によって、文学や社会に対する独自の思想を展開した。合理的機械主義や形式主義が支配して、ロマン的要素が死滅すれば、自然への驚異の念もまた死滅し、人間は日常的事実の悟性的理解のみに終始して、自然の神秘を完全に忘れ去るのである。驚異の念は詩的で熱狂的なものであり、芸術至上主義を支持するロマン主義の精神を形成する。感覚的外界を精神的な全体の相において眺めようとするコールリッジのロマン主義の態度は、北欧特有の思想を源泉とし、ギリシアやローマの思想を始めとするイタリア文芸復興を基盤としながら、自然界を霊的存在とする新プラトン主義の思想を導入したものである。

彼は革命の実現を自己の問題として考察しなければならなかったのであり、自然の神秘に対する驚異の念の思想は、革命の幻滅的進行という事実の中で築かれたのであり、当時の時代精神への反抗とも言えた。

　コールリッジのロマン主義は詩的想像力の絶対的自由を高唱し、詩人の自由を保証する主客合一の独自の理念を構築したのであり、主観は単に既存の現実を認識し形成するものにすぎないと限定した古典主義の理論と対立するものとなった。

　この様に当時の時代精神に敏感に反応し、生涯を通じて体系的な思想構築を模索し続けたコールリッジのロマン主義の特質は、様々な思想的変遷の過程の中で形成されたものであった。彼の思想形成過程を展望すれば、フランス革命の幻滅的進行とともにジャコバン的急進主義を修正する1796年頃の政治的変化、ワーズワスとの共著『抒情民謡詩集』によるイギリス・ロマン主義の宣言であった1798年の詩的創作の隆盛の時期、また、イギリス経験論哲学から移行してドイツ観念論哲学の研究に没頭するに至った1800年以降の哲学的批評家としての思想構築の時期、さらに、ユニテリアニズムから伝統的カソリックの三位一体説へと変化した1805年の宗教的転向の時期、この様な政治、文学、哲学、宗教における激しい思想的変遷の約十年間が、コールリッジのロマン主義思想の発生と展開を凝縮して示している。フランス革命に心酔した時期のコールリッジ思想の傾向と、革命の幻滅的進行以後の彼の深刻な反応は、彼のロマン主義の発生の前提でもあり、この初期のジャコバン的急進主義との関連を検討する必要がある。イギリス・ロマン主義に大きな影響を及ぼしたルソー思想やフランス革命は、ジャコバン的急進主義の人間観や世界観の革命理論となって初期のコールリッジにも密接な関係をもたらした。若き日のワーズワスが熱心な共和主義者となって革命の理想に心酔したのと同じく、コールリッジもフランス革命と絶対自由の理想を称讃し、新世界が構築されることを希望していた。

（２）

　フランス革命以前のコールリッジは啓蒙思想による政治的改革への傾倒によって、ジャコバン的急進主義者であった。この初期のコールリッジの政治的改革論は合理主義的啓蒙思想の世界観の立場に基づくものであり、社会の多様な悪弊を環境論で解決しようとし、抽象的理性の絶対性を主張する楽観主義的啓蒙思想であった。フランス革命の失敗を眼前にして以降、彼は啓蒙思想の冷徹な知的分析による合理主義や無神論的傾向に激しく反発し、彼は有神論的体系としての自然宇宙への形而上的認識へと強く惹かれていくことになった。政治思想の中に宗教的信仰を不可欠の重要な要素と考えるコールリッジの思想は、経験主義哲学や啓蒙思想の政治理論そして合理主義的功利に基づく商業主義に対する批判的立場から出発したものであった。

　フランス革命の勃発は当時の一般大衆を熱狂させ、コールリッジもジャコバン的急進主義の理論的徹底性を大いに称讃し、共和主義者となったことがあった。人間の精神的能力の新たな進展が、思想の構築に未知の領域をあたえるという彼の信念は、革命の必然性への理論的認識や人間の豊かな活力への素朴で楽観的な信頼を生んだ。しかし、現実の革命の成り行きに愕然としたコールリッジは、ジャコバン的急進主義の行きすぎを批判し、その無軌道ぶりを非難した。当時の

動乱の時代精神は絶対的自由主義か絶対的王権の専制主義かの二者択一を要求し、中途半端で無意味な妥協は許されないという過激で熱狂的なものであった。妥協の産物としての不完全な自由は専制主義に取って代わられる危険なものとされ、穏健を装う巧妙な欺瞞は王党派よりも悪質で、絶対的自由主義による理想実現にとっては排除すべきものとされた。この様な社会状況は、古典主義に対するロマン主義の反抗の発端ともなり、さらに大きく反動化したロマン主義の本質を如実に示すものである。

その後のフランス革命の幻滅的進行に対する失望によって、無制限の自由の主張は社会体制の崩壊を招来することをコールリッジは痛切に反省した。この反省から暴力的革命によらない有徳の思想と節度ある自由主義との合一に基づく改革の可能性を彼は模索したのである。有徳の思想と節度ある自由主義による社会の実現は穏健な改革によってのみ可能であった。

18世紀後半の作家や思想家たちが、当時の社会的条件の中でヨーロッパの革新思想を受容し継承しようとしたことは驚くべき歴史的事実であった。しかし、啓蒙思想に基づく革命思想が、封建的社会を激しく揺さぶることになり、思想がフランス革命に現実化され、議会が王権の停止と選挙による議会の召集を決定し、ジロンド党がジャコバン党によって凌駕され、無軌道な恐怖政治がはじまったとき、ドイツのゲーテやシラーも、イギリスのコールリッジやワーズワスも、動揺と落胆を隠しきれなかった。この時、コールリッジは有徳の人間教育による善良なる市民階級の育成を重要な社会的課題と考えた。

コールリッジが節度ある自由主義に基づく社会の実現という理想を掲げながらも、暴力的なフランス革命の現実を非難せざるを得なかったことは、彼のロマン主義の思想的確立を模索する上で大きな動因となった。この様に、フランス革命の理想の衝撃的影響は、宗教的ユニテリアニズムやジャコバン的急進主義の政治思想へと若き日の彼を駆り立てたが、暴力革命に対する失意によって、その後、フランスの革命主義とイギリスの現実主義の和合による社会体制を模索することになったのである。

コールリッジはフランス革命に対する失望から、現実の革命の進展と改革の理想の相克に直面して、暴力による現実の革命を否定し理想としての革命の理念に詩人的共感を示すという矛盾した革命観を自己分裂的に抱き、その相克と和解に苦心するのである。さらに、フランス革命軍が対イギリス戦争へと突き進み、ヨーロッパ全土への侵略軍に変貌するに至って、コールリッジの革命観は根本的に変化することになった。フランス革命は理想としては正しいが、現実の革命指導者の暴走がフランスを対イギリス戦争や国内の恐怖政治へと駆り立てたとコールリッジは考えた。フランス革命の理想と現実の矛盾と幻滅、イギリスの対フランス戦争への非難、ピットの専制主義体制への批判等に、コールリッジのジャコバン的急進主義から反動的保守への展開が示されている。農業を破滅し農村を破壊した商業主義や資本主義をもたらした産業革命の否定、諸悪の根源である利己心と不平等に基づく私有財産制と都市型価値観への批判を強めて、暴力革命でない教育による有徳の市民階級の育成による改革という理念を彼は模索した。理想としての革命への共感は、現実の革命への不信と矛盾をコールリッジの心に植え付け、この様な相反する要素の調和と融合による新たな理念への思索は、その後の彼の思想構築上の重大な問題となった。

この様な革命の矛盾が生む理想と現実の分裂によって決定的な破綻には至らなかった初期のコールリッジは、合理主義的啓蒙思想を基盤とする機械主義的な観念連合哲学の人間観や世界観を信奉していた。しかしフランス革命の理想に陶酔しながらも、革命が暴徒化した大衆の流血と暴力によって実現されるとは若き日の彼も考えなかった。人間は社会環境によって育成され、環境は人間によって変化する。したがって、先覚者でも先導者でもない無知な一般大衆が環境を適切に変えうるのかという根本的問題を、後年コールリッジは大衆を指導する少数のエリート政治集団を中心とした社会体制によって解決しようとした。

　ゴドウィンの急進主義哲学に傾倒していた初期のコールリッジは、世の全ての悪弊を認識上の誤謬の結果とし、周囲の環境の変化によって産出されたものであると考えていた。疫病のような人類の汚点として最悪のものが王制であり貴族制であると主張し、フランス革命に大いに期待し人類社会の改革の良き時代が到来しようとしていると信じて、彼はフランスが絶対自由の理想を実現することを願った。フランス革命は人類の旧来の悲惨な悪弊を取り除き、徳性と幸福を人類に取り戻す唯一の希望だと賞賛した。1794年6月、サウジーとの出会いによってコールリッジの急進的な政治的関心は非常に強まったことが、人類に自由をもたらす共和主義体制の確立を願ったサウジー宛ての手紙にも示されているのである。

　フランス革命の幻滅的進行に直面して、革命の理想による人間観や世界観から導き出された政治、哲学、宗教の思想を修正せざるを得なくなった彼は、フランス革命の理想に心酔しながらも、暴力革命の現実は否定せざるを得なかった。革命の指導者ロベスピエールの恐怖政治は、有徳の理性による社会構築の理念を見失い、冷徹な悟性的理解と権力欲の専制主義に他ならないと彼は非難した。革命の残忍な現実の進展に対する失意と当惑の中で、人間の不条理や革命の流血と権力欲の専制支配に危機意識を募らせ、コールリッジは楽観主義的な人間観や世界観に疑問を抱くようになったのである。彼は一切平等団の計画の失敗やフランス革命の幻滅的進行への失望の後、自然世界に対する汎神論的瞑想の世界に没頭するようになり、ワーズワスとの出会いに至って詩人として1798年の驚異の年を迎え、充実した詩的想像力による創作隆盛の時期を得たのである。この様に、フランス革命の理想と現実の矛盾の苦悩の中で、コールリッジは自然宇宙の中に絶対的自由を見た。現実の革命では実現できなかった自由の精神は、汎神論的な自然観照の中で解放され、飛翔した詩的想像力に実現されたのである。革命の理想と現実に対する幻滅の失意と当惑は、一切平等団の計画の挫折や結婚の失敗という初期の苦い体験によって、コールリッジの内面世界に利己心や罪の問題を考えさせる契機ともなり彼の宗教性をいっそう深め、理想と現実や頭脳と感情の相克と和解という思想上の根本的課題を彼はより深く考察することになった。独裁者ロベスピェールやナポレオンを生んだフランス革命が理想とは正反対の現実を生み出し、自由の理念が瞑想的自然観照の中で人間の想像力にのみ実現されると考えるに至ったのは、革命の現実に対する彼の深刻な失意と不信の表明に他ならなかった。

　フランス革命の理想の崩壊は、初期のコールリッジの急進主義の基盤となったハートリー哲学の否定をも意味しており、彼はさらに理想と現実の相克と和解の問題を解決すべく哲学遍歴へと駆り立てられることになった。フランス革命の失敗は、理想と現実の分裂を生んだ思想上の誤謬

を明白に示すもので、絶対自由の理想による人間社会の改革の実現への望みを放棄し、利己的な享楽主義的に耽る人々に対して、新たな社会制度構築を示すための理念確立を模索して、コールリッジはドイツ観念論哲学へと思想的遍歴を深めることになったのである。哲学遍歴による苦心の思索を積み重ねた結果、彼は革命思想への批判と分析の原理としての認識哲学を構築するのであった。啓蒙主義の理論的体現であったフランス革命は、現実には恐怖政治とナポレオンの台頭を招いただけであった。フランス革命の失敗は、無知な一般大衆を扇動し流血と暴力に訴えた結果だと考え、コールリッジは一般大衆の徳性の教育のための理念哲学を樹立し、当時の啓蒙思想一辺倒がもたらした政治的動乱や、商業主義や資本主義を無軌道に押し進める時代精神に向かって、急進主義への危惧の念を表明する必要に駆られたのである。ジャコバン主義によるフランス革命がもたらした恐怖政治の専制からナポレオン台頭の過程を眼前にしたコールリッジは、啓蒙主義に対する批判と分析の態度を強め、さらに、フランス革命後、急速に社会的矛盾を引き起こす原因となった産業革命の展開の中で、都市への人工の集中と農村の破壊、資本主義による貧富の格差の拡大などの様々な社会問題に対する思索を深めていくことになった。

　フランス革命の失敗でロベスピェールとジャコバン党は没落し、フランスには革命の成果のうちの支配階級に有利なものだけが存続した。功利的な自由が商工業全体を支配し、資本主義は一切の制約から解放されて労働賃金による搾取を強め、やがてナポレオンの軍事的独裁の台頭を許し、ヨーロッパを大戦乱へと導く事になった。政治的、経済的動乱は精神的混乱を喚起し、快楽への陶酔が特権階級をとらえ、堕落した風俗が社会に蔓延した。舞踏に夢中になる退廃的社交界は腐敗に満ちたが、少数の特権階級は欲望を欲しいままにしていた。ロマン主義はこの様な当時の社会的情勢の反動としての傾向が著しく、思想の本質に密接に結びついているのである。

（3）

　飢えた貧民の困窮の声や救いを求める叫びを無視し、教養人を自認しながら何の道理も持たずに、貴族の横柄さで貧民の存在を無礼な連中と決めつけ、人間愛を口にしながらも、実際には冷たい態度を取る利己心に矛盾を感じない特権階級や貴族達にコールリッジは義憤の念に駆られた。彼は諸悪の根源としての貴族主義の廃絶のために改革への希望を募らせていた。一切平等団の計画が構想されたのも、この様な社会正義への高まりの中でのことであり、ゴドウィンの『政治的正義』に示された原理を実践しようという計画は、正義による国家体制樹立へのプラトン的理念と共に、若き日のコールリッジを夢中にしていたのである。正義の哲学的思想を信奉する高潔な政治家たちが、大衆を教育することによって理想の国家の基礎を築こうとするものであった。救いがたい悪弊に満ちた近代国家を見限り、一切平等団を計画したコールリッジやサウジー達は、アメリカのサスケハナ川の岸辺に理想の共同体社会を構築することに唯一の希望を見出していた。高い教養を身につけ、絶対自由の理想に燃えた12組の若い男女がイギリスを出航し、アメリカの未開地で共同生活の住居を構え、自給自足の労働で得た農産物は共有財産として分け合い、大部分の時間を読書による研究と子供の教育に捧げ、男性も女性も同じく精神修養に努めねばならないというものであった。

非現実的な一切平等団の計画は挫折し中止となったが、現実感覚を喪失したコールリッジは、メアリー・エヴァンズを夢想のために犠牲にして、一切平等団のための花嫁との結婚の約束だけが残されたのである。一切平等団計画の熱狂的言動は、若気の過ちであり、その後のコールリッジの思想形成過程は、彼の精神的本質が何ら損なわれることなく着実な発展を遂げて前進し続けていたことを示している。当時の政治体制の不備を指摘し、万人平等を信奉する者として、政治理論を語るよりも福音書の教えを説くことが重要だとし、科学者の理論や啓蒙思想の急進主義の誤謬に対してキリストの教えが有効だと彼は考えた。さらに、傾倒していたゴドウィンの無神論的急進思想とコールリッジのジャコバン的急進主義との間にはキリスト教信仰という点で、決定的な相違点があったことも彼の不信の念を募らせる原因となった。したがって、ゴドウィン思想に対するコールリッジの態度の変化は、以前から彼が無神論的思想の欠陥に鋭く気づいていたことを示している。倫理的道義はゴドウィンの政治的正義にも示されてはいるが、その抽象的な理論は不充分であり、現実の社会を捉えていないと彼は考えた。現実の社会からの個人の具体的感情が真の徳性によって育成されるべきであり、彼の中から徐々にゴドウィン思想が取り除かれ、人間愛、啓蒙主義、必然論、社会的悪弊と大衆の無知等の抽象的理論に終始する思想は、特定の少数者にのみで議論されるもので、現実社会に苦しんでいる貧民や無知に貶められている一般大衆には、福音的教育を説くことによってのみ社会的救済がなされるとコールリッジは考えた。宗教的感情と哲学的思考を結合させて一般大衆の権利と義務を教示することが、社会的真理と救済の慈悲の精神を世の中に形成する最良の方法であると彼は主張した。冷徹な抽象的論理は大衆には無意味で何も訴えかけないのであり、唯一有効な社会救済の手段は宗教的教育のみによってなされると彼は確信する。

　家族愛を否定しながら、個人が育成すべき家族愛に基づく人類愛を教化するという横柄なゴドウィンの哲学の虚偽をコールリッジは糾弾するに至った。ゴドウィン思想への傾倒から解放され、政治的正義の論理の矛盾に批判の眼を向けるようになると、家族愛を愚劣と非難し、結婚を不正義と断定する主張などは、到底受け入れがたい暴論で、真の思想家は全体の善が個人の善ともなることを信じるものだと彼は考えるに至った。家族愛も結婚も認めないゴドウィンの思想原理は不道徳に満ちており、コールリッジは痛切な思いで劣悪な思想であることを指摘し、道義的にもその矛盾を糾弾することになった。精神の肉体への絶対的支配によって、人間が現世で不滅者となり、死さえもが意志の行為となると説くゴドウィン思想は不可能であり、その信憑性を疑い、彼は厳しく非難したのである。1797年2月のセルウォールに宛てた手紙の中で、ゴドウィンの思想を喜んで放棄すると彼は書いており、さらに、ワーズワスとの出会いでも、ゴドウィン思想への反感を共にすることによって両者の友情を深めることになった。

　産業革命後の社会の激変は、搾取する資本家と貧困化する労働者、スラムの発生、人口の都市集中と農村破壊という新たな社会と経済の問題を発生させた。フランス革命当時の社会情勢は伝統的地主階級の利権とジャコバン的改革との対立であった。コールリッジのロマン主義の形成において、フランス革命や産業革命における人間の尊厳の破壊と社会構造の衝撃的激変は痛烈なもので、彼にとって両革命への理論的分析と批判は、重要な政治と経済の解決すべき問題であった。

産業革命の動乱の中での商業主義や資本主義による大衆への煽動や搾取は彼にフランス革命の失敗を想起させた。当時の社会状況の混乱と大衆の苦難の原因となった商業主義を批判し、フランス革命と同じ近代の時代精神の大きな誤りだと指摘した。コールリッジはフランス革命と産業革命による動乱の社会状況の中で、ロマン主義による近代への批判精神という新たな意識改革を確立しようとしたのである。

　ジャコバン的急進主義は現実には政治的専制を生み出すもので、経験的悟性の世界に誤用された過激な抽象的理性が人々を扇動し、自由と民権という抽象的命題が人々を無謀な衝動へと駆りたてたとコールリッジは論じた。過去において歴史上、宗教改革や名誉革命の時代は宗教論争が盛んで、宗教は人の心に真に機能して、英知と徳性に満ちた人間の時代として、神と人間は無理なく調和していた。しかし、ロックの経験論哲学がイギリス社会の支配的原理として保守化した時代精神となって、この神と人間の微妙な調和関係を破壊した。また、啓蒙思想の実現として期待したフランス革命の失敗は、急進主義の抽象的理性の矛盾と限界を露呈した。コールリッジのロマン主義はこの様な時代の動乱の中でフランス革命と産業革命に対する批判精神から生まれた。ジャコバン的急進主義の政治的専制からナポレオン台頭、対外侵略戦争というフランス革命の幻滅的進行の中に、コールリッジは権力欲、不完全で過激な抽象的理性、啓蒙思想の自由と民権の理論の非現実性を痛切に認識した。

　革命の残忍な結末をもたらした抽象的理性への不信と宗教的原罪に対するコールリッジの意識の深まりは、ジャコバン的急進主義の無神論的傾向に対する決定的な離反となった。ジャコバン的急進主義の過激な抽象的理性が大衆を無軌道に扇動した結果の危険性を、彼はフランス革命の失敗から現実として痛切に認識した。産業革命がもたらした社会と経済の激変に対しては、過剰な功利主義が生んだ時代精神として、商業主義や資本主義の悪弊への批判となった。産業革命による商業主義と資本主義の台頭を支える合理主義的機械論の人間観が時代精神となって社会を支配することの危惧の念を彼は危機意識として捉えていた。コールリッジが啓蒙思想とフランス革命を時代精神の悪弊の両極端を示すものとして把握しているのは、彼の思索の特徴を示すものである。啓蒙思想による合理主義的機械論はあらゆるものを客観的にのみ捉えるもので、この様な急進主義の理論はフランス革命で頂点に達したが、その直後理想と現実の矛盾の中で崩壊する。要するに、コールリッジのロマン主義思想の発生はフランス革命への失望やナポレオン台頭によるイギリスの危機、産業革命による商業主義と資本主義がもたらした貧富の格差の拡大と社会の混乱、イギリス経験論哲学からドイツ観念論哲学への思想的遍歴などが主要な動因となっていた。ジャコバン的急進主義の抽象的理性は無神論と無政府主義へと現実無視の無謀な理論を展開し、その結果、革命は恐怖政治による専制主義の支配をもたらすことになり、ナポレオンはフランス革命の理想の実現を標榜したが、ヨーロッパ全土を混乱に貶めた覇権主義を生みだしただけであった。

　ヨーロッパ全土にロマン主義が勃興した1800年前後の文学や思想を検討し、前世紀の思想と比較考察をすることによって、啓蒙思想や古典主義との関連と相違点が明確になり、当時の時代精神の一般的傾向や個別的な影響関係を論考することで、ロマン主義の発生と思想的特質を把握す

ることができる。歴史的に啓蒙思想は文芸復興を源泉とするもので、近代の時代精神として社会と文化の建設に大きな貢献を果たした。中世からの神中心のキリスト教思想の衰退と科学技術や知識の発達の結果、個性的で自由な生活の確立を求めた人間が、組織腐敗が進行していたローマ教会の指導や前世紀の価値観に反発して、啓蒙運動に新たな可能性を期待したのは自然の成り行きであった。宗教改革も産業革命の基盤である自然科学研究も、本来同一の精神を源泉とするもので、イギリスやフランスにおいて独自の発達を遂げて、スコラ的思想にも人間理性の力を重視する啓蒙思想の傾向が浸透していたのであり、合理主義が哲学の体系を得たものが啓蒙思想と言える。

　現実的で功利的な傾向を持つイギリスでは、啓蒙思想の合理主義は経験論哲学と結びついて他の国よりも発達した。さらに産業革命以降の新興勢力としての市民階級の発達も他よりも顕著であり、啓蒙思想の定着に貢献した。したがって、イギリスの啓蒙思想はヨーロッパ諸国に大きな影響を与えて、18世紀のヨーロッパの思想形成の発生源となった。コールリッジは生来、独自の宗教的神秘意識を持っていたため、啓蒙思想の受容は複雑な様相を呈し、啓蒙思想は彼のロマン主義の背景となると同時に、さらに彼が対立すべき時代精神となったのである。啓蒙思想の本質的特徴は悟性を中心とした知的判断を古代の書物や教会組織、権力者に求めるのではなく、自分自身の責任で自由な独立した人間となる英知を持てば、不充分で未発達の状態を解消して、自分の知的判断が悟性中心の啓蒙の精神の本質に迫ることができるというものである。神や教会はもとより自我以外の全ての権力を否定し、自分自身の判断の基盤として抽象的理性を知性の最高位に置き、啓蒙思想は明確な認識による合理主義の普遍的哲学の樹立を求めるものであった。合理主義的啓蒙思想は普遍的原理として抽象的理性を掲げて、科学技術と芸術学問、道徳律と宗教、国家と法律、社会と経済、教育などのすべてを時代精神として支配し、世界と自我を悟性の体系によって説明する理論の構築を考察していた。

（4）

　啓蒙思想は非合理的なもの、偶然的なもの、曖昧なものを排除して、不変の抽象的理性の理論構築のために、歴史的事実や伝統観の意義を疑い無視しようとした。したがって、特殊的な事柄や個別的事象を否定して、抽象的理性の必然性のみを強調し、現実から遊離した過激な理論を生んだ。本来個性尊重の精神で育成された啓蒙思想は、抽象的理性の過剰な支配に偏って、個性尊重の価値観を喪失し、現実社会を無視した単なる理論の必然的法則による機械的結合に走り、生命的理念は消滅し、形骸化した不毛の理論の現実離れした理想や完全性のみが絶対視された。悟性のみを信奉する啓蒙思想の合理主義は、精神世界に不可欠な感情や人間の意思決定に密接な個性の複雑な相互関係を無視した。芸術的創造力や詩的想像力の領域は不合理な妄想として退けられ、啓蒙思想は人間精神の多様な世界の生命的事実を否定し、自然界から受けるべき清新な感動や衝動を認識する能力を消滅させるに至った。合理主義によって抽象的理性が悟性によって支配され、同化した認識の世界を重視したため、現実の人生と自然の複雑な諸相や感動を生み出す活力は忘れられて、荒涼たる世界は冷徹な機械的原理による不毛の論理に支配されるものとなった。

さらに、道徳は形式的で些末な規則だけを説く軽薄な教訓主義に終始し、文学芸術や哲学も、抽象的理性の絶対的支配下で世俗的利益のための手段となった。

この様な急進主義の悪弊に注目して、啓蒙思想への批判をコールリッジは露骨に表明し、中世的神中心の社会を調和的統一の具現として讃美し、宗教改革とフランス革命を破滅的兆候と非難して、ロマン主義のカトリックへの改宗を説いたのである。しかし、コールリッジは封建的絶対主義への復帰を意図したわけではなく、君主制と共和制が必然的に密接に結びつけられる有識者の集団的指導による社会体制を待望し、絶対的専制主義に対する暴力革命なしで、徳性を伴った適正な資本主義経済への移行を求めていたのであり、資本主義を否定して古代社会の秩序を復活しようと考えたわけではない。

コールリッジはジャコバン的急進主義に基づく啓蒙主義の悪弊や功利主義の機械的合理論の支配に対して、この近代の時代精神の欠陥を直観的に把握して痛烈に批判した。革命の動乱の社会状況の中で、当初、彼は急進主義の悪弊は真理認識における誤謬によるもので、社会制度や教育による環境の改善によって矯正しうると考えたが、後年、創造的意識の自由な解放と能産的自然への復帰の必要性を強調した。このような教育による環境論と啓蒙主義批判の立場から、偏狭で自己中心的な功利主義や、貧民を顧みない商業主義、搾取を合理化する資本主義などを彼は攻撃した。恐怖政治の専制、熱狂的な大衆への扇動、利己的な合理主義に対抗すべく、コールリッジは社会批判のための普遍的原理の確立を訴え、国家を構成する諸勢力の調和的均衡は、主権在民と言論の自由にもとづくべきだと彼は主張した。この理念に基づく社会改革の中心的役割を少数の知的エリートによる集団的指導体制に彼は求めた。無神論は劣悪な環境と教育の欠如による人間の無知と不見識から生じる。功利主義は産業革命後の商業主義や資本主義によって拡大された。全体的功利を啓蒙主義教育によって人々に自覚させ、無限の人間完成を信じさせ、信仰や道徳の感覚さえも、すべての事象を客観的合理の過程とみなすのが啓蒙思想であり経験主義である。コールリッジはこの様な思想の限界を敏感に読みとっていた。イギリス経験論哲学の基礎はロックによって築かれ、ヒュームを経てハートリーの観念連合哲学によって完成された。初期の彼はこのハートリーの観念連合に傾倒していたが、啓蒙思想への反発と共にこの連合説からも離反するに至った。

ハートリーによれば人間の認識作用は感覚的悟性の連想によって、単純観念からさらに複合観念へと展開して機能するものである。印象や記憶の因果関係や思考に対して、観念連合の法則が時空間において働くことによって、悟性による感覚的素材が結合する。ハートリーの哲学はこの観念連合の法則を生理学的合理主義や機械主義で説明するもので、感覚的素材は心理の中で持続して集積され観念となり、さらに観念連合の法則の下に集合して、複合的観念としての思想を生み出すのである。この観念連合の学説はきわめて機械的合理に基づく経験主義哲学であり、その論理は一定の生理学的合理主義の法則の下で機能するものである。ハートリーの世界観では完全無欠の不変の法則による合理主義的宇宙があり、原則的に悪の存在さえ認められない。これに対して、利己的な功利や合理の社会から脱却して、全体的な徳性の社会を創造する手段として、コールリッジは宗教的教育を有効だと考えた。すなわち、教育による社会と自然の両面の環境改善

を計り、社会の全体的利益は宗教的徳性によって自覚され維持されるのである。コールリッジは理性的主体性を見出すことのできない無知な一般大衆に訴えて扇動するのではなく、むしろ貧困と無知に苦しむ彼らのために訴え、私利私欲の悪弊の根源である功利主義や資本主義による貧富の格差の拡大をもたらす私有財産制を廃止することで独自の社会改革を実現しようとした。自然環境と人間を改善する発展的で生成的な生命的原理を模索したコールリッジは、独自のロマン主義思想を構築することになったのである。

　人間の物質的で利己的な欲望を原理として最大多数の最大幸福を唱えるベンサムの功利主義を批判したコールリッジは、私利私欲の功利主義から全体的功利主義への移行を抽象的理性と冷徹な知的道徳律に頼るゴドウィンの無神論的啓蒙思想も否定した。彼は私利私欲の功利主義の否定と全体的善への指針として真の理性による理念の教育、また貧富の格差を助長する私有財産制の悪弊の是正のみならず、さらに宗教的信仰と人類愛の必要性を高唱したのである。

　ハートリーに傾倒した頃のコールリッジは、ゴドウィンの無神論的急進主義を批判しながら、人間の抽象的理性の全能と楽観的合理主義を信奉していた。しかし、フランス革命以後、あらゆる社会の悪弊の原因となって、自然と人間の調和的環境を破壊し、無知な一般大衆を扇動し搾取する急進主義的啓蒙思想や合理主義的世界観に彼は疑問を抱くようになった。コールリッジは革命の理想と現実に直面し、非人間的な行為が繰り返されるのを見て、人間の本性に潜在する原罪に注目するようになり、以前のユニテリアニズムの宗教観から脱却して、正統的キリスト教を中心とした宗教的考察をさらに深めたのである。感覚的悟性のみを強調するハートリーの連想哲学に代表される啓蒙思想の時代においては、自然宇宙は合理主義的世界観、機械主義的経験論哲学、楽観的進歩主義や功利主義によって支配されるものとなり、壮大な理念や神秘的宇宙観は存在し得なくなった。啓蒙思想は外界での自我の自由解放を目指していたが、その感覚的悟性のみによる合理主義は壮大な理念の存在を否定していた。コールリッジはこれに対して内界での自我の自由解放を志向して、独自のロマン主義思想を構築した。感覚的悟性による功利主義経済を主張し、政治をたんに機械的に機能する合理主義で説明する楽観的啓蒙思想を否定して、彼は政治を壮大な理念として捉えようとしたのであった。

　当時の時代精神に大きな影響を与えたフランス革命と産業革命は、キリスト教の誕生とゲルマン民族大移動、ルネッサンスと宗教改革に匹敵する歴史的大事件であった。人類が直面した二つの革命の経済と政治に対する幻滅的進行は、複雑で困難な問題を引き起こし、専制主義や資本家の搾取に対する隷従を欲しない有識者にとって注目すべき大事件であった。フランスの革命政府の指導体制は、専制主義か共和主義かの両極にのみ走り、中庸的君主制は単なる中途半端な妥協の産物として否定された。コールリッジは一般大衆を扇動するジャコバン主義の恐怖政治の独裁に深刻な危惧の念を覚えた。彼は市民や農民達の一般大衆に対しては知的論理や信念でなく、共感と寛容の精神をもって指導するべきだと説いた。長い間、無教育に放置され続けた一般大衆にとって、唯一の救済は徳性の宗教的教育であり、扇動によって熱狂した大衆が支配したり、指導者として命令し教示することの危険性を力説した。真の改革は一般大衆の徳性の教育であり、狂気の大衆による専制支配よりも恐るべきものはないと彼は考えた。

コールリッジのロマン主義は当時の時代精神に対する反抗運動であり、啓蒙思想が排斥した歴史と伝統の価値観を再認識し、悟性的法則の画一的形式や人工的均整を破壊し、心情の自発的気運や精神世界の陰影に注目するものであった。彼は意識の薄明状態や自然界の未知の暗黒を探求し、冷徹な法則や明確な功利ではなく、広大にして無限なるものへの憧憬の念を抱き続けた。必然的原理や機械主義的法則の普遍性よりも、偶然的神秘性や個別的特殊性を尊重し、啓蒙思想に欠落していた人間性や自然宇宙の存在が、彼のロマン主義の本質を形成するに至った。

　歴史的に明白なことは、古典主義とロマン主義の間に啓蒙思想が介在し、啓蒙思想の継承者で克服者でもあったカントの観念論哲学の思想界に対する偉大な影響が存在していることである。カント哲学がコールリッジのロマン主義思想に与えた影響は、古典主義や啓蒙思想との根本的相違を示す標識である。さらに、彼のロマン主義はキリスト教における個人的感情を基礎とし、正教的信条に反抗するベーメのような個人的信条の必要を説き、主知主義的把握よりも直接的な心情による神との直観的接点を探り、純粋精神の根源的直接性で宇宙の神秘への憧憬を抱き、神の生命へ接近する道を辿ろうする気概を示すものであった。コールリッジは合理主義に対して無意識的に反対し、あらゆる抽象的理性の功利や機械的支配を否定した。彼はソクラテスやヒュームのような懐疑主義者でもあり、啓蒙思想が全能とした抽象的理性の無能を危惧し、自然宇宙の神秘を解明する鍵を抽象的理性以外に求め、抽象的理性の信頼するに足りないことを終生主張し続けた。彼のカントとの出会いは、この傾向を決定的にした。カントも啓蒙的形而上学に疑念を抱いて懐疑思想に接近していた。しかし、カントは経験主義的懐疑思想から新形而上学の構築に向うが、コールリッジは理想主義的要求を捨てることなく、抽象的理性の合理万能への懐疑を持ち続けたため、彼の精神生活に大きな苦悩をもたらすことになった。

　初期のコールリッジは最初全く違った精神状態で、自らが理性に目覚めた人間であるとの自覚から出発し、フランス革命の動乱に対して啓蒙的改革思想に同調したが、その後の革命の理想の幻滅的結末によって、抽象的理性の過激な変革に疑念を抱き、真の理性の存在を探究し模索するロマン主義的改革者となり、同時に合理的科学思想万能に対して批判を続けるロマン主義的批評家となった。この様に、ロマン主義に哲学的基盤をあたえたコールリッジ思想は、19世紀イギリス社会の確立にとって重要なものであった。

第七章　コールリッジの有機的統合
－理性と悟性－

（1）

　18世紀末から19世紀初頭にかけての英国は、歴史的に見て産業革命以降、都市人口の急増、農村破壊、フランス革命など大きな社会的変動の時代の中であった。政治がこの様な新たな難局に際して、諸問題に如何に対処し抜本的解決を計るかが緊急の課題であった。対仏戦争の影響や都市への人口集中のため、物価は高騰し労働貧民が大量に生まれた。戦争の終結は平和をもたらさず、経済と政治の混乱を招いた。経験主義の啓蒙思想家達は何ら根本的解決策を提示出来ず、不満の大衆を扇動するのみで、実質的には何も改革を行わない状況であった。『俗人説教』や『政治家提要』など一連の著作の中で、貧困者達の堅実で質素な生活を放棄させ、扇動によって人々を破滅へと導くのみだとコールリッジは当時の世相を厳しく糾弾した。戦争中は工場労働者も農民も好景気で潤っていたが、突然終戦を迎えると、英国は予想もしなかった不況に陥ったのである。需要の激減に伴って失業者が激増し、急な財政の引き締めで不況はさらに深刻さを増した。さらに、問題を難しくしたのは、全土に広がった私利私欲の過剰な営利主義であった。商工業の発達と共に、営利目的の過剰な物欲が社会に弊害を生むに至った。利己的な営利心を押さえるべき真の哲学は存在せず、宗教も全く無力であった。果てしない利益の追求が景気の好転と急落を繰り返し、市場価値が人間も自然も全てを決定するに至った。特に農業の商業化は国家の根底を揺るがし、社会の安定を脅かすものだとコールリッジは警告を発した。産業革命の結果、生活環境は向上したが、都市への人口急増によって、労働者は劣悪な条件で機械の歯車のように働かされ、人々の健康や福祉は無視されたのである。

　産業革命後の英国は新たな工場の生産力で世界の先進国としての地位を固めたが、工場の進出や農業の商業化の中で、農本的価値観の衰退と資本主義の蔓延、労働賃金による搾取の実態が明白となり、搾取されていく貧農や労働貧民たちの不穏な動きの漂う動乱の時代を迎えていた。農村破壊と人口の都市集中で、農本的価値観は最早国民を代表せず、自由放任と私利私欲の商業主義に節度を失った大都会が形成されようとしていた。その後の食糧輸入と保護主義的な輸入阻止による物価の乱高下は、英国政府の政策の混乱を露呈していた。人口の都市集中と農村破壊によって、田園と都会という対立の図式や相反する価値観が生まれ、双方が互いに接点を喪失するにつれて、貧富の格差の増大や利害の衝突が顕現化するに至った。この様な現状を憂い、私利私欲の物欲を追求する商業主義に対抗する均衡力の必要性をコールリッジは力説したのである。彼は農本的価値観の破壊と産業革命後の商業主義、さらに、フランス革命後の英仏戦争が英国社会に混沌とした状況をもたらしていることを誰よりも憂慮していた。過激なジャコバン主義に対する反動の気運の中で、革新的議論や労働貧民救済の提唱などは、混乱に拍車をかけるか、民衆を暴動に導く恐れがあったという不穏な社会状況であった。

　コールリッジの『政治家提要』によれば、フランス革命と恐怖政治の原因は、社会の政治的不

安定や指導者の無見識に他ならず、厚顔にも官能的悦楽に放蕩し、誤った哲学を偶像として崇拝したためであった。さらに、商工業階級の台頭共に、古い封建的特権との対立が生じ、大都市では利己主義的営利心と傲慢な無神論哲学が横暴を極めた。科学技術の発達に対する過大な評価は、機械工学に予言的能力さえ与えて、国家でさえ予め計算された機械のように構築されるべきだとする風潮を生んだ。機械主義的基本原理に基づく計画の発案者が激増し、全てを犠牲にしてでも新たな計画を実現する強引で無反省な態度が、フランス革命を歴史上悲しむべき大事件に至らしめ、無神経な浪費と非情の圧制を生みだしたとコールリッジは非難したのである。[1]

　従来の地主と小作人の関係の崩壊は、農村の破壊を押し進め、市場原理に支配された農業の商業主義を生んだ。効率と営利追求の商業的農業の推進による新たな農業社会から排除された農民たちが、都市に集中してスラムを形成し、工場労働者となって産業大都市特有の諸問題を発生させた。ペインやゴドウイン、ベンサム、リー・ハントなどをはじめとする博愛主義、功利主義、自由放任主義などの急進的社会改革運動、そして子供は人間の鏡であり親だというブレイクやワーズワスの主張やコールリッジの想像力説などのロマン主義文学思想は、変化胎動の混沌とした社会の過渡期における知識人や文化人の先進的な思索の表明であった。さらに、対仏戦争の影響が農村破壊と産業革命を加速させた結果、その政治的混乱と経済的影響をコールリッジは特に憂慮し解決策を考察して、商業主義に対抗する均衡の原理の必要性を力説するに至ったのである。

　道徳、宗教そして愛国心が個人の利己心を越えて、意識の拡大を果たすためには、究極的原理の必然性を証明しなければならないとコールリッジは考えた。すなわち、人間の本性に永遠に帰属し、理性からも恒久的に離反しない精神の存在を彼は強調しなければならなかった。現象面だけに関わる悟性が、影のような想念を創りだし、理性を支配して抽象化してしまうと、人間の崇高な感情は消滅することになる。真の理性だけが理念を現実化し、生命的な生産性を有して、無限な存在に関わるのである。したがって、理念と原理から生じる知識は、理性の力に他ならないと彼は説いた。[2]

　地主階級は労働貧民の苦境や社会的矛盾の上に安住し、私利私欲の安逸な生活を送っていた。社会的な諸問題は彼らの日常意識の外側にあり、指導的立場にあるものが社会を憂うこともなく裕福な生活を送っていた。この様な安楽と享楽に耽って社会的使命を自覚せず、無知と無関心という貴族的冷淡さに終始する態度を改善するため、コールリッジの後期の著書は上流階級の人々の道徳や良識に訴えかける必要性に駆られて書かれた。『政治家提要』は一般の不特定多数の読者に語りかけたのではなく、どの様な職業であれ、主に有識者と呼ぶに相応しい教養を身につけた人々に対してなされた説教集であった。人口の都市集中、教育問題、参政権、フランス革命の功罪などに対する彼の考察は、今日でも尚通用しうる優れた洞察や理念に充ちている。しかし、当初の目的は達成されず、彼の著書は一部知識人を除けば多くの上流階級を読者として歓迎されることはなかった。産業革命以降の人口の都市集中は、地方分散型の農本的英国社会を破壊し、ロンドンなどのいくつかの都市を巨大な大都市に変貌させた。19世紀中頃には人口の都市集中は英国国民の約半数にも上った。貧富の差の拡大、疫病の伝染、犯罪の増加などの大都市の社会問題は、急激な人口増加と食糧不足から生じる社会悪であり、コールリッジは厳しく当時の政府と

社会制度の矛盾を批判した。

　啓蒙時代の独善的急進主義の浅薄な基盤は崩壊しつつあったが、上流階層の人々が正当な原理に基づかない自信を持つという誤謬よりも、失意と落胆によって無気力に陥り、指導者達が革命的運動を止めさせようとすることを懸念しなければならないとコールリッジは警告した。当時、一般大衆が誤った啓蒙思想によって扇動されたため、改革的な知識や展望を国民から締め出すことで平和を回復しようとする傾向が指導者層にあった。さらに、大衆に対する教育は読み書きだけで充分とする誤った考えが広まっていたと彼は述べている。教育とは人の能力を引き出し知的習慣を形成することである。コールリッジによれば、一般大衆への効果的教育は、有識者達への厳しい知的再教育を前提とするものであり、指導者層の真の啓蒙は、地主や政治家達の性格が有徳なものに徹底的に改革することに依拠するのである。[3]

　初期のコールリッジは理神論や機械的合理主義から英国国教会やローマ教会を批判した。しかし、ゴドウィン的一切平等団の計画の失敗に対する彼の反省は、純粋な理性だけでは具体的で物質的な人間社会を把握できず、危険な抽象的理性の暴走を生むというものであった。保守政権と急進主義の両極端へのコールリッジの批判は、神の理性の視点から英国国教会やローマ教会への批判、さらに、無神論的啓蒙思想への批判へと展開していく。初期のコールリッジは功利主義の先駆者プリーストリなどにも惹かれたが、ロマン主義思想構築に向かってのちは功利主義を否定するに至った。合理や功利に対抗したコールリッジの理性論は、全体的把握に関する法則の普遍的科学である。理性は想像力の原動力ともなる全能の神の理性の人間への派生であり、神の似像としての人間の生成力である。理性は悟性を導き支配すべき全体者の法則としての普遍的な力である。コールリッジによれば、抽象的理性が悟性に同化してしまうと、功利主義や商業主義などの半面真理に基づくジャコバン主義急進思想を生み出す。社会を混乱させ道徳律を無視する抽象的理性から政治原理を導き出すと、半真理のみの不充分で過激な思想が生まれるのである。抽象的理性を否定したコールリッジは、急進的合理主義に対して詩的理念と宗教的啓示の政治思想を提唱した。専制政治、ジャコバン主義によるフランス革命の失敗、ナポレオンの台頭などの社会動乱は、人間性に対する配慮を欠いた功利と合理の機械主義の結果だとコールリッジは批判した。理念哲学、すなわち、先験的観念論哲学の立場から、既得権益に固執する即物的国家を否定して、彼は国家の理念を復興させるために、人間の理性と悟性の調和的関係を有機的統合において考察して、現実政治の悟性的要素に対する理性の先導性を強調したのである。[4]

　初期のコールリッジはユニタリアンとして偉大な人間キリストを見つめ、伝統的なカソリックの三位一体の説を認めなかった。神の子キリストの啓示という超越的な宗教認識を体得するのは後期になってからであった。コールリッジは政治と宗教の両面において急進主義と反動的保守主義とを矛盾的に合わせ持ち、彼の保守主義は既成の制度や概念に対する鋭い洞察、先駆者的な批評精神、自由な進歩主義を示している。党利党略や派閥的な因習、形骸化した教会の不毛の教義を批判し、同時に、人間の無意識や芸術的創作心理、自意識と想像力の活動などについて緻密に分析し、彼は膨大なノートブックや書簡に書き記した。病弱な彼はリュウマチの痛みの鎮痛剤として阿片を常用していたが、その副作用に気づきその悪弊に自ら苦悩した。1816年、ハイゲイト

のギルマン医師に患者として居候し、1834年まで18年間を彼はギルマン家の世話になり続けた。その間、彼後期の代表作『政治家提要』をはじめとする数多くの著書を残したのである。『政治家提要』は社会の知識人達に対して、聖書の精神に基づいて考え行動することを説いたもので、特に政治に反映されて社会が改革されることをコールリッジは願っていた。

　『政治家提要』と『文学的自叙伝』は、後期のコールリッジの思想形成過程を示している点で、様々な思想的遍歴の結果としての詩と哲学と宗教の融合を理解する上で重要である。『文学的自叙伝』は、後世の文学批評理論に影響を与えたもので、創作心理や詩的想像力の原理を哲学的に説き起こし、理論構築への基本姿勢を確立させた。ハイゲイトのコールリッジのもとには若者を中心として進歩的で自由主義的な人々が集まった。時代精神の悪弊は国家と国民の意識構造の反映であり、政治的で社会的な問題の山積は病める社会制度の矛盾の現れであるとコールリッジは考えた。『政治家提要』は当時の政治と社会の問題に対するコールリッジの考察の産物であり、問題に対する論理的分析の鋭さや洞察力、学際的で豊かな学識を示している。時事問題に対する現実的な解決法を具体的に示すよりは、コールリッジの関心事は人間の精神機能の諸相と有機的統合や社会の事象に対する象徴的分析よる、人間と社会の原理的本質の解明であった。特定の社会や団体に対する具体的な改革案というよりは、政治と社会の批評として、洞察力に満ちた彼の考察が意図したものは、信仰的教育の重要性の確認による人間と社会の原理の把握であった。諸問題解決のための哲学的な心の育成を説くコールリッジの思想は、特に読者として想定した社会の指導者層の人間教育を意味し、社会に対する意識を高めることに他ならなかった。ルネッサンスの時代の指導者は断固たる理念を持って政治を行っていたが、当時の英国の指導者は理念に背を向け、歴史哲学の知恵を無視して、目先の利益のみに心を奪われていたのである。

　ミルは「ベンサム論」において、ベンサムとコールリッジを英国思想界に今後大きな影響力を持つ偉大な独創的思想家だと述べ、この二つの潮流が双璧となって英国思想の展開の大きな動きとなると論じている。[5] 宗教的形而上学者でプラトン主義的観念論者のコールリッジは、ロックやヒュームのような経験論の伝統にあるベンサムとは対照的に、相反する価値観の上に世界観や認識論を構築していた。しかし、ヒュームやロックは経験論哲学を提唱して、人間の精神世界は感覚的経験に由来すると考えた。経験論哲学は唯物論を中心として、人間の堕落とキリストの救済を否定し、人々を物質的なもののみに関心を向かわせた。聖書をご都合主義で読み替えて、宗教は聖職者に任せ、人々は実利主義に走り、その結果、営利目的の現実主義の実業家が多く生まれた。感覚的刺激の因果関係の中に拘束された人間観は、本性として快楽を追求し苦痛を拒否する功利的原理に基づいて構築されている。したがって、人間の幸福とは快楽であり、快楽を追求する行為が善となるとするベンサム的見解が生まれた。

　行為の功利的結果のみを主張したベンサムは、最大多数の最大幸福の学説を説いた。ベンサムによれば、善悪の判断は最大多数の最大幸福に基づくものであり、政治における利害の調和的和合によって、全体の総和としての快楽の有効性が主張された。その後継者であるミルは、最大幸福から質的快楽と幸福への道を説いた。この様な功利主義では快楽は幸福に結びつき、快楽は善とされた。最大多数の最大幸福の学説は、経済的効率によって道徳的善の基準も決めてしまう点

で、倫理観の崩壊をもたらすものであった。参政権や資本主義という政治や経済の問題を抱えた社会に於いて、功利主義理論に基づいた道徳という最大多数の最大幸福の原理は、18世紀啓蒙思想の代表的学説となった。

　自由意志は最大多数の最大幸福の原理のもとで制限され、快楽に基づく幸福という功利の観点からのみ価値基準が定められた。快楽と苦痛、善と悪、欲望と分別、思考作用や人間的願望などを形成するあらゆる要素を単純化し、複雑な人間性や人格を無視した功利主義は、人間を単一の快楽による幸福という機械的理論で判断しようとした。道徳的動機を考慮せず、行為の結果のみに功利的価値観を見出す思想は、コールリッジにとって受け入れがたいものであった。彼の功利主義への批判は宗教では理神論に対して向けられ、さらに、悟性中心の当時の世相に対しても向けられた。感覚的悟性に論拠した機械論的神学に対しては、宗教の基礎は信仰にあり、キリストの教えは聖書の中に求められるべきだと彼は説いた。超越的存在や霊的精神世界は、感覚的現象にのみ関わる悟性に認識されるものでないことを力説し、彼は理性の働きの重要性を指摘し、主客合一による真の認識のあり方を考察した。この様に、コールリッジは啓蒙思想の誤謬である功利主義全盛の時代精神を批判したのである。

　量的総計によって社会的幸福を計り、功利的観点から政治や経済を捉える啓蒙思想に対して、コールリッジは人間の内的精神世界が社会的事象を創り出していると考え、社会問題をもたらす諸悪の根源に作用している人間の精神機能を分析しようと努めた。『教会と国家』の中で、生命は植物から動物に至るまで、肉体組織のあらゆる部分に存在して、全体として単一であり、全体を単一にする有機的な顕現を果たすという有機的統合の思想を彼は述べている。[6] コールリッジは社会全体を有機的生命の類推によって、人間の精神世界の反映として把握し、功利主義や商業主義に対抗して宗教的理性の存在を力説した。商業主義や功利主義によって、都市型価値観が農本的価値観を破壊して時代精神となるに至って、コールリッジは聖書の理念が示す理性を掲げて当時の社会秩序や道徳の崩壊を厳しく批判したのである。

　コールリッジによれば、理性と宗教は同じ力の二通りの顕現に他ならず、理性は単一に統合された全体の法則を知る力である。これに対し、悟性は時空間の個別的質量にのみ関わるものである。悟性が現象の類と種の科学であるのに対して、理性は普遍的なものの科学であり、全てを一つに捉えようとする傾向として、単一性と全体性を基本要素としている。全体でない無限にも、無限でない全体にも人間は安住出来ないため、理性がなければ、無限を求めて単一を失うか、単一を求めて無限を失う結果となると彼は論じている。[7]

　コールリッジの均衡の理論においては、宗教的理性に基づく理念が、資本主義や商業主義に対抗する社会勢力として存在すべきであった。功利主義的最大幸福という目前の経済的繁栄よりも、ヘレニズム、ヘブライニズムといった西洋思想の源流にまで遡り、人間の精神活動を歴史的眺望の中で捉えようとしたコールリッジは、聖書の精神に歴史的伝統としての豊かな理念の存在を確認し、人間の自由意志に基づいて聖書の啓示を読み解こうとしたプラトン主義者であった。自然界の事物のみならず、聖書の中に豊かな象徴的意味を解読し、彼は歴史的事件の中に聖書の伝統を把握し独自の歴史哲学を構築しようとしたのである。

あらゆる確実な知識は神の力であり、それは人間の英知として理性を通して生じる。この事が聖書の卓越性を示し、知識と行動の原理である根拠となると彼は力説している。[8] 旧約聖書や新約聖書に示された崇高な理念は、人の魂を覚醒させ、自由意志と共に自らの崇高さや無限の能力を直観させるのである。古来からの深遠な思想家は、その学説を神から与えられたもの、すなわち、霊感を起源とした知恵であると考えた。神の摂理を実現する御言葉としてのロゴスによって常に燃え続ける炎としての力こそ、人間を心理へと導くものに他ならない。コールリッジにとって、形而上学的体系よりも、聖書こそが究極の権威であり、その教義の真実性は神の啓示に依るものでなければならない。[9]

　フランス革命の理想に熱狂したコールリッジは、最初熱狂的なジャコバン主義者であったが、後にジャコバン主義急進思想に対する分析的批評家となった。ジャコバン主義は抽象的理性による人間観や社会観の必然的結果に他ならなかった。人間と動物との区別や道徳的要素を考慮しないホッブズは、抽象的理性を独断的に適用してジャコバン主義哲学を生んだ。この様に、強権的専制政治に結びつくジャコバン主義は、感覚的な悟性の対象にのみ適用された抽象的理性によって成立するとコールリッジは考えた。ジャコバン主義は一般大衆を改革するのではなく、過激な暴力革命の手段として利用された扇動行為であった。ジャコバン主義は抽象的理性の独善的暴走によって、フランス革命の理想を専制主義や恐怖政治の支配へ陥れたのである。ルソーの社会契約説に示された抽象的理性は、現実無視の純粋理論として高尚であることによって、一般大衆を容易に扇動したのである。動乱と革命の時代では、理想が抽象的であれば、より一層容易に大衆の感情をかき立て直接的行動への衝動を与えるとコールリッジは警告を発した。[10] ジャコバン主義は現実社会無視の抽象的理性と人間の動物的本能との結合によって生じたとコールリッジは非難した。ルソーの社会契約説は国家を理想的体制に変革しようとして実現せず、フランス革命はナポレオンの台頭によるヨーロッパの動乱を発生させただけであった。

　抽象的理性の不充分な人間観が専制的になった結果、ルソーの社会契約説は人間社会に独善的に適用され、さらに、抽象的理性と社会全体が結びついた絶対主義政治と同時に、人間の絶対的自由の神聖な権利を独断的に認めるに至った。ジャコバン主義的啓蒙思想は、抽象的理性を普遍的で生得的なものとして政治思想に適用し、抽象的理性で道徳を支配しようとした。しかし、理性が抽象的理性として個人や国家を支配し導くことは不可能である。この様に、ホッブズの反道徳的哲学、ベンサムの功利主義、ルソーの社会契約説などにおける抽象的理性の独善的適用による過激なジャコバン主義に対する分析的批判を深めながら、コールリッジはロマン主義思想の基盤となるべき理念哲学の構築に努めたのである。コールリッジにとって、理性は人間の魂の自由な活動のために神より与えられ、悟性が適用すべき原理としての理念を示すものである。ロマン主義と啓蒙思想との関係は、徐々に類似点よりは相違点のほうが目立ったために、対立と批判の意識が彼に生じるに至った。理性が悟性から切り離されて適用され主観的なものとなると、一般大衆の無軌道な権利という抽象的理性の産物を生じさせることになる。したがって、悟性の支配による機械的合理や感覚的功利の世俗的客観性も、思想上の誤謬であり混迷の時代精神の原因であり退廃的世相の悪弊だとコールリッジは考えた。

　デカルトの理性への無条件の信頼は、ルネサンスの伝統を示して、科学における理性の万能を主張したが、政治・宗教・道徳では保守的であり、急進的改革を認めようとはしなかった。したがって、絶対主義の矛盾は1680年代に表面化したが、デカルトの理性万能の勝利は18世紀に至って実現したと言える。しかし、18世紀啓蒙思想の抽象的理性は広大無限の宇宙を小部分の集合体へ卑小化し、人間の精神機能を感覚的知覚の連想作用に分類し、詩を記憶による既成的心象の機械的配列に貶めてしまった。抽象的理性による哲学の機械主義は、人間の知性を死の影で満たし、至高の理念を既成概念で処理する思想的誤謬を生みだし、真理への直観力を概念で説明することに終始するものである。この様な機械主義哲学を排斥して人間に生命的知識を与え、精神を発達させるための抜本的社会変革の必要性をコールリッジは主張した。彼は生命的全体としての有機的統合と事物の機械的結合の対立的矛盾を常に意識していた。コールリッジは機械的世界観と有機的世界観の違いを死と生の用語によって示し、彼の哲学的思索や思想体系の構築にこの相違が重大であることを強く意識し、有機的統合の生命的原理を提唱するに至った。

　コールリッジの会話体詩には汎神論的な立場で、万物の有機的統合としての生命的思想を歌ったものが多い。有機的統合の思想とユニテリアニズムが、彼の中で呼応して、彼は伝統的キリスト教の教義や聖書の中のイエスの問題にも眼を向けていくことになる。さらに、彼はユニテリアンから伝統的カソリックの三位一体説へと転向し、創造主たる神と被造物である人間との関係についての考察を深める必要に迫られていた。デカルトやロックの哲学批判もユニテリアンへの宗教批判は思想的遍歴をするコールリッジの自己批判の結果でもあった。

　コールリッジの初期の傑作「エオリアの竪琴」や「宗教的瞑想」においても、彼は自然の生命を歌い、有機的統合としての万物の生命という思想を表明している。その後、この有機的生命の思想を形而上的に考察し、生命哲学構築への原点としたのである。形而上的に聖書を愛読し、プラトンやプロティノスの著作に親しみながら、自然界に不可視の神の創造力が働いていることをコールリッジは詩と哲学と宗教から学際的に考察していた。神の創造力は能産的で形成的な力であり、生命力に他ならないと確信するに至り、彼は終生パウロとヨハネを愛読し、あらゆる存在に神の生命力を読みとっていた。プロティノスの影響を深く受けていたコールリッジの思想の基盤は、単一と多様の有機的統合の原理であり、⑾ この事は「エオリアの竪琴」の中に如実に表れている。生気漲る森羅万象の躍動が人間の魂のリズムに呼応して思想を生み、あらゆる生命的振動が一つの塊となって、万物の有機的竪琴の上に吹き渡り、一つの知的な微風の如く広がっていくと表現されている。⑿「エオリアの竪琴」では、汎神論的に万物の生命は神から派生する英知の風によって生かされ、神の知識の風は神の力であり、人の理解の及ばないところで作用していると彼は表現している。不可視の神の創造力が自然界の有機的統合の力として、人間の精神にも機能していることを彼は想像力説によって明確に定義している。

　この様な彼独自の汎神論的観点から、デカルトやロックの機械主義哲学は批判されるべきものとされた。カントの『純粋理性批判』に出会い、彼は人間の精神機能の分析の必要性を確信して、合理主義的啓蒙思想家達はキリスト教の根拠や神の存在証明を現象面にのみ関わる感覚的悟性で

論じていると断じた。この様な超越的問題の考察は、人間の精神機能を分析してはじめて可能になると考え、コールリッジは理性と悟性の区分を社会に対する批評原理とし啓蒙思想を批判したのである。したがって、独自の理性論を確立するまでは、彼は理性と悟性の整合性に苦悶の思索を続けざるを得なかった。彼の神学に理性と悟性の哲学的考察が融合して、詩と哲学と宗教の融和としての有機的統合が生み出され、空想力と想像力の思想の心理学的で形而上学的な中核的部分が形成された。、この様な形而上学的原理が文学のみならず、社会全体に対する恒久的批評基準とならねばならないと彼は考えた。宗教においては理性、哲学では理念、文学では想像力がコールリッジの思想の中核であった。さらに、理性を中心とした神学と想像力を中心とした文学が融合して、聖書を想像力で読み解き、文学の創作に理性の力を意識して、歴史哲学の理念構築に向けて分析的考察を続け体系化することが彼後年の最大の課題となった。

コールリッジにとって、死の哲学である感覚的悟性中心の機械主義哲学が、物理的現象の質量的把握に終始するのに対して、彼の生命哲学は神の似像としての人間に神が宿り、神の最高理性を通して神を知る理性の理念哲学である。この宗教性がコールリッジの理性論の大きな特色であり、カントの論理学の理性と非常に異なる点であった。コールリッジの理性は真理の総体の精神的土台としての現実化の原理である。信仰を支持する理性は、先験的であり、経験の基盤となって、事物の混沌を経験へと形成するものである。神の啓示としての聖書は、理性そのものの形として厳粛で威厳に満ちていると彼は説いている。(13) 悟性から抽象された概念は想念であり、想念が具体化すると知識となる。これに対して、悟性の知覚的形式から抽象されずに、理性の働きを受けた想像力が産出するもので、感覚的存在とはならないものが理念に他ならない。(14) 理念がアリストテレスやカントにおける様に統制的であるか、プラトンやプロティノスにおける様に形成的で自然の生命力と融合するものであるかは、コールリッジにとって哲学上最も重大な問題であった。

コールリッジが政権を批判し改革論者としての立場を堅持したのは、理念と現実との矛盾を常に意識していたからである。コールリッジの理念形成の道は、ドイツ観念論哲学の研究によって、カントからフィヒテ、シェリング、ヘーゲルという思想的展開を辿ることになる。カント研究によって、理念は夢想や願望ではなく規範的原理であることを確信して、極端な唯物的機械論を打破すべく、コールリッジは超感覚的世界の論証に努めた。シェリングの自然哲学はコールリッジの思想構築の刺激となり、審美的要素を文学に求めていたコールリッジに思想的充足を与えた。カントやシェリングを始め、当時の自然科学の有機説によってもコールリッジは示唆をうけたが、その思想の多くは基本的に彼にとっては既に自明のことであった。

コールリッジの思想的遍歴には、感覚的悟性の機械主義哲学に対する批判、理性と悟性の峻別による精神機能の論証、想像力説のためのドイツ観念論哲学の探究、能産的自然を説く有機的統合の原理や汎神論的自然観のためのシェリングの研究、そして、神の理性や超越的理念を志向するプラトン的宗教観などの特徴が見られる。さらに、カントは機械主義哲学の不毛の思索から脱出する重要な手がかりを彼に与えたが、超越的実在に関する考察では、論理学者であっても決して期待するような形而上学者ではなく、コールリッジはカントの限界を乗り越えねばならなかっ

た。

　カントによれば、道徳的認識は他によって影響を受けない人間の精神機能であり、道徳律は人間を支配し、人間の自由な理性的本性を保証するものである。カントはコールリッジの思索に自信と体系を与えたが、感情を排除した冷徹な道徳の形式的論理にコールリッジは反発した。しかし、カントの自由の観念は彼の思索に深く浸透し、さらに、真の理性の姿は彼に強い印象を与えた。頭脳と感情の相克の中で真の理性を解明しようとしたコールリッジは、理性が偉大にして崇高なるものに帰属する精神機能に他ならないと確信し、無見識な抽象的理性こそ悟性に他ならず、生命的な理念と対立するものだと悟ったのである。

　カントは知識の限界を説き、人間が時間と空間の事物認識に宿命づけられている以上、物自体の客観的把握のための絶対認識は本来不可能であるとした。カントによれば、あらゆるものが時空間の限られた認識による錯覚とも言える。しかし、コールリッジはカント以上に統一的理念の世界の必然性を主張し、人間に絶対世界を認識する先験的な内的器官があると考えた。彼はカントにしたがって人間の精神機能を悟性と理性に区別したが、独自の理性論を構築するに至った。感覚的現象や概念に基づく経験世界を把握する能力を悟性と定義し、機械主義的原理や非生命的事象を悟性の世界と彼は断じた。これに対して、絶対的事物自体に対する認識における超感覚的な能力が理性であり、理念形成に携わる理性が認識作用に機能することによって、時空間を超越した絶対世界や永遠の真理としての神の存在に迫り、先験的認知を可能にするとコールリッジは主張したのである。

　この様に、人間の精神機能は理性と悟性で成立する。悟性は動物と同じ受動的な認識能力であって、物理的で生理的な法則によって即物的に判断して、感覚的現象の概念の分類や整理をする推論的能力である。さらに、コールリッジによれば、悟性は記憶による一般化の能力として現象を認識する機能であり、経験によって構成される絵画的図式にすぎず、人間は悟性によって理念を把握することはできない。これに対して、理性は感覚を超越した理念を把握するのであり、無限に対する内的感覚の器官である。コールリッジにとって、神や永遠の真理といった超感覚的理念は理性の対象であると同時に理性と一体でもある。神の似像としての人間が神からの派生として有する理性は、人間に対する神の啓示であり、宗教的啓示は理性の顕現であるとされた。感覚的悟性は各個人によって質量で異なる能力であるが、理性は人間に平等に与えられた能力であり、唯一絶対の全体者に関する人間の普遍的認識科学である。

　理性と悟性の関係を峻別しても、理性は純粋に理性のみではその存在を顕現し得ず、本来の相互機能において明確な区分を不可能にするほど人間精神の中で有機的に統合されている。理性は全体者としての神から人間に派生する能力であるが、感覚的悟性を欠いた理性は抽象的理性となって現実感を喪失するのである。理性は無限の知的進歩の可能性を人間に与えるが、本来、一切平等団やクレラシーを構成し支配すべき人間は、理性による知的進歩を果たすべき少数のインテリ階級に限定されていた。物理的で生理的な感覚の世界は悟性によるもので、神や永遠のような純粋に理性の世界ではないが、悟性から切り離して理性は存在を顕現できず、コールリッジの理性は生得的存在として悟性に生命を与えるものである。人間の感情や宗教を無視した独断的な抽

象的理性は、妄想にすぎず、冷酷な不道徳を生み出し社会に悪弊を及ぼすとコールリッジは難じた。純粋な理性は人間に平等に与えられているが、悟性と切り離せば人間世界に関する思想としては存在し得ない。政治や社会の思想は実利的な現実主義でも純粋な理想主義の理論でもなく、人間の認識に関する理性と悟性の原理に基づくべきだとコールリッジは考えた。

　悟性による理性の支配、私利私欲の物欲を生む功利主義や商業主義の中で欠落した道徳的感情や衰退した想像力などの病める社会現象を、コールリッジは時代精神の悪弊として厳しく認識していた。ナポレオン戦争後の経済恐慌は、失業者と労働貧民の発生を招いた。理性によって調和されるべき悟性は、理性を略奪して商業精神や功利主義の急進的発展を促し、無神論的啓蒙思想や冷徹な機械的合理主義の死の哲学を生んだ。コールリッジによれば、機械主義哲学は可視的可能性を要求するため、生成能力を持たない部分と部分の関係である構成と分解に終始する。それは構成要素の正確な総和を扱い、生命のないものにのみ適応される死の哲学である。[15] 生命哲学においては、構成要素となる相対的な力が相互に浸透することによって、より高度な次元で第三のものを産出するのである。

　この様な現実社会の政治経済の矛盾と混乱に対する批判として、コールリッジの思想は理性と悟性の相互関係の考察を中心として展開された。コールリッジは悟性への過信と専横に対して警鐘を鳴らし続けた。悟性は時空間における質量に関する現象の認識作用として、物理的法則や感覚的経験を構成し、さらに感覚的素材に基づく記憶や経験の判断能力として、物理的で生理的な現象の概念を分類し、感覚的現象を機械的に抽象化して推論する機能に他ならない。ロック以降、経験論哲学は悟性を至上として理性を無視したが、超越的実体の把握には不適格な悟性は、感覚的経験や物理的法則以外のすべてを否定し、感覚的素材の質量的認識のみを問題にしたのである。

　理性顕現の手段としての悟性は存在し得るが、理性から離脱した悟性を疎外された悟性の横暴とコールリッジは批判した。理性は有機的統合の理念を示すという究極的目的を持っているのに対して、悟性は理念提示のための中間的な手段にすぎない。悟性は理性を凌駕するものでなく、悟性そのものの実体は空虚であり、生命的理念や超越的実体に直接適用され得ず、功利的で感覚的な物質世界に対象を限定するものである。悟性が真理を捉えようとしても不確実であり、事物に恒久的な普遍性を与えるには抽象化するだけであり、抽象的理性を生み出すのみである。[16] したがって、悟性が物質世界を逸脱して理性を支配することは悟性の横暴に他ならないのである。悟性に支配された哲学は感覚と功利にもとづいた無神論的機械主義哲学、すなわち死の哲学に他ならないと彼は批判した。革命を扇動したフランスの啓蒙思想家の無神論的機械主義哲学やベンサムの功利主義哲学には、この忌むべき誤謬が如実に表れていると彼は訴えた。

　コールリッジによれば、人間が宗教性を失うと抽象化された理性が妄想となって急進的思想を生み、知的意志は冷酷で不道徳なものになってしまう。国家構造も理性と宗教と意志を構成要素としているために、宗教が欠落してしまうと、抽象的理性が猛威を振う。包括的把握力や先見性を持つ理性が孤立すると、非現実的思想を生み、不道徳な思索へと導くのである。それは無政府主義や利己主義に帰着するもので、全体としての幻影のために個を犠牲にしたフランス革命の虚

偽の哲学をもたらしたとコールリッジは批判した。ジャコバン主義は異種混合の怪物であり、独裁政治を成立させたものであり、経験と悟性に属するものに対して理性を独断的に適用した抽象的理性で成り立っている。ジャコバン主義は既存の制度や現状の修正に配慮せず、抽象的理性による概念で政治や社会を変革しようとして、単なる動物としての人間に訴えかけ、大衆を暴動へと扇動するものだと彼は糾弾した。(17)

　悟性は霊的存在や法則を捉えることが出来ず、経験に関わる能力であり、理性の光を得ることがなければ、世俗的な物質世界以外に認識の対象を持たない。現象を分類するための用語や一般概念を創り出すのが論証的悟性であり、深みのない明瞭さで限界の中で統一性を考察するもので、実体のない表面的知識に終始するものである。悟性の明瞭さと感性の豊かさを統合して完全なものにするのが想像力であり、想像力によって悟性は直観的な生命力を与えられるのである。実体を持った生命的な理性は、人の完全な精神であり、単一でありながら多様でもあり、悟性に浸透する神の力として、感覚も悟性も想像力も全てを含有するものである。理性は人間の個人的な所有物ではなく、光のように自らを顕現し、人間の中に存在するものである。

　要するに、社会状況や人間性を無視する悟性的な政治理論が独断的に適用されると、ジャコバン的急進主義思想になった。コールリッジは抽象的理性によるジャコバン的急進主義の啓蒙思想を死の哲学と批判した。悟性が社会を支配すると功利主義の過剰な商業精神を生み、理性が抽象化されるとジャコバン主義の母体となる抽象的理性になり、フランス革命を幻滅的結末へと導き、さらに、意志が抽象化されるとナポレオン的自己崇拝や冷徹な専制主義に発展すると彼は糾弾した。この様に、コールリッジは哲学的な批判精神をもって当時の政治や世相を眺めた。彼はフランス革命の幻滅的進行によって現実を思い知らされ、夢をさまされたロマンチストであり、悲観的な現実認識を持つに至った。現実世界の中ではストイックなコールリッジは夢から覚めても、夢への激しい情念を失わなかった。彼の飽くなき情熱と夢が当時の色あせた時代精神から彼を際だたせ、彼の文学と思想を偉大なものにしたのである。

（3）

　コールリッジは自然界に神を把握する手段を理性と宗教的啓示に求め、さらに、本来相反する理性と宗教的啓示の調和を有機的統合としての国家構成の重要な要素と考えた。コールリッジにとって、理性は神の似像としての人間に与えられた心眼に他ならず、宗教的啓示は神から与えられた霊的視力であった。コールリッジの思想を構成する両者は、相反するものではなく有機的に補完するものである。理性と宗教的啓示の調和的融合は、コールリッジに一貫した有機的統合を与え、それは感情と思想の相克の解決に他ならなかった。

　コールリッジにとって、真の哲学的考察は、森羅万象の観照によって人間と自然の融合に対する理性の直観的把握を含むものである。誤謬の哲学的考察は、人間の主体的精神と客体的自然の相違に対する抽象的理解であり、死滅的事物と生命的思考の対立関係の抽象的知識に他ならない。それは対立と相違に関する単なる反省の哲学的考察であり、日常的現実に有益であっても哲学としては生命的言語を死滅的言語に下落させるものだとコールリッジは考えた。繊細な感性が冷徹

な論理によって萎縮し、多くの生硬な思考が意識の限界を作りだして、自発的想念を抹殺、頭脳と感情の相克が未知の精神領域を死滅させることに彼は苦悩した。自己省察の中で彼は感情と頭脳の相互関係に大きな関心を抱き、肉体的感性と精神的飛翔は人間精神の根本的要素としての理性と悟性の相互作用を促すと説いた。

　コールリッジの理性は多様の全体を一者として把握する有機的統合の力であり、この一者こそあらゆるものの認識に必要な根本的理念である。悟性は分類と記憶の機械的能力であるが、理性は直観的に全体を理念とする統一的な力である。思弁的であると同時に実践的でもある完全な理性は、自然を単なる直喩以上のものとして捉え、自然界における象徴を畏怖の念と共に捉える。理性の生命力は全てを統一体として認識する。この至高の統一体は地上の存在の極致的完成として、新たな連続体へと繋がるものである。植物の有機的生命は自然界の統合性を象徴し、多種多様の形態は自然界に託された多様性を示している。[18] 理性は生命力として感覚的悟性や想像力に生命を与えて顕現する普遍的な力であり、一者たる全能の神の力の人間への派生に他ならず、コールリッジは悟性による死の哲学に対して、自らの理性論を生命哲学と呼んだ。意志力によって理性と悟性が調和的関係で結びつき、悟性に生命が与えられて理性は実践的存在として具現する。理性が理念を統一的に把握し理念を産出するのは、元来理性が理念の一部だからである。なぜなら、理性は超越的存在を認識する器官であり、また、その認識対象と同一の器官でもある。理性は自らの存在の具現によって一者としての全能の絶対者の存在を証明している。コールリッジの理性は、一者なる全能の絶対者の理念を認識すると同時に、先験的にその理念の一部でもある。したがって、理念は有機的な生命であり、無限の生産性をもつ一者なる全能の絶対者の力に他ならない。有機的統一体としての全体者の理念は、無限で広大なるものへの畏怖の念に対するコールリッジ的な表現であった。

　自我への哲学的考察の中で導き出される先験的観念論や審美主義的唯心論においては、自然は自我の産物であり、理性の一大体系であるという自然哲学を生む。したがって、神から派生した人間の理性は、自然の中にも神の理性として生きている。聖書と同様に、自然界を神の偉大な書物として把握することをコールリッジは説くのである。[19] 自然は全能なる神の属性を明示しているので、自然の中に精神世界の象徴として照応するものを見出すとき、自然は絶えず人間に語りかけてくる詩に他ならないと彼は解説している。コールリッジにとって、真の自然哲学とは象徴の科学である。象徴は隠喩や寓喩、比喩や空想ではなく、それが表す全体に本質的部分として存在している。この意味において、神は自然界における象徴によって人間に語りかけてくるのである。[20] 自然は神の理性の無意識的な形式であり、意識的存在としての人間は、自然を意識的形式に把握する傾向を持つ。人間にとって、自然宇宙はあらゆる力の融合の有機的統合体として、生命と意識を産出し続ける。自然は生成する精神として意識的自我と同化され、その生成過程は神の理性から人間の理性へ移行する中間的形式である。自然は自己目的でなく、全体の相の目的で意義を発揮する。過渡的瞬間としての現象は、様々な力の相互作用で新たに繰り返される。自然には相反する諸勢力があり、あらゆる自然現象は二元論と両極性を根本原理とし、対立勢力の融合が分裂的相反を産み、相反が有機的統合を生んで、自然界で神の理性は無限的生成過程を繰

り返し展開し続けるのである。

　コールリッジは理性と悟性の峻別をカント哲学から導入したが、独自の理性論の構築への必然的な道を生来プラトン哲学から伝授されていた。感覚的物質世界を凌駕する超越的実在へのプラトン主義的確信は、彼が感覚的知覚を信念や信仰の基準と決してしなかったことに示されている。プラトン主義者であるコールリッジにとって、超越的実在とは全能者として絶対的存在である神であり、神の理性から与えられる人間の理性の理念こそ重要な位置を占めていた。コールリッジの理念は能産的自然としてプラトン主義的な生命力や構成力を持ち、さらにプロティノスから大きな影響を受けるに至った。理性を神の似像としての人間への神の理性の派生と捉え、プロティノスに倣って人間は神から先験的に与えられた理性によって、理念を把握しうると彼は考えた。理性は創造的であらゆる認識に先行し、悟性は事物に後続するもので、記録や分類をする動物的な精神機能である。神の似像として創造された人間の姿は、理性の先験的優位性を根拠として説明しうるのであるとコールリッジは論じている。[21] 理念の作用において存在する先験的知識が、感覚的世界における完全な有機的統合を体現する唯一の資格であり、先行する知識がなければ、経験そのものは過去へと後ずさりしていくと彼は主張した。認識の対象でなく、必然的仮説でしかなかったカント哲学における物自体は、コールリッジの思想では理念的認識の先験的実在となるに至ったのである。

　18世紀的理性は感覚的経験の世界に属していたが、コールリッジの理性論は17世紀的な宗教的理性である。宗教は普遍の中から個の存在の根拠を得ているものとして個を扱う点で、理性と同一である。したがって、理性と宗教と意志が三位一体の有機的統合となって象徴を生む時、人間は人格的に成熟を果たすのである。[22] この様に、一者なる全能の絶対者や超越的存在としての理念を認めない功利主義や悟性偏重の経験論哲学を批判し、ジャコバン主義の抽象的理性を否定して、感覚的悟性を先導する理性の優位性をコールリッジは主張した。コールリッジは生来のプラトン主義者であったので、カントのドイツ観念論哲学に出会った後も、超越的理念探究への情熱を失わなかった。17世紀英国思想や聖書を中心とした宗教的考察の中で、彼独自の思索はカントを独自の解釈で受け止め、人間の精神機能の分析的探究による歴史的で生命的な独自の理念哲学として定着するに至った。コールリッジは思想の体系的枠組みを模索し続けたが、あまりに壮大な理念の広がりを見せたので、最後まで体系化を完成するには至らなかった。しかし、ノートブックや書簡に示されているように、自己の経験から意識の深層に対して心理学的に実に綿密な精神分析を行っている。一つの事象を様々な諸学問分野から論究し、あらゆる問題を一つに融合し有機的統合において眺めようと努力していた。

　宗教的立場は初期のユニテリアニズムから詩的汎神論を経て、伝統的カソリシズムに回帰するという彼独自の精神的遍歴を見せている。17世紀の英国思想の伝統にコールリッジは親しみ、その宗教的形而上学を研究し、17世紀の思想の本質に有機的統合の存在を認識していた。17世紀の英国では、ジョン・ダンやジェレミー・テイラーなどの思想家達が、知識人のみならず一般大衆にも受け入れられ、人々の思索を促し、特に宗教が真剣に論議され深い思考を生みだしていた。コールリッジの有機的統合の学説は、神の啓示と信仰の神秘によって、人々の悟性の目を啓発す

ることを目的としていた。動物も人間も必然的法則に支配された機械と見る哲学は、唯物的哲学であり死の哲学に他ならないとコールリッジは非難した。彼は１７世紀以前の思想の伝統を研究し、生命哲学の構築によって死の哲学に対抗し、人間を機械として捉え非生命的で無神論的自然を生みだした思想家としてデカルトを批判した。18世紀啓蒙思想の機械論や急進主義を批判する対抗的均衡の勢力として、彼は17世紀英国の思想の伝統の重要性に注目したのである。デカルトやロックやベンサムの思想の中に、彼は誤謬を見出し、17世紀思想の伝統の視点から問題点を論じた。17世紀思想は彼の精神的基盤となり、英国思想の伝統として把握されて、ドイツ・ロマン主義に劣らず、彼の知的特性に深く関わっていた。フランス革命をもたらしたのはフランスの啓蒙思想であり、思想の誤謬を歴史的視野の中で伝統的原理の研究によって分析しなければ、現象面での批判に終始し、抜本的改革への具体的提示とはならないと彼は考えた。伝統的原理の思想はコールリッジの思索の中で、独自のコンテクストで練り直され、新たな意味を与えられた。彼の造語好きもこの様な新たな言葉の可能性や新たな意味の空間への模索を示すものであった。ノートブックや書簡には、微細に至る心理学的洞察や先覚的な思索の断片が書き残されている。伝統的価値観が彼の思索の中で、独自の歴史哲学として蘇り、新たな活力と意義が与えられたのである。

　コールリッジによれば、アリストテレスは史上最大の悟性的概念論者であるのに対し、プラトンは理性の生命力を生得的な理念の中に認めていた。感覚的な経験でしかない悟性や、人間性から遊離した抽象的理性を批判して、理性による理念のみが唯一絶対の真理の具現であるとコールリッジは考えた。コールリッジの理念は究極的目的に関する知識であり、国家は国民の安全な生活という物質的目的の他にも、精神的目的を果たさねばならず、国民の人間性に対して理性や道徳を育成しなければならないのである。コールリッジにとって、深遠な思想は豊かな感情を伴って成立するものであり、あらゆる真理は宗教的啓示として人間に訪れるものであった。宗教を理知的論考で証明も反証もできるとした合理主義全盛の啓蒙思想は、社会権力と癒着した聖職者や腐敗した宗教組織、熱狂的聖書崇拝者などの無秩序な言動を助長し、真の宗教不在の時代を招来した。聖書の中の重要な教義の語句を字句どうりに逐語的に解説しようとする態度が、不信心を増殖させるとコールリッジは非難した。[23] 頭脳と心情の融合、すなわち、哲学的真理と人間の内的事実との調和的融合としての有機的統合を模索することによって、宗教が高度に哲学的に存在理由を持ちうることを彼は力説した。

　聖パウロの言葉の真実を信じ、聖書を熟読し、思慮深く謙虚に事物の意味を根本的に問い直し続けることをコールリッジは説いた。この習慣を身につけることによって、神の神秘に対する完全な認識を身につけ、霊的直観に至ることが可能になると彼は述べている。神を知る英知と啓示の霊としての信仰の神秘によって、悟性の眼が覚醒されることの必要性を人々に説くことがコールリッジの思想の大きな目的となった。[24] 生命的信仰は神を知ることの人間の確信を前提とするものであり、無知な者に信仰心を育むという知識の伝達は、聖書を通して示された宗教そのものの使命である。コールリッジによれば、聖パウロは魂の完成を直観的に観照することを説いているのであり、究極の至福とは永遠の相において真理を明確に観ることである。宗教は熱を持た

ない光でもなければ、光を持たない熱でもなく、自然の生命をかき立てる太陽に他ならないとコールリッジは力説している。神を知ることは生命的で霊的な行為であるので、それは人間には計り知れない無限の充溢性を伴った認識である。

　宗教の要素は人間の精神機能の理性と悟性に他ならず、この二つの力の生命的相互作用が、有機的統合となって真の宗教を生み出す。[25] 真の宗教には抽象は存在せず、唯一で無限の神性に与るものである。宗教は作られるものではなく、自ずと生まれるものであり、必然的に生成展開するものである。コールリッジによれば、宗教は偉大なるものの象徴であり、あらゆる被造物を通して同じ似像を人間は観るのである。宗教は魂の行為であり、無限の霊の統合性を有限の世界で明示するのであり、霊の豊かさをあらゆるものに浸透する生命力で表すものである。宗教は神の霊の豊かさを示すだけでなく、人に伝達するために、人に説く教義の言葉の中に霊の溢れる性質を有するものである。宗教は神の愛を表し、神の愛は知的で道徳的で霊的な力の調和的な有機的統合である。[26]

　経験論哲学を主流とする18世紀の啓蒙思想は、直観や霊感を否定し、理性を無視して悟性の独断を許した。これに対して、コールリッジのロマン主義思想においては、直観や霊感、すなわち理性の優位性が主張され、感覚的悟性でなく理性によって直接的に超越的存在は捉えられるとされた。先験的存在として神の力を直観と霊感によって把握して、神の理性と人間の理性との間の主客合一を果たし、さらに理性が悟性を先導することによって、有機的統合の認識を得ると彼は考えた。人間の精神機能と経験内容の分析は、コールリッジのノートブックや書簡に多くの記述となって残されており、彼の思索の中心的課題であったことを示している。要するに、精神と経験の分析は、理性と悟性の機能の分析となり、彼独自の有機的統合の認識論を生んだ。理性と想像力、悟性と空想力、理念と概念などの相反と融合の関係の理論は、人間の精神機能に対するコールリッジの分析的考察の結実であった。

　この様に、コールリッジの理性は神の啓示を受け、象徴を読み取る人間への神の力の派生である。理性は普遍的真理を直接認識する直観や霊感であり、人間に与えられた神の力の他ならない。理性は個人的能力ではなく、神から派生する生命的根源であり、神の力を受けて人間に直観や霊感が与えられるのである。神の最高理性は人間の理性に派生するもので、コールリッジにおいては、理性は人間を超越的存在に接することを可能にする宗教的な力とされた。人間が有限的存在を越えて、超越的存在としての神と接することが理性によって可能となる。この理性によって人間は超越的次元に関わることができるのに対して、空想力と密接に関係する悟性は、感覚や知覚によって集約された素材を基盤として機能する物質世界の具象にのみ関わり、意識する主体そのものの存在を限定させるものである。悟性の横暴を許して、聖書の啓示を否定すれば、人間は単に感覚と空想の奴隷に堕落すると彼は警告した。したがって、感覚も空想も悟性本来の受動的媒体として理性の通路となれば、真理との正しい関係を人は維持することができるとコールリッジは強調したのである。[27]

　本質的には動物にも本能的に存在している悟性は、因果律や分類を中心とした論証的機能であり、感覚や知覚に支持されて、受動的な機能として空想力を働かす。しかし、人間の複雑な精神

機能においては、理性が中心となって自由意志によって、悟性と有機的に関連しながら機能する。理性の影響を受けた悟性は高次の精神機能に関わる。高次の悟性はさまざまな現象を分類するのに必要な概念や用語を作り出すのである。しかし、全体の相において物を眺め、有機的統合としての生命的な理念を把握する理性とは違って、悟性は時空間に限定され、些末な事物の物質的質量に関わり、現象を分類し事象の因果関係についての学識を構成するのである。コールリッジの有機的統合の思想はドイツ観念論と英国の経験論の融合であり、西洋思想の伝統的源流としてのヘブライニズムとヘレニズムの壮大な結合への試みでもあった。普遍的な理性とは神であり、神の理性の派生としての人間の理性は、常に神と対峙しながら、両極の均衡へと志向する。神の理性の下では、存在すべてが神の生命を与えられて生きているのである。

　全体を把握する理性は、全体を個に集約する力、すなわち、普遍的真理を個に収束する力を持たねばならない。その時はじめて、真理は生命的実在を得るのである。コールリッジにとって、この力とは宗教に他ならず、理性と宗教は同じ力の二つの表出であり、人間本性の至高の称号であり、象徴である。理性も宗教も自由意志が伴わなければ存在し得ず、意志は駆り立て動かす力である。理性と宗教に意志が内在すれば、英知と愛となって顕現することになる。コールリッジによれば、英知は旧約聖書に、愛は新約聖書に多く見られるものである。[28] さらに、良心とは理性でも宗教でも意志でもなく、霊的感覚として、意志が宗教と理性に統合した時の経験に他ならないのである。

　政治学の基本原理としての英知を説いている旧約聖書の研究を指導者層や有識者に対して彼は奨励し、神の愛の摂理を説く新約聖書の研究を大衆教育の基本原理の構築に資することを提唱した。コールリッジによれば、聖書は実在に関わる生命哲学であり、聖書の歴史的原理は生命的胚種として、現在に未来を包含し、有限の中に無限が潜在することを示すものである。あらゆる存在が過去に対して原因の無限的遡及となり、未来に対しては結果を無限に生み出す過程として悟性に示される。そして、あらゆる境界を越えて作用と反作用の無限的連続として悟性の認識がなされる。しかし、現象の時空間を超越して真理の内奥に至るとき、個における全体の内在の神秘が、真の理性に明示されるのである。コールリッジにとって、聖書は未発見の無限の宝庫であり、未知の真理の力を示すものであり、神秘の根源に与る深遠な問題に対する哲学的考察を促すものに他ならないのである。

注

（1）R.J.White (ed.) *Lay Sermons* (Princeton, 1972) pp.33-4. 以下 *L.S.* と略記する。

（2）*L.S.,* p.23.『俗人説教』と英仏戦争当時の政治経済の社会問題については、John Colmer, *Coleridge* (Oxford, 1959) pp.131-53. を参照。

（3）*L.S.,* p.39.

（4）*L.S.,* p.69. また、相反物の有機的統合や両極性の理論については、R.H.Fogle, *The Idea of Coleridge's Criticism* (University of California Press, 1962) p.4. を参照。究極的調和としての真理と想像力については、W.B.Crawford (ed.) *Reading Coleridge* (Cornell University Press, 1979) pp.57-62. を参照。理性と悟性におけ

る有機的統合に関する古典的研究として、G.Mckenzie, *Organic Unity in Coleridge* (University of California Press, 1939) pp.6-13. がある。

　理性論については、拙著『コールリッジの文学と思想』（千城、1989）第 6 章で詳しく説明している。フランス革命とイギリス・ロマン主義の関係については、同書第10章で考察しているので参照のこと。

（5）　F.R.Leavis (ed.) *Mill on Bentham and Coleridge* (Cambridge University Press, 1980) p.99.

（6）　J.Colmer (ed.) *On the Constitution of the Church and State* (Princeton, 1976) p.179.

（7）　*L.S.*, pp.59-60.

（8）　*L.S.*, pp.20-1.

（9）　*L.S.*, p.106.

（10）　*L.S.*, p.15.

（11）　J.Shawcross (ed.) *Biographia Literaria* (Oxford, 1939) vol.II, p.230.

（12）　Hartley Coleridge (ed.) *Coleridge Poetical Works* (Oxford, 1974) p.101.

（13）　*L.S.*, pp.18-9.

（14）　*L.S.*, pp.113-4.

（15）　*L.S.*, p.89.

（16）　*L.S.*, p.20.

（17）　*L.S.*, p63.

（18）　*L.S.*, pp.72-3.

（19）　*L.S.*, p.70.

（20）　*L.S.*, p.79.

（21）　*L.S.*, p.18. コールリッジの思想の理論形成過程については、William Walsh, *Coleridge* (Chatto & Windus, 1967) pp.24-50. を参照。

（22）　*L.S.*, p.62.

（23）　*L.S.*, p.44.

（24）　*L.S.*, p.46.

（25）　*L.S.*, p.90.

（26）　*L.S.*, p.91.

（27）　*L.S.*, p.10.

（28）　*L.S.*, p.65. コールリッジの宗教思想、特に聖書、霊感そして理性などに関する考察では、David Pym, *The Religious Thought of Samuel Taylor Coleridge* (Colin Smythe, 1978) pp.73-93. がある。『政治家提要』と聖書との関係を論じたものとしては、Owen Barnfield, *What Coleridge Thought* (Oxford, 1971) pp.152-7. を参照のこと。

第八章　社会の批評家：コールリッジ

（1）

　ロマン主義は生成的生命の思想である。ロマン主義は詩と散文を融和して、躍動する文学を統合し、詩と哲学と宗教を接合させる。さらに、創造と批評を調和し、人工と自然を和合させて思想を生命的存在に高め、知性や理知を詩化して、ロマン主義は人間社会を詩的なものに昇華し、芸術的感性と思索によって文学作品を単なる形式ではなく霊的存在にまで鼓舞する。常に生成と展開を続けるロマン主義は，新思想や自由な行動様式を提唱し，既成概念の権威に反抗した。しかし、既成概念を否定するロマン主義の独自性を証明し得る理論の確立のためには、新たな体系が模索され、論拠ある存在理由が示されねばならなかった。あらゆる革命的思想も成就した瞬間に、その鋭敏な感性を失って保守的になるという自己矛盾の中で苦悩するものであるが、特に革命と個人を結びつけ、人間社会を自然宇宙や神の問題と結びつける態度はロマン主義の特徴であり、生成的思索を持続しながら融合と調和を繰り返す精神的機能が想像力に他ならない。

　産業革命やフランス革命後の世相の様に、極端へと走る激動と変革の時代の中では、社会も詩人の精神も不安定であり、自由を謳歌しながら、規範に従った境遇に安住出来ない。既成のものでない偉大な情念と思索がなければ、偉大な文学も存在し得ないというのがロマン主義の信条であった。肉体の眼と心の眼の両面を持つ人間が、全一的存在の半面として男性と女性に互いに分かれ、さらに獣性と天使を自己分裂として抱え、相反する両者の合一への満たされぬ絶望の叫びと苦悩の中で、霊的な精神世界を急速に展開させる姿こそロマン主義の本質に他ならず、何処にも安住の場のない永遠の放浪者を生むものである。詩人は壊滅の境地を生きながらえるという苦悶の中で、末期の眼の思想を読者に伝えようとし、危機の中での苦しみや生き方を説く文学の使命を果たすのである。この様な文学的使命感にロマン主義の本質があり、その定義の再評価の意味がある。

　古典主義者は従来の抽象的な理解で、時空間を超越した人間性の普遍的真実を把握しうると信じた。産業革命後の資本主義の発達と共に、人間は旧制度の意識と闘わねばならなかったが、古典主義者は絶対主義や身分制度の腐敗を批判するのみで、積極的な変革へと進むことはなかった。しかし、古典主義の批判精神が18世紀の啓蒙思想へ結びつくことになった。人間の抽象的理解による形式的分類に終始していた古典主義は、実は風刺と批判精神に満ちたリアリズムの文学として、人間のあるがままの姿を表現することを、創作上の基本的態度としていた。

　古典主義的有限の完成とロマン主義的無限の未完成は、相反する思想内容を対立させながら密接に関連し複雑に絡み合っている。初期のコールリッジは精神的素養と鍛錬を古典主義的教育によって培ったことを考えれば、ロマン主義と古典主義は実際は同じ文化的背景と哲学的考察から生まれた有機的発展の双璧を示していると言っても過言ではない。ロマン主義の思想的基盤は、人間と自然との位相の中での全人的人間観や有機的統一の世界観であり、古典主義にも共通した思想であった。ギリシアの古典文学にもロマン主義の萌芽があることを考えれば、革命的ロマ

ン主義は現実的古典主義とも和合せねばならず、歴史上のすべての時代にロマン主義的傾向が息づいてきたことは明白であり、現実主義とロマン主義の結合が、現実主義的ロマン主義者という完全な有機的統一の理想的人間像を構成するのである。18世紀末から19世紀前半にわたって、主にドイツ、イギリス、フランスで広まったロマン主義は、古典主義がフランスで早く発展したのに対して、文学運動としてはドイツで最も早く具現化した。穏健的古典主義と病的ロマン主義というゲーテ的分類や、中世文学の復活としてのロマン主義というハイネ的評価があるが、ロマン主義は単に病的に過去の復活を意図したのではなく、中世時代の再建を求めたものでもない。ロマン主義の多様性は複雑な過程の中で発展した矛盾的側面の内包を示している。ロマン主義の矛盾や分裂を解明するためには、当時の時代的背景や社会的動乱に注目する必要がある。

　古典主義の理性は健全な良識としての合理主義であり、科学的分析に傾倒した冷徹な18世紀的理論理性ではない。古典主義者達は過激な理論理性に基づく批判精神は良識に反するために、本来の良識としての理性は過激な極端を避けて聡明さを求めるものだと考えた。啓蒙思想の過激な理論理性は非常識な極端であり公序良俗に反すると考え、古典主義者達は非政治性と無宗教性への傾斜を深めることになった。この様に、古典主義者達が非政治性と無宗教性を堅持したのは、政治と宗教とをタブー視した絶対主義体制の下では、良識に反する非常識な行為は避けるべきだと考えたからであった。しかし、良識としての理性は詩的抒情性を衰退させ、さらに、想像力の軽視が壮大な理想への熱情を欠如させた古典主義文学を生んだ。健全な良識としての理性を人間性の本質と考える態度は、想像力の軽視に繋がり、類型的で硬直化した古典主義文学の想像力は、ロマン主義的な異様な幻想や前人未踏の不可思議な神秘的世界を生むことはなかった。個性よりも類型的人間を描こうとする古典主義文学の抽象的傾向は、常に社会的類型としての人間を捉えようとして、社会の中での個人の存在を描き、個人の形式によって一般社会を描き出そうとするのである。古典主義文学では、類型的人間は時と場所を越えて同一で、永遠不変のものと理解された。個の相違点を強調するのでなく、近代人と同様に古代人を理解して、永遠不変の類型的人間を理解することが、古典主義の立場からの文学的使命であると考えられた。古典主義は感覚的要素を重要なものとせず、形而下的具象よりも心理的側面から人間性の類型を捉えようとしたのである。

　古典主義文学が魅力的で多様な世界を生まなかったのは、豊かな感性を軽視したからであり、不可思議な未知の領域の欠如は、想像力の自由な活動を良識としての理性が抑制したからである。本来、古典主義は抒情に流される自我を抑制する理性と現実主義に立脚するものであり、明瞭明白を第一原則とし、異常な極端や神秘的難解さを避けて、健全なる良識の精神を重視したが、徐々に堕落して大衆に迎合する単なる社交の道具になった。古典主義が大衆の人気を気にかけていたのは、文学理論上の必然的結果であったが、上流階級の趣味に大きな影響を与えられ、具体的表現を避けて比喩的な言葉を多用する気取った貴族主義的な文学を生み出すに至った。貴族的な古典主義は舞台で人殺しの場面を見せるシェイクスピアを下品な庶民の演劇と否定し、教養ある上流階級の貴族的な演劇を賞賛した。

　ロマン主義は古典主義の健全な良識と合理性の傾向に対して、空想のもの、非現実的なもの、

病的で非合理的な精神として、荒涼たる風景の自然美や中世的な怪奇への感受性を示すものである。ロマン主義は古典主義文化と対立し、ヨーロッパ北方と南方の文化を包括した中世文化の伝統を継承して、さらに新しい文学運動を展開する新時代の可能性を示す言葉として使用された。急進的見解を標榜するロマン主義は封建的反動でなく、中世を背景としても封建制の復活を望んでいたわけでなかった。ロマン主義は中世時代を好み、人間の救済を扱う超自然的で奇蹟的な主題を多く取り扱い、当時の動乱の中で、ロマン主義は誰よりも愛国の精神を示していた。また、有機的な統一を常に意識し、人間の精神的発展を客観的に求めた点では古典主義的な価値観も包含していた。永久の絶対的完成を志向して現実の未完成に苦悩する意識や、世俗的存在では完全な調和と融合の世界に至らないという葛藤の中で、自然と人間の不断の対立と和解を繰り返し、無限への憧憬と満たされない理想の相克を生きるのが、ロマン主義の性格の基調であり、辛酸の後の苦くも甘美な独自の詩的精神世界を形成した。古典主義的美の完成はロマン主義的魂の苦悩と無縁であるが、芸術的極限においては同じ世界に辿り着くのである。

（２）

コールリッジのロマン主義思想の源泉と背景は、18世紀末から19世紀初頭のイギリスの時代精神を考察して、古典主義との関係の歴史的展望の中で論じられねばならない。宗教改革やフランス革命について独自の考察を深めたコールリッジは、君主制と共和制の調和を求めていたのであり、封建制の復活を求めたわけではなく、彼の詩作品中の中世は現実ではない架空の世界である。ロマン主義は一般に詩的と解釈されたが、ロマン主義者の間でも多種多様の意味が生じ、明確な定義はなかった。ロマン主義は明確に定義され得ず、漠然と意識された理念であり、さまざまな定義は新文学としてのロマン主義的模索と努力の結果に他ならなかった。したがって、ロマン主義の定義も常に修正が試みられた。すべてを遠くから眺めることがロマン主義的態度となり、すべてが遠くから眺めれば詩的となった。卑俗と高尚、平凡と神秘、既知と未知、有限と無限などの対立の中で、すべてを全体の相で眺めるロマン主義は、生成展開し普遍的永遠を思考する文学を生んだ。古典主義文学は既存のものを概念的に知的に分析し分類するが、ロマン主義文学は常に生成展開する過程の中で、永遠に生成を続ける壮大なる未完成を本質とする。

ロマン主義文学は世界を写し出す鏡として、素材と作者との間の真摯な緊張関係や理念探究から詩的想念を深めて変化流動し躍動する。探究や想念によって世界を反映する鏡として自己を倍加し、不断の生成展開を繰り返すロマン主義文学は、永遠の生成によって無限に接近しようとして、この世に安住することも完成に到達することもない。絶対自由の精神を標榜するロマン主義は、古典主義の形式主義的傾向に対して無限と自由を志向し、何物にも束縛されないため合理的に説明され得ず、予言的論評や創造的批評によってのみ、その先験的理念を文学的世界において明確に示すことができるのである。

古典主義は感覚的な具体性よりも心理的な抽象的問題、類型的な人間の喜びや悲しみを表現しようとした。感覚的要素や想像力の抒情性を軽視した古典主義は、人間の心理分析と描写の文学を生んだ。また、政治や宗教の社会問題よりも人間の一般的理解を心がけた古典主義は、道徳的

で教訓的な文学を生んだ。健全なる良識としての主知的理性と秩序の古典主義は、無秩序を否定して道徳的教訓と心理的分析のための文学の本質を形成した。コールリッジのロマン主義においては、道徳的教訓や社会における人間の心理的分析といった古典主義的傾向の考察は、体系的というよりは、折にふれての意見として表明されたが、彼独自の一貫した主張や考え方に基づいているために、体系的組織化への可能性を持っていた。しかし、彼は既成概念への安住を避け、体系に基づいて発想し思考することを嫌い、日常の中での彼独自の意識から思索する態度を固持した。したがって、実人生の諸問題を抽象的な議論や体系から逸脱させて捉えたコールリッジは、相互に矛盾し合っていても、生活に密着した断片的な考察にこそ、真実と未知への思想的冒険の手がかりがあると考えた。

　コールリッジのロマン主義の自由な精神運動は、対立する観念を結合させる機知であり、自然宇宙の神秘を捕捉する形而上的認識でもある。融合と分裂を繰り返しながら、究極的な理念を模索する彼のロマン主義は、先験的観念論の文学を生み、理想と現実の対立を意識し、その相克に呻吟して詩作に没頭し、究極的な両者の和合の黄金時代を夢想する牧歌を高唱するのである。詩人は自らに批評的でなければならず、コールリッジのロマン主義は先験的思想の特性を持ちながら、先験的世界と詩的想像力の関係を芸術的創作と心理的省察の過程によって文学理論として明文化しなければならなかった。したがって、彼の文学論は自分自身の創作心理を投影して、文学を考察し精査して文学から文学を生み出すという芸術至上主義的な文学のための文学を形成するに至った。

　さらに、コールリッジは想像力による人間社会の理念の構築を模索した革新的ロマン主義者であった。18世紀への反抗ではバークと共通しているが、不完全性を強調する消極的人間観に終始した保守主義に対して、彼は人間と社会を理念として捉え、自己を啓発し自己実現していく形成的で創造性豊かな積極的人間観を強調した。人間的で自由な共同体を構想するコールリッジは、高尚な理想主義的論調において没理想的な保守主義の政治思想とは異質なものである。他方、彼のロマン主義が急進的になった時でさえ、詩的理念や理想主義においてジャコバン的急進主義の合理や功利の思想とは本質的に相容れないものであった。コールリッジのロマン主義は、急進主義、功利主義、保守主義、合理主義とは本来相容れない独自の詩的理念の社会思想を考察したのである。

　すなわち、彼のロマン主義は機械的合理主義の受動性に対する生命的な能動性の主張であり、物理的自然観に対する汎神論的な有機体的自然観の提唱であり、原子論的個我に対する豊かな個性的自由自我の形成であり、歴史観を欠落させた啓蒙思想に対する詩的歴史哲学の構築であった。また、急速な産業革命の進展による大衆の困窮の叫びを無視した啓蒙思想に対して、コールリッジもワーズワスも悲惨な労働者や農民の人間的尊厳を訴え、素朴な無名の人々の存在を再発見しようとした。この様に、コールリッジは無神論的なジャコバン主義や功利主義、そして現トーリ政権などに対して批判的な政治的立場を維持し、思想的背景としての啓蒙思想を否定して、独自のロマン主義思想の樹立へ向かったのである。

　初期のコールリッジはハートリーの観念連合説によってジャコバン的急進主義や機械主義的功

利の世界観を学び、懐疑主義的思弁と楽観主義的合理の両極端の傾向を持っていた。両者が矛盾なしに調和したのは、ハートリー哲学の観念連合の思想によって可能であった。[1] 思想的原理をジャコバン的急進主義においた初期のコールリッジは、ハートリーの観念連合説に基づく機械主義的経験論や環境論の認識を深めていった。しかし、急進思想を生んだ観念連合説の機械主義的経験論に対して不信を抱くようになり、徐々にその反宗教的で無神論的傾向を非難するに至り、さらにその理念の欠如を悟性の哲学と糾弾して、彼はドイツ観念論哲学へと向かうことになる。[2] 理念の哲学は商業主義や功利主義によって排撃され、感覚的経験主義哲学の悟性が猛威を振うに及んで、急進思想に対する彼の信頼は完全に消滅したのである。フランス革命と産業革命の動乱の中で、地主階級の保守政権、対抗勢力としての中産階級の急進主義、さらにベンサムの功利主義や合理主義などの啓蒙思想が社会混乱を深めていたが、この社会動乱に対する批判勢力として詩的理念の哲学を提唱したのがコールリッジであった。

　カント哲学によって確信を与えられたコールリッジの思想体系は、理性と悟性の峻別の上に構築されている。悟性は時空間における質量に関する現象の科学であり、感覚的認識材料を判断して経験の可能性を構成する能力であるのに対し、悟性が導かれるべき普遍的な力としてのコールリッジの理性は、全体者である神の息吹として深い宗教性を帯びている。この点で彼の理性はカントと根本的に異なった特徴を持ち、人間を神に結びつける生命哲学を構成するもので、本来、無限者である神の生成力で自己展開する理念を把握するのである。この理性論に基づく理念哲学からコールリッジ晩年の主著『教会と国家』に示された思想が考察されたのである。

　ロマン主義思想を形成した自由自我の確立は、啓蒙思想を前提として可能であった。無限の可能性を持つ知的存在としての人間を、個別的功利よりも全体的功利へと向かわせたものは、啓蒙と宗教に他ならなかった。[3] しかし、啓蒙の理性の冷徹な道徳律では全体的利益へと広がる信仰と愛は自覚され得ないのである。啓蒙思想の自我は、コールリッジにとって機械的合理主義による感覚的悟性中心の功利的自我であり、人間存在の原子化と社会の分断化をもたらすものであった。ロック、ヒューム、ハートリー、ゴドウィン、さらに、ベンサムへと続く感覚的悟性の経験主義哲学の系譜と共に展開してきた原子的自我の構造に、コールリッジは鋭い警告を発し批判の眼を向けるようになった。ロックを始まりとする経験主義哲学は、悟性的理解による感覚と利己心に基づく快楽的功利主義であり、産業革命の思想的背景として商業主義の生産力増進に寄与したが、即物的拝金主義によって社会全体を腐敗させ、多くの貧民を生みだした利己的で無神論的な哲学へと堕落した。過激な商業主義は農業社会をも浸食し、全てを市場価値で判断する功利的打算は、人を物に変えて評価し、無原則の投機に走る資本主義の搾取を助長した。[4] 農村破壊や農民の貧困化など農業社会を崩壊させる商業主義に対抗するものとして、コールリッジは国家の精神を主張したのである。[5] これは必ずしも国家主義を意味するのではなく、国家の基盤としての農業の目的を強調したものであった。産業革命後の人間性喪失の世相は、コールリッジに強烈な衝撃を与えたのであり、フランス革命の精神と同一の思想的背景である啓蒙主義の分析と商業主義批判は彼にとって焦眉の社会問題であった。

　ハートリーの観念連合説に示された人間の原子化と社会の分断という悟性の全面的支配は、近

代の画一的で功利的な自我構造の病根となった。ルソー的な自発的自我の再生やカント的な自由自我の観念の実現を志向していたコールリッジのロマン主義思想は、人間の原子化と社会の分断化を加速させる近代の時代精神の悪弊に対する深刻な危機意識から考察されたものである。商業主義に集約される時代精神の病弊をコールリッジは理性を搾取した悟性の支配と考えた。それは豊かな人間的感情を犠牲にした冷徹な機械的便宜の専制であり、想像力に対する打算的功利の横暴であった。さらに、あらゆる革命思想がジャコバン的欺瞞でしかない以上、政治的革命の限界を認識したコールリッジは、善良な国民としての内面的な各個人の意識改革以外に有効な解決策はないと説いた。(6) 要するに、彼はフランス革命の現実に失望して、本当の革命は各個人の意識改革の他に道はないと判断したのである。悟性と経験の哲学の産物である商業主義は、真の理念の哲学を支配していた。このために、コールリッジは意識改革のための理念哲学を終生探究し続けた。コールリッジのロマン主義においては、理念は理性によってのみ必然的存在であり得るのであり、彼は想像力によって政治を理念として捉え再検討しようとしたのである。現実社会の混乱と思想的誤謬の解決を求めて、コールリッジはギリシア哲学から始まりドイツ観念論哲学に及ぶ思想遍歴の中で、独自のロマン主義思想の樹立に苦心したのである。ギリシア哲学からドイツ観念論哲学に至る彼の思想的遍歴の集大成として『マグナム・オパス』を完成させることが彼の生涯の課題であった。宗教改革から名誉革命に至る豊かな神学と魂の時代以降、ロックの哲学が時代精神となって無神論的傾向を深めた歴史を展望すれば、その後の人間社会における理性と悟性の調和の破綻が、商業主義や機械主義哲学を台頭さる結果を生んだことが明確である。決して実現することのなかったコールリッジの幻の大著は、この様な歴史的眺望に立った対抗策として、詩は富と虚栄から人心を超然とさせ、哲学は即物的関心から民衆を凌駕させ、宗教は詩と哲学を融合させる最も重要な理念を人間に与えるものであることを説く壮大な構想の下に完成されるはずであった。

（3）

　啓蒙思想は理論理性による真理認識の下に社会正義を示し、文学にも影響を与え、18世紀の思想中心の文学を生んだ。哲学は唯物論的傾向を強め、宗教では非キリスト教的思想が優位を占め、伝統的なキリスト教の教義は無視されるに至った。この様に、感覚的唯物論を台頭させた18世紀の啓蒙思想は、古典主義の類型的把握が軽視した感覚的要素や感性を重視する傾向を持ち、文学上の最も重要な問題とするに至った。自由で無制限の表現方法を求めて、18世紀文学は一方で理性尊重の主知主義的作品を生み、他方では感傷主義的な感情過剰の作品を生んで、古典主義的調和や秩序を失うのである。

　啓蒙思想の感覚的唯物論は来世の魂の救いを軽視して、現世の物質的満足を求める風潮を生み、さらに、政治や経済においても、人間の幸福は現世の肉体的満足のみとする思想を招来した。他方、感覚的唯物論は必然的に民主主義を台頭させ、専制君主制は否定されて国民主権が高唱されるに至った。身分制度の崩壊による社会変革が個人主義をもたらし、自由平等の人間の権利という考え方が生まれ、少数特権階級の絶対主義による不合理な政治制度を倒す革命運動に結びつい

た。それは古典主義の類型的認識と密着した君主制や絶対主義を否定して、新たな政治制度を様々な政治思想や制度の研究によって模索することであった。さらに、君主制下のキリスト教的社会ではなく、キリスト教以前の社会や中国などの異国の社会も研究することによって、人間と神の永遠不変の関係から相対的な人間観が生まれ、17世紀的のキリスト教的で君主制的な思想や文学を排除して、1789年のフランス革命勃発をもたらした18世紀思想が構築されたのである。

しかし、18世紀啓蒙思想がもたらした時代精神の病弊は、悟性中心の機械主義哲学による理念の喪失、民族の伝統観を維持する歴史哲学の欠落、政策立案すべき政治家の無能や国民の道徳意識の低下、啓蒙による知識の通俗化が引き起こした衆愚政治、国民よりも国家や特権階級の富を重視する拝金的資本主義などであり、ヨーロッパの動乱と混乱の中でイギリスに深刻な社会問題を生んでいた。この様に、18世紀啓蒙思想が理性を機械的感覚作用に分解したのに対して、コールリッジは17世紀的特徴を持った先験的知識としての理念に関わる深い宗教性を帯びた独自の理性論を提唱した。

最初、コールリッジはフランス革命の共和主義の理想に熱狂的に共鳴し、「バスティーユの崩壊」という詩で自由を賛美したが、革命が幻滅的結末を迎えると、市民革命への情熱は頓挫して、絶対自由の自我追求に傾倒するようになる。急進的啓蒙思想の政治的具現であるフランス革命の失敗は、理論理性の不完全さを露呈する結果となった。ロマン主義は革命への賛同と批判から生まれたという矛盾を孕んでいたが、感情の解放や個性の主張という一貫した態度は変わらなかった。カント哲学から導入された理性と悟性の弁別による認識主体の確立が、コールリッジのロマン主義の内実を形成し、彼はさらに人間の本性に注目して自由自我の拡大を志向するに至ったのである。18世紀啓蒙思想が悟性的事実によって機能的な外面的世界に認識主体の確立を求めたのに対して、彼は内面的な精神世界の自我としての認識主体を解放して豊かにする独自の理念の世界観を追究したのである。彼のロマン主義は封建制の復活を意味しなかったが、少数エリート意識の詩的孤独感と自由への模索は、一般大衆の散文的傾向と苦闘しなければならなかった。フランス革命における凡庸的大衆による衆愚政治の恐怖は、彼を失意と挫折に陥れ、夢と神秘の世界に傾倒させることになったのである。

コールリッジの進歩的革新性と反動的保守性の奇妙な矛盾は、彼自身の自己分裂の苦悩の原因ともなった。コールリッジの自己分裂の問題解決は、原子論的な無機質の自我からロマン主義的な有機的自由自我へと自我構造の転換に求められた。偏狭な理論によって生命性を失った原子論的自我ではなく、全体の相において物を眺める想像力を持った全一的自我は、共同社会と共に自己拡大し自己実現するのである。ロマン主義の自我の自律性と共同性は、想像力の社会性を意味し、さらに、想像力によって歴史の意味を全体の相において読みとる歴史哲学の理念を構築する原動力でもある。コールリッジの歴史哲学は人類の歴史を理念の啓示として捉え、あらゆる歴史的事件に歴史的意味を与え、未来への洞察を指導者にもたらすものである。この様な現実的で唯一確実な理念把握の方法が彼の歴史哲学であり、『教会と国家』で一貫して主張された理念哲学であった。コールリッジの歴史哲学は想像力によって有機的生命としての精神的遺産を継承するイギリス社会の民族的共同体を構想した。凡庸的大衆へ卑小化する近代の原子論的自我ではなく、

想像力によって自律性と共同性の全人的自我を確立することで、社会も機械的存在から有機的共同体へと変化するのである。社会契約説や観念連合説などの近代の啓蒙思想は、産業革命以後の強権的国家を志向する結果となったが、コールリッジは国民の精神的連帯による共同体国家を模索し、近代の政治思想の欠陥を指摘し、市民社会による国家と国民のあり方を提示した。すなわち、歴史哲学による伝統と民族意識で憲法を理念化して、彼は有機的統一の均衡の原理による共同体国家を構想したのである。

　抽象的理性の権利の独善的適用を強調したホッブズの反道徳的哲学やルソーの社会契約説のジャコバン的急進主義の理論をコールリッジは批判した。『俗人説教』は当時の苦境と不満の社会を生んだ時代精神の分析であり、『政治家提要』はジャコバン主義批判の政治思想の表明であった。労働者に適切な教育を与えず、革命運動の単なる道具にして、人間の尊厳を損なうジャコバン主義の大衆への扇動運動を彼は厳しく批判した。経験と悟性の政治の世界に適用された抽象的理性が、人権や生得権、自由と平等といった抽象的命題によって、無知な大衆を過激な暴動へと駆り立てたとコールリッジは訴えたのである。[7] 現実の人間の理性と悟性に対する有機的考察や歴史哲学によって、独自の国家の理念を彼は考察した。コールリッジの国家観では、不平等な土地所有を生んだ私有財産制の権利は、各人平等の理性から演繹され得ないものであった。

　法と権力の現実的な政治では悟性の優位性は避けられないから、ルソーの純粋理性としての抽象的理性に基づく哲学体系は、現実の人間や社会を把握できないとコールリッジは非難した。彼はルソーの理性を中心とした議論に注目したが、一般意志論に基づく形而上学や政治学を無価値なものと批判した。すなわち、個人的な特殊意志は誤謬に陥り、感情に支配されるが、各人の調和融合によって抽象的理性から生じるものがルソーの一般的意志であった。ルソーの個人的な特殊意志は議会や討論によって是正されるもので、理論理性から演繹されるものではなく、蓋然性に左右され状況によって変化するものである。個人的誤謬に陥った特殊意志と抽象的理性から生じる一般的意志の区別は、国民全体を共通の誤謬に陥れた全体的意志が無価値であれば、一般的意志も特殊意志も意味を失い、ルソーの哲学体系そのものが虚偽に他ならないことになるとコールリッジは断定している。悟性的経験主義哲学を批判し、感覚的因果律から超越して自由自我を把握するために、彼はカント哲学から導入した理性と悟性の峻別を確立した。コールリッジはさらにシェリングから大いに影響を受けて、汎神論的な有機的統一の学説を唱え、絶対者である超越的実在を確認するために、プラトン的でプロティノス的な彼独自の理性論を構築し、さらに、聖書を至上の理念の象徴とみなすキリスト教思想を主張したのである。[8]

　科学万能の機械主義的な世界観や偏狭な人間観は、ルソーやコールリッジの攻撃の対象となったが、人間文化の不調和の原因を究明する改革によって、理念としての未来の至福の社会が構想されるべきであった。しかし、権利と義務はルソーの社会契約説から生まれるのではなく、契約は概念として国民の権利と義務を確認するだけであり、抽象的理性に基づくジャコバン主義的な社会契約説の限界と矛盾を露呈しているとコールリッジは論じた。人間に平等な理性による国民の権利を主張し、私有財産に基づく選挙権制度を否定した議会改革運動も、抽象的理性を独善的に適用したジャコバン主義に陥り、一般的な大衆の合意を得るには至らなかった。ジャコバン主

義の急進的精神は、フランス革命勃発からナポレオンによるヨーロッパ動乱に至る社会的混乱や思想的混迷をさらに加速させた。過度の文明から素朴な自然や単純な原始生活へ回帰しようというルソーの哲学に対して、コールリッジは原始的な社会秩序への復帰ではなく、より高尚で繊細な文化を構想した。彼は無文化の原始生活の再来ではなく、精神文化に溢れた未来の黄金時代を考察したのである。

　原始生活の無文化や単純な社会よりは、矛盾と調和の躍動的な近代の精神文化の意義を十分認識し、当時の動乱と時代精神の問題を考察していたコールリッジは、ギリシアやローマの偉大な文化の古典的伝統に調和的統一の世界を見ていた。コールリッジの歴史哲学は古代と近代の対立の中で、古代を自然的状態と捉え、近代を巧妙な人工と把握していた。彼は近代の文学を個性的で哲学的なものとし、知的関心は美とは無関係であるが故に、美は知識以前の快感に他ならないと考えた。したがって、古典文学は美の領域に属し、近代文学は人工的産物であるが故に、人間の作為の型にはまったものと断定した。人工の型の中で硬直化した近代の知的関心の文学に対して、古典文学はあくまでも客観的で豊かな審美意識に満ちているのである。近代の文学の知的関心は、古典文学の美の領域と融合することによって、古代と近代の調和の新たな躍動の文学が生まれるとコールリッジは考えたのである。すなわち、ロマン主義の有機的統一は古典主義的な価値観を包含しているのである。

　コールリッジはジャコバン主義の抽象的理性を批判し、哲学的遍歴の中で経験論哲学から観念論哲学へと転向して、ロマン主義思想の基盤を構築するに至った。プラトン的な観念論とイギリス伝統の経験論との統合への傾向が、彼の思想構築の活力の源泉であった。[9] 人間の孤立化と社会の解体をもたらしたジャコバン主義的啓蒙思想に対して、彼は人間と社会を調和的に融合させる有機的統一の重要性を説いた。彼の観念論哲学は想像力と理念の理性を中心として、人間と社会の有機的共同体の生命的な連帯を探究して、啓蒙思想からロマン主義への思想確立の重要な原動力となった。抽象的理性の偏狭な知性を否定したコールリッジは、無限なる絶対者に帰依することによって神の理性を得て、全体の相において事物を眺める理念形成の中で、自我意識の拡大を志向したのである。理性と宗教的啓示との調和を模索した彼は、超越的な永遠の精神として存在する神を自然の中に見るという確信を覚え、新プラトン主義のプロティノスの思想に深い親近感を抱くに至った。

　ロマン主義思想の確立を模索していたコールリッジは、当時の世相に深い憤りを覚えながらも、現実の政治に具体的な行動を起こさなかったが、ロマン派の中では比較的に体系的な思想家であったと言える。すなわち、産業革命以降の社会問題を考察した彼は、詩的想像力の観点から社会批判を繰り返し、近代の精神によって社会が分断され、人間が卑小と孤立への原子化を深めていく窮状に警告を与えた。コールリッジは想像力を中心とした思想を社会問題に応用することで、近代の時代精神の弊害を取り除いて社会の再生を模索したのである。彼の思想の先験的傾向にもかかわらず、当時の現実社会の混乱に関心を向けたのは、常に矛盾的対立を意識して苦悩の思索を続けた彼の民族的な感情のためであった。また、コールリッジの思想が反動的保守の傾向を示すようになっても、彼はイギリス国民や詩的理念への深い洞察力を顕示していたのである。

産業革命が商業主義や功利主義を過激なものにし、啓蒙思想が抽象的理性の独善的支配に独走した時、ジャコバン主義によるフランス革命の勃発とその後のヨーロッパ社会の動乱の中でコールリッジは人間の孤立化と社会の解体の危機を痛感していた。この意味において、彼のロマン主義は機械主義の死の哲学に対抗する生命哲学であり、想像力によって不断に至高の理念形成へ自己同一化を志向することによって、絶対無限に接近しようとする全体の相の把握の創作活動を伴うものである。ロマン主義の絶対的自由自我を支えるものは、主観と客観の合一による無限の自我の創作行為であり、社会的連帯を実現する自我の自己実現である。機械主義的社会と専制国家を危惧したコールリッジは、有機的共同社会を提唱して機械主義的結合を否定した。彼はホブズの哲学を恐怖の理論と批判し、機械主義的専制国家論であると非難した。ベンサムの功利主義に基づく原子論的社会観に対しても、コールリッジは想像力による形成的社会や国家の理念を可能とするべき共同体社会制度の構想や歴史哲学を力説した。彼は単なる統治手段としての国家ではなく、精神的な側面で究極的目的を持った国家の理念を説いた。コールリッジにとって国家は理念において現実であり、理念は国家の実体に他ならず、国民の民族的同一性にとって必要な普遍性を持っている。

　産業革命やフランス革命後の急激な近代化の中で、人間が功利的打算に心奪われ、感覚的悟性の支配によって分断された社会から生命的な有機性が消滅しようとした時、コールリッジは国民的連帯と民族意識の復活を力説した。すなわち、コールリッジの想像力は多様の全体を有機的統合として理念把握する能力であり、生命的形成の自我が共同体社会を樹立するために、社会的想像力をもって国家と民族の再生へ向かい、さらに、国際的調和へ理念を拡大させる。詩的に哲学的に、さらに社会的に想像力が働くことによって、自己拡大を果たした個我が、国家社会の理念を構想するのである。有機的統一体として成長する国家の理念の下で、大衆は国民となり国家との統一的関係を自覚する。国家が単なる個人の集合体以上のものであるためには、諸権力の集中ではなく均衡による国民的統一性が不可欠である。コールリッジにとって国家は全体と個別を融合し統一する理念であった。[10] 彼の国家の理念は全体主義を意味するのではなく、有機的統一の均衡の原理によって保障される自由に究極的目的を置いていた。

　啓蒙思想からロマン主義への展開の中で、抽象から具象へ、普遍から個別へという象徴的把握の認識を深めて、コールリッジは民族主義的傾向を帯びるに至った。しかし、彼の民族主義は国際世界主義へと昇華し、個と全体の合一の理念から生まれたものであった。[11] 過去・現在・未来に一貫して継承されるコールリッジの歴史哲学の中で、伝統的共同体精神としての国家の理念が考察されたのである。コールリッジの想像力は歴史へと拡大し、彼は啓蒙主義の時代に歴史的伝統意識が欠落していることを批判し、現在に過去の結実と未来への展望を透視する歴史哲学の必要性を提唱した。コールリッジの歴史哲学においては、社会的存在である人間は想像力によって歴史的存在である自己へと拡大させ自己実現する。歴史哲学の理念を生む想像力が、創造的自我を過去の歴史的伝統へ拡大させると、憲法と国家の理念という保守的改革思想となった。そして、過去から未来へと歴史的展望の眼を向けると、神の似像としての人間が、神の創造を繰り返すという至福千年の改革の理念を思慕する詩人的改革の思想となったのである。

　コールリッジの想像力は自由自我の意識の拡大によって、民族意識に満ちた共同体社会構想が、理念において無限なる全体者へと志向することを可能にする。彼のロマン主義の自我の確立は歴史哲学の中で、過去の伝統、現在の憲法制度、そして未来に対する理念形成へと展開する自律的形成の自我構造を意味していた。コールリッジは想像力を政治に応用し、全体を一者として把握する有機的統一の理念による政治思想を構想した。コールリッジにとって、国家は生命的理念であって、諸機関の均衡と民族的伝統と同胞意識による調和の有機的統一組織である。彼は憲法を諸権力の均衡によって形成される理念と捉え、有機的に自律で成長する歴史的存在と考えた。歴史哲学によって自己展開し伝統を継承する共同体社会は、均衡の原理で相互補完する有機的連帯を有するものである。コールリッジの生命的社会論は物理的事件の因果関係の歴史としてではなく、創造的理念の無限の展開としての歴史哲学によって形成されたのであり、カントやプラトンの研究から構想した理念に基づく自律的発展の世界観であった。

　コールリッジは想像力を共同体社会から国家に拡げ、国家と憲法を有機的全体の理念として構築しようとした。コールリッジの国家と憲法の理念は、均衡の原理で有機的に機能する生命的存在を意味していた。彼の国家論は理念としてのイギリス憲法を論じることであり、憲法は歴史的に制度として実現され、究極的な価値基準として国民の中に実在してきたと彼は考えた。歴史の中での憲法の理念の実現と国民的同意に均衡の原理を彼は見ていた。(12) コールリッジの国家は単なる政治制度ではなく、文化的歴史的生命を持った理念である。地主貴族が代表する永続性と商工業生産者が代表する進歩性という二大勢力の均衡の上にコールリッジの国家の理念が成立している。(13) さらに、国家の理念は国民教会との均衡を保たねばならない。国民の人間性を啓発する文化的歴史的生命を支えるものが国民教会であり、国家の永続性と進歩性の基盤となるものである。(14) 彼の想像力の社会的方向への拡大の自己実現の結果が、社会を統一的全体の相で眺めようとする社会的連帯の原理に他ならない。コールリッジのロマン主義政治思想は国家と国民を有機的連帯で結ばれた歴史的伝統として把握する理念から、共同体としての詩的改革の理念へと昇華したものである。近代の時代精神で卑小化された人間に想像力による創造的自己実現をもたらし、解体された社会に有機的連帯と民族的伝統を回復するのが彼の歴史哲学であった。コールリッジは想像力によって、独自の歴史哲学という全体の相において人間と社会の理念を追究した。彼は現実を理念化するために歴史的に再考する中で、詩的想像力で歴史哲学を構想するのである。

　コールリッジは想像力によって社会を歴史哲学の中で捉え、伝統を継承し自己展開する生命的共同体と考えていた。彼の想像力は主観と客観の弁証法的結合によって、第三の新たな生命的ビジョンを創出すると同時に、森羅万象の中に無限なる一者を見る全体的把握力である。全体の相において物を眺める態度は、コールリッジの国民教会の教育理念でもあり、国民に国家への民族的同一性や忠誠心を確立させるのである。国民教会による古来の共同社会の樹立や詩的想像力の理念による改革の方向性に彼の社会思想の特徴が示されている。国民教会は彼の歴史哲学から考察された独創的な主張であり、神学を中心とした教職者団体によって成立する国民の財産である。

⑴ 国民全体の知性としての国民教会は、かってエリザベス女王時代に存在していたが、⑯ ヘンリー8世の国教会によって消滅したものであり、コールリッジは国民教会の理念の復活を唱えたのである。国民教会の役割は過去、現在、未来を通じて、民族の統一性と歴史性を持った文明を維持発展させて、民族的文化を確立することであるとされた。このために、政治家に国家の理念を教育し、大衆を市民に教育することが国民教会の使命となった。特に、政治家は歴史の中での象徴としての聖書の理念を把握し、自らの指針とすべきことが『政治家提要』で力説されている。この最高の知識としての神学は、歴史哲学によって教示されるもので、あらゆる学問に生命力を与えるとされた。聖書の理念に示された神の啓示によって、選ばれたエリート集団としての国民教会は国家を導き、フランス革命や産業革命以後の民主化された大衆の価値観多様の社会において、国民の理性を育成するものである。この様に、国民教会は世俗的国家と聖書の理念を結びつけ、ジャコバン主義や功利主義の誤謬を是正する重要な役割を担うのである。

コールリッジの想像力は自律的成長の中で、個人主義的個性を主体と客体の融合によって自己拡大して、他者との有機的関連において共同的自我の自己実現を果すのである。コールリッジは全人的人間像の中で個人主義的個性の有効性を力説し、共同的自我に相反する原子論的個我は、単に集計としての全部であり、生命的全体を構成しないと批判した。個人を全体に埋没させずに集計的全部を生命的全体へと展開する有機的考察を彼は続けた。コールリッジは有機的自我の共同性や全体性の獲得によって、原子的自我を否定して自律的自己拡大を果たす個人主義的自我の必要を力説し、全体の相において生命的になる共同的自我の育成を国家と国民にとっての重要な基盤と考えた。

啓蒙思想による近代の自我構造は、産業革命以後の商業主義の中で社会的連帯を喪失した原子的個我へ卑小化し、凡庸的大衆の出現に至った。近代的精神の自我を凡庸的大衆へ変質させた原子論的社会に対して、コールリッジは自由な個人主義的個性の確立を主張した。抽象的理性や感覚的悟性に基づく合理主義や功利主義は、自我構造を分断し想像力を死滅させ、社会的連帯を喪失させて、啓蒙思想の欠陥を露呈した。原子的個我に卑小化した近代の自我に対して、コールリッジは自発性と創造性をもった個性的自我を主張した。さらに、社会の連帯感の喪失と原子的個我の思想に対して、コールリッジはキリスト教の教義とカントの観念論哲学の導入によって自由自我の人間観を構築し、個性の無限の可能性に人間性の不可思議な未知の領域を求めた。この様に、自由自我の追求による自己実現と無限への自己放棄の中で、社会的現実と詩的理想の相克に苦悩するのが、コールリッジのロマン主義の性格である。

コールリッジは相反する要素を融合させる有機的統一の立場から、頭脳と感情の調和による全一的な自己実現を確立し、さらに、個人主義的個性が社会的連帯を可能にするような、国民と国家を結びつける理念を考察した。国民が個性と自由を確保して、社会的連帯の共同意識をもった有機的統一の国家の理念の構築は、近代の社会問題に対する彼の考察の結果であった。コールリッジの想像力や有機的統一の原理は、象徴的言語による全体の相の把握という文学的表現に如実に示されている。さらに、知識層や上流階級へ向けて書かれた『俗人説教』と『政治家提要』の中で、聖書は政治的手腕に対する最高の指針となるべきものとされ、歴史哲学によれば聖書は個

別的事件と歴史全体を調和融合する象徴的理念だと彼は説いている。究極的な理念は象徴によってのみ伝達可能であり、聖書が予言的で歴史的であるのは、聖書が象徴の産物だからだと彼は強調している。[17] 政治的指導者は先験的知識である神の啓示の言葉としての聖書に示された理念によって、未来を予見し、共同体の規則を見出し、国民を導くことを彼は訴えた。象徴としての聖書を洞察することによって、国民を教育し国家を指導することが統治者の使命とされた。

　深い宗教性を帯びた理性論や、聖書を無限の理念の象徴とする歴史哲学は、コールリッジの『教会と国家』に集約して纏められた。理念は先験的に対象を生み出し、国家の憲法も究極の理念の展開によって決定づけられ、理念によってのみ把握されるものとされた。[18] 理念は聖書に求められ、聖書は無限に展開する人と社会の歴史哲学の理念として読まれるべきとされた。聖書は唯一確実な知識と行動の原理を示し、この無限の理念の展開を洞察しうることが、国家の指導者の資格であると彼は断じた。[19] この様なヘブライ思想的歴史哲学はコールリッジ思想の中核となっている。聖書は想像力によって悟性を処理した理性の産物であり、過去、現在、未来を貫く理念の永遠の生命の象徴であり、個と普遍の和解力である。[20] コールリッジの歴史哲学は詩人の歴史観でもあり、神の書く詩としての歴史意識であり、歴史上の個別的事件は理念の力によって展開する無限の運動の一環として把握されるのである。コールリッジによれば、象徴は表現する実在を共有し、実在の全体的統一の生命的部分として自己顕示したものに他ならない。全体的均衡としての憲法の理念の下で、対立する諸機関を相互に補完する国家体制をコールリッジは『教会と国家』の中で論じている。彼の象徴が表現するものは集計的全部ではなく、生命的全体であって、言葉による最高の理念の表現は象徴によってのみ可能であるとされた。[21]

　コールリッジは国家の基盤としての唯一確実な理念の探究を、聖書とロック以前のギリシアの古代哲学やヘブライ思想の再評価に求め、悟性の商業主義や抽象的理性のジャコバン主義に対抗しようとした。コールリッジの理念は歴史において超越的存在と現実とを融合させながら、生成し自己展開していく実体であり、カントやプラトンの哲学の影響以前に、キリスト教思想に大きな影響を受けている。キリスト教はヘレニズム文化に浸透した時、ヘレニズム思想の影響を受け、ヨハネの福音書ではキリストをギリシア哲学のロゴスとしてのことばに集約させようとしている。ギリシアのヘレニズム思想の影響はキリスト教信仰の否定を孕むという矛盾に満ちたものであったが、キリスト教会はギリシア思想による組織化の中で、ローマ帝国の政治権力と対立するに至った。また、キリスト教はユダヤ教から排他的唯一神の思想をうけついでいたのである。認識の実体であるコールリッジの理性は、その理念の一部としての同一性を直観認識して、理念をあらゆるものの中で最も現実的な唯一の実在として把握するのである。[22] 歴史において自己実現された理念は、象徴としての聖書の中の啓示に示されていると彼は主張した。コールリッジの理念は有機的な多様の統一性を持ち、普遍者と個の均衡の原理であり、啓蒙思想の機械主義的な死の哲学に対する能産的自然観の生命哲学としての理性の対象でもある。[23]

　コールリッジの有機的統一においては、個は全体の中に埋没するのではなく、個性的存在を自己実現するのである。歴史の中で自己実現する理念は、全体と個の有機的統一性を持った均衡の原理であり、この歴史哲学の中で歴史的事件はその個性を実現する。理念は有機的な生成力を持

つために、無限者である神の生命力を持ち、先験的な対象を産出する。したがって、「所産的自然」の法に対する「能産的自然」の理念は、創造的で自己増殖的機能を持つとされた。[24] この様な理念は詩的歴史哲学として、コールリッジのロマン主義の中核部分を構成する。啓蒙思想は歴史を時空間における感覚的悟性の因果律で捉え、過去の歴史を迷信として無視したが、コールリッジは独自の歴史意識によって、過去、現在、未来に存在する理念を捉え、歴史の中で自己実現していく和解力と考えた。彼の歴史哲学は詩人の歴史観として、永遠に展開される神の摂理を哲学の光によって追究する歴史の科学であった。[25] コールリッジの理念は先験的実在として歴史を通して人間の言動に大きな影響を与えるものである。究極的な知識である理念は、人間社会の制度の判断基準ともなり、少数の指導者のみがこの理念を真に把握するとされた。したがって、憲法の理念は国家体制を批判する価値基準として現実的な歴史的存在となる。[26] この様な理念哲学の立場からコールリッジは現存する諸制度の意味を問い直し、その改革の可能性を模索したのである。

　国民が国家と教会に対して忠誠を示す社会の二重構造によって、政治と宗教が調和し、私利私欲の原理となった抽象的理性は、宗教的啓示によって神から派生の理性に立ち帰るとコールリッジは考えた。従来、宗教的啓示と理性は別の領域だと考える世俗的議論が支配的であった。しかし、有機的統一体としての森羅万象に神の不可視の存在を認識する汎神論的信念から全体の相で物を眺めることは、生涯を通じてのコールリッジの胚芽的な原動力であった。この根本的な精神的特性は思想的変遷の中で他の原理によって修正されることがあったが、終生不変の彼の信条となった。事物を全体の相において眺めて有機的統一を認識するような洞察力を失って、宇宙を卑小な寄せ集めの巨大な量的集合体とする死の哲学に対して彼は戦い続けた。コールリッジは常に何か偉大で不可分な超越的存在に触れたいと心から願っていた。父親から広大なる宇宙について聞かされて恍惚となったり、荒唐無稽な物語を無心に読み耽った子供時代から、コールリッジは無限で永遠なものを思慕し、悟性によって自分の信条を判断したり制限することは決してなかった。生命的統一体としての全体の相への意識や、汎神論的にあらゆる存在に神の活動を認識するという信念は、彼の年少期から内面に形成されていた。[27]

　啓蒙思想の時代精神が散文的で、分類と分解の原理であるのに対して、コールリッジは詩的想像力によって人間と社会の有機的統一の原理を高唱した。彼の詩的精神は有機的生命力を持って全体を一者として眺める理念の把握能力であり、想像力による総合的自己実現を意味していた。さらに、詩的精神は社会的想像力となって、近代の原子論的傾向による社会解体の危機に対抗して、彼は国家と国民を均衡の原理による有機的全体の理念として再生し、失われた社会的連帯感を回復しようと努めた。この様に、コールリッジのロマン主義は共同体社会の生命的連帯と有機的統一の必要性を強調した。人間の孤立化と社会の解体によって人間が生命的全一性を喪失したことを批判して、コールリッジは個人主義的個性の確立と同時に、人間と社会の有機的統一を実現するために、相反物の和解力としての想像力の重要性を説いた。啓蒙思想による人間の孤立化や部品化は、有機的社会の崩壊を意味し、社会の形骸化と人間の原子化を加速する機械的合理主義や功利主義の理論の支配に他ならなかった。コールリッジは憲法と国家の理念によって、失わ

れた社会の有機的連帯の再生を構想したのである。

　すなわち、フランス革命と産業革命を支えた18世紀啓蒙思想の抽象的理性や感覚的悟性による
ジャコバン主義や功利主義を否定して、真の理性の生命哲学によって、均衡による有機的統一と
して、歴史の中で自己発展する無限の力である理念を取り戻すことをコールリッジは提唱したの
である。この意味において、国家も憲法も歴史的に国民に実在する理念でなければならなかった。
合理主義的時代精神によって分断された社会の有機的連帯を復活させ、国民と国家に民族的同一
性を統一性を取り戻すものが、究極的な知識としての理念であった。コールリッジの国民教会は
国家の文明を維持する教職者集団として、政治家に理念を教示し、国民に理性と自由に基づく徳
性の教育を与えるのである。コールリッジのロマン主義思想は抽象的理性に対する神の派生とし
ての理性による理念、社会契約説による原子論的社会に対する有機的社会制度、啓蒙思想による
ジャコバン主義に対する教会と国家の理念の歴史哲学、近代化と世俗化による商工業の大衆社会
の中の社会的連帯の崩壊に対する民族的全体性の理念の復活などによって、伝統的共同体社会の
有機的生命を求めたのであった。

　なお、本稿の内容の一部を日本英文学会中部支部第51回大会（於：富山大学、平成11年10月24
日）のシンポジウム「作家とその(National) Identity」において口頭発表したことをお断りしてお
く。

注

（1）E.L.Griggs (ed.) *Collected Letters of Samuel Taylor Coleridge* (Clarendon Press, 1959-71) vol.I, p.137.　以下
　　　*C.L.*と略記する。

（2）*C.L.,* vol.II, p.708.

（3）L.Patton (ed.) *The Watchman* (Princeton, 1970) p.132.

（4）R.J.White (ed.) *Lay Sermons* (Princeton, 1972) pp.169-70.；p.219. 以下*L.S.*と略記する。

（5）*L.S.,* p.223.

（6）*L.S.,* pp.217-8.

（7）*L.S.,* pp.63-4.

（8）*L.S.,* pp.18-21.；pp.29-31.

（9）B.Willey, *Nineteenth Century Studies* (Chatto & Windus, 1950) p.32.　以下 *N.C.*と略記する。

（10）C.Patmore (ed.) *The Table Talk and Omniana of Samuel Taylor Coleridge* (Oxford, 1917) pp.163-4.

（11）B.E.Rooke (ed.) *The Friend* (Princeton, 1969) vol.I, p.293.

（12）J.Colmer (ed.) *On the Constitution of the Church and State* (Princeton, 1976) pp.19-20.　以下 *C.S.* と略記す
　　　る。

（13）*C.S.,* pp.24-8.

（14）*C.S.,* p.42.

（15）*C.S.,* pp.45-6.

（16）*C.S.,* p.61.

（17）*L.S.,* pp.29-30.

(18) *C.S.*, p.19.

(19) *L.S.*, pp.20-1.

(20) *L.S.*, pp.28-9.

(21) J.Shawcross (ed.) *Biographia Literaria* (Oxford, 1939) vol.I, p.100.

(22) *C.S.*, p.18.

(23) *L.S.*, p.89.

(24) *C.S.*, p.13.

(25) *C.S.*, p.32.

(26) *C.S.*, p.20.

(27) *N.C.*, p.4.

結論　コールリッジの世界

（1）理性と悟性

　コールリッジは熱狂的なジャコバン主義者であったが、後にジャコバン主義急進思想に対する最初の有力な分析的批評家となった。ジャコバン主義は抽象的理性による人間観や社会観が行き着く必然的結果に他ならなかった。人間と動物との区別や道徳的要素を考慮しないホッブズの哲学が、抽象的理性を独善的に適用することでジャコバン主義が生まれた。ジャコバン主義は専制政治を形成するもので、感覚的で経験的な悟性の対象にのみ適用された抽象的理性によって成立するとコールリッジは考えた。ルソーの社会契約説に示された抽象的理性が現実無視の純粋で高尚であることによって、一般大衆を容易に扇動するのである。ジャコバン主義は現実社会を無視した抽象的理性と人間の動物的本能との結合によって生じたものとコールリッジは非難した。ジャコバン主義は一般大衆を改革するのではなく過激な暴力革命の手段として利用する扇動行為であった。ジャコバン主義は抽象的理性の独善的暴走によって、フランス革命の理念を専制主義や恐怖政治の支配へ陥れたのである。ルソーの社会契約説は国家を宗教的体制に変革しようとして実現せず、フランス革命はナポレオンの台頭によるヨーロッパの動乱を発生させただけであった。

　ジャコバン主義の抽象的理性の不充分な人間観をコールリッジは批判した。コールリッジにとって理性の優位は不動のものであったが、独善的に拡大適用され専制的になった場合、ルソーの社会契約説に見られるような抽象的理性の原理の人間社会に対する独善的適用を彼は批判した。抽象的な理性と社会全体の結びついた独断的自由と絶対的な専制的政治組織をルソーは主張し、抽象的理性に基づいて人間の絶対的な自由の権利が神聖な義務として認められる社会を提唱したのである。ジャコバン的急進主義の啓蒙思想は、純粋理性すなわち抽象的理性を独善的に政治思想に適用し、あらゆるものに普遍的で生得的な権利として、抽象的理性によって道徳を支配しようとした。コールリッジの理性は人間の魂の自由で持続的な活動を確立するために神より与えられたもので、悟性が適用すべき原理と向かうべき理想を示すものである。しかし、理性だけが単独で純粋理性あるいは抽象的理性として個人や国家を支配し導くことはすべきでなく、また不可能である。ホッブズの反道徳的哲学、ルソーの社会契約説に見られる抽象的理性の独善的適用によるジャコバン主義、ベンサムの功利的悟性による商業主義、保守専制政治などに対する批判的分析と同時に、独自の理念哲学を模索して、コールリッジはロマン主義思想の構築に努めたのである。

　機械主義哲学は人間の知性を死の影で満たし、至高の理念を既成概念で処理する思想的誤謬に他ならず、真理への直観力を概念で説明するものである。このような機械主義哲学を排斥して人間に生命的知識を与え、精神を発達させるための抜本的社会変革の必要性をコールリッジは主張した。デカルトの理性への無条件の信頼は、科学における理性の万能を主張するもので、政治・宗教・道徳では保守的であり、急進的改革を認めようとはしなかった。絶対主義の矛盾は1680年

代に表面化したが、デカルトの理性万能の勝利は十八世紀のことであった。デカルトの理性はルネサンスの伝統を示していた。パスカルは科学における理性の万能を受容したが、真理認識における心情を高く評価した。17世紀の古典主義は常識の範囲をこえた抽象的な理論理性を尊重したが、18世紀の理性は良識の範囲内で体系的な真理を模索し論理的に示そうとした。コールリッジは生命的全体の有機的統合と事物の機械的並置の対立関係を常に意識していた。18世紀の思想は広大無限の宇宙を小部分群の集合体へ卑小化し、人間の精神機能を感覚的知覚の結合体に分析し、詩を記憶による既成的心象の機械的配合に貶めてしまった。コールリッジは機械的世界観と有機的世界観との違いを死と生の用語によって示し、彼の哲学的思索にこの区別や相違が重大であったことを強調している。コールリッジが死の哲学とした感覚的悟性中心の機械的経験論哲学が物理的現象に対する質量的把握に終始するのに対して、彼の理性論は生命哲学として神の似像としての人間に神が宿り、神の最高理性を通して神を知る純粋理性を中心とした理念哲学である。この様な宗教性がコールリッジの理性論の大きな特色であり、カントの論理学の理性と非常に異なる点である。

　コールリッジの思想的遍歴は、感覚的悟性の経験論哲学に対する批判、理性と悟性の峻別による精神機能の論証と想像力説のためのドイツ観念論哲学の探究、能産的自然を説く有機的哲学の汎神論的自然観の確立のためのシェリング哲学の研究、さらに、神の理性によって超越的存在の理念に接近しようとするプラトン主義的宗教思想などである。カントは経験論哲学の不毛の思索から脱出する手がかりを彼に与えたが、超越的実在に関する考察では、論理学者であっても決して彼の期待するような形而上学者ではなかった。コールリッジはカントを乗り越えねばならなかった。

　カントは知識の限界を説き、人間が時間と空間の事物認識に宿命づけられている以上、物自体の客観的把握のための絶対認識は本来不可能であるとした。あらゆるものが時空間の限られた認識による錯覚とも言える。彼は統一的世界の必然性を主張し、人間に絶対世界を認識する内的器官があるとした。彼は人間の精神機能を悟性と理性に区別して、感覚的現象や概念に基づく経験の世界を把握する能力を悟性と定義し、絶対的事物自体に対する超時空間の認識力による超感覚的な世界に対する理念形成の能力を理性と名付けた。感覚的悟性に対して理念に携わる理性が認識作用に機能することによって、時間空間を超越して絶対世界や永遠の真理に迫ることを可能にする。

　カントは道徳的認識を他によって影響を受けない人間の精神機能とした。道徳律は人間を支配し、人間の自由な理性的本性と独立を保証するものだと説いた。カントはコールリッジの思索に体系を与え自信を深めさせたが、感情を排除した冷徹な道徳の論理の形式的側面にコールリッジは反発した。しかし、カントの自由の観念は彼の思索に深く浸透し、真の理性の姿は彼に強い印象を与えた。理想と現実の相克の中で真の理性を解明しようとしたコールリッジは、理性が偉大にして崇高なるものに合一する精神機能に他ならないと確信し、理念を自覚する理性は無見識な抽象的理性と対立するものに他ならないことを悟ったのである。カントはコールリッジのロマン主義思想に大きな影響を与えたのである。

コールリッジは理性と悟性の峻別をカント哲学から導入し、さらに独自の理性論構築への道を
プラトン哲学から伝授されていたので、感覚的物質世界を凌駕する超越的実在としての唯一の全
能の絶対者への確信を得て、感覚的知覚を信念や信仰の基準とは決してしなかった。プラトン主
義者であるコールリッジにとって、超越的実在とは全体者としての唯一絶対的存在である神であ
り、神から与えられる理念である。さらに、コールリッジの理念は生産的自然としてプラトン的
な生命的構成力を持ち、さらにプロティノスの影響を大いに受けている。理性を神の似像として
の人間への派生と捉え、プロティノスに倣って　人間は神から先験的に与えられた理性によって
理念を把握しうると彼は考えた。認識の対象でなく必然的仮説でしかなかったカント哲学におけ
る物自体は、コールリッジの思想では理念的認識の先験的実在となるに至った。

　人間の精神機能は理性と悟性より成立し、感覚的悟性は動物と同じ受動的な認識能力として、
物理的で生理的な法則による即物的素材に対する判断能力であって、感覚的現象の認識概念の分
類や整理の推論的能力である。コールリッジによれば、悟性は記憶と一般化の能力であり、明確
な現象の認識機能である。経験的素材によって構成される絵画的図式に止まり、人間は悟性によ
って理念を把握することはできない。これに対して理性は感覚を超越した理念を把握するもので、
無限に対する内面的感覚の器官である。神や永遠や真理といった超感覚的理念は理性の対象であ
ると同時に理性と一体でもある。神の似像としての人間が神からの派生として有する理性は、人
間に対する啓示であり、宗教的啓示は理性の顕現である。感覚的悟性は各個人によって質量で異
なる能力であるが、理性は人間に平等に与えられた能力であり、唯一絶対の全体者に関する人間
の普遍的科学である。

　理性と悟性の関係を峻別しても、理性は純粋理性のみではその存在を顕現し得ず、本来の相互
機能において明確な区分を不可能にするほど人間精神の中で統合されている。理性は全体者とし
ての神から人間に派生する能力である。感覚的な悟性を欠いた理性は抽象的理性となって現実感
を喪失するために、悟性から切り離して理性は存在を顕現できず、同時に理性は悟性に生命を与
えるのである。コールリッジの理性は生得的存在であるが、物理的で生理的な感覚的世界は神や
永遠のような純粋理性の世界ではない。ジャコバン的急進主義者の初期のコールリッジが計画し
たゴドウィン的な一切平等団の失敗に対する反省は、純粋理性だけでは具体的で物質的な人間社
会を把握できず、危険な抽象的理性の暴走を生むというものであった。人間の感情や宗教的要素
を無視した独断的な抽象的理性は妄想や幻想にすぎず、冷酷で怠惰な不道徳を生み出し社会に悪
弊を及ぼすと彼は考えた。純粋理性は人間に平等に与えられているが、悟性と切り離せば人間世
界に関する思想としては存在し得ない。政治思想は現実主義の実利でも純粋な理想主義の理論で
もなく、人間の認識に関する理性と悟性の区別と原理に基づくべきだとコールリッジは考えた。

　抽象的理性が悟性と同化してしまうと、ジャコバン主義となり、功利主義、商業主義などの半
面真理に基づく認識による急進思想を生み出し、社会を混乱させる悪弊を生み出す抽象的理性か
ら政治原理を導き出し道徳律を無視して、半真理のみの不充分で過激な思想を生みだしたのであ
る。邪悪な抽象的理性の否定と神の宗教的啓示を基盤として、コールリッジは急進的合理主義に
対して詩人的理念と宗教的神秘主義の政治思想を構築したのである。悟性による専制政治、抽象

的理性の独走のジャコバン主義によるフランス革命の失敗やナポレオンの台頭、これらの社会的混迷と動乱は、人間の本性に対する配慮を欠いた功利のみの機械的合理主義の誤謬の結果だとコールリッジは批判した。功利的に既得権益のみに固執する即物的国家観を否定して、彼は国家の理念を復興させるために抽象的理性中心のジャコバン主義の悪弊に対しては、人間の本性に基づく理性と悟性の調和的関係を考察した。現実政治の悟性的要素に対する理性の先導を強調したのがコールリッジの理念哲学、すなわち、先験的観念論哲学に他ならなかった。

　初期の急進主義の後もコールリッジが政権を批判し、保守的改革主義者としての立場を堅持したのは、理念と現実との矛盾を意識していたからである。コールリッジの理念の形成はドイツ観念論哲学に沿って、カントからフィヒテ、シェリング、ヘーゲルという思想的展開を辿ることになる。カントによれば、理念は夢想や願望ではなく規範的原理であったが、極端な唯物的機械論を打破して、コールリッジは超感覚的世界の論証に努めた。シェリングの自然哲学は彼の思想構築の刺激となった。また、シェリングは審美的要素を文学に求めていたコールリッジの文学論に思想的充足を与えた。さらに、当時の自然科学の有機説によって多くの示唆をうけていた。しかし、カントやシェリングに負うところがあっても、彼らの思想の多くは、コールリッジにとっては既に自明のことであった。ロマン主義と啓蒙思想との関係は、類似点よりは相違点のほうが目立ったために、彼には対立と批判の意識があった。理性が悟性から切り離されて適用され、主観的なものとなると、ジャコバン主義的な一般大衆の無軌道な権利という抽象的理性の産物を生じさせる。したがって、悟性的支配による機械的合理主義や感覚的功利主義の世俗的客観性も、思想上の誤謬であり混迷の時代精神を示すものだ彼は考えた。

　人間が宗教性を失うと抽象化された理性が妄想となって急進的思想を生み、知的意志は冷酷で不道徳なものになってしまう。国家構造も理性と宗教と意志を構成要素としているために、宗教が欠落してしまうと、抽象的理性が猛威を振るって社会状況や人間性を無視し、悟性的な政治理論に独断的に適用されると、ジャコバン主義的急進思想になった。コールリッジは抽象的理性によるジャコバン主義や急進的啓蒙思想を死の哲学と批判した。悟性が社会を支配すると功利主義の商業精神の過剰を生み、理性が抽象化されるとジャコバン主義の母体となる抽象的理性になり、フランス革命を幻滅的結末へと導き、意志が抽象化されるとナポレオン的自己崇拝や独善的で冷徹な専制主義に発展すると彼は批判した。このように、コールリッジは哲学的な批判精神をもって当時の政治を眺めた。彼はフランス革命の幻滅的進行によって現実を思い知らされ夢をさまされたロマンチストであり、彼は悲観的な現実認識を持つに至った。ストイックな彼は夢から覚めても、夢への激しい情念を失わなかったことが、情熱や夢の色あせた当時の時代精神から彼を際だたせ、彼の文学を偉大なものにしたのである。

　コールリッジは汎神論的に自然の中に神を認識し、この神を把握する手段を理性と宗教的啓示に求めた。宗教的啓示と理性は本来相反するものであるが、彼は理性と啓示の調和を国家構成の重要な要素と考えた。コールリッジにとって、理性は神の似像としての人間に与えられた永遠の相に対する心眼に他ならず、宗教的啓示は神から与えられた霊的視力であった。彼の思想を構成

するものとして両者は相反することなく相互補完的である。初期のコールリッジの急進主義的宗教観は理神論や機械的合理主義の立場から英国国教会やローマ教会を批判した。理性と宗教的啓示の調和的融合はコールリッジに一貫した感情と思想の相克の苦悩の結果の解決にほかならなかった。理性は感覚的物質の所有や私利私欲の利益ではない無限の知的進歩の可能性を人間に与えるものであり、一切平等団やクレラシーを構成すべき人間は、理性による知的進歩を果たすべき少数のインテリ階級に限定されていた。コールリッジの保守政権批判と急進主義批判の両極端は、神の理性の視点から英国国教会やローマ教会批判、無神論的啓蒙思想批判へと展開していく。

　コールリッジは悟性による理性の支配、功利主義や商業主義の中で犠牲となった道徳的感情、私利私欲の物欲によって想像力が欠落する社会現象などを時代精神の悪弊として厳しく認識していた。ナポレオン戦争後の経済恐慌は、失業者と労働貧民の発生を招いた。理性に調和されるべき悟性は、理性を略奪して、商業精神や経験哲学の急進的発展を促し、無神論的啓蒙思想や冷徹な機械的合理主義の死の哲学を生んだ。この様な現実社会の混乱に対する批判から、コールリッジの思想は理性と悟性の相関関係を中核として展開された。悟性は時空間における質量に関する現象の認識作用として、物理的法則や感覚的経験を構成し、さらに感覚的素材に基づく記憶や経験の判断能力として、物理的で生理的な現象の概念を分類し、感覚的現象を機械的に抽象化して推論する機能に他ならない。ロック以降、経験論哲学は悟性を至上として理性を無視したが、超越的実体の把握には不適格な悟性は、感覚的経験や物理的法則以外のすべてを否定し、感覚的素材の質量的認識のみを問題にした。

　理性の手段としての悟性は存在し得るが、理性から離脱した悟性は、疎外された悟性の横暴に他ならないとコールリッジは批判した。理性は理念を示すという究極的目的を持っているが、悟性は理念提示の中間的な手段にすぎない。悟性は理性を凌駕するものでなく、悟性そのものの実体は空虚であり、理念や超越的実体に直接適用され得ず、功利的で感覚的な物質世界に対象を限定するものである。したがって、悟性が功利的で感覚的な物質世界を逸脱して理性を支配することは悟性の横暴に他ならない。悟性に支配された哲学は感覚と功利にもとづいた無神論的機械主義哲学、すなわち死の哲学に他ならないと彼は考えた。革命を扇動したフランスの啓蒙主義思想家の無神論的機械主義哲学やベンサムの功利主義哲学には、この忌むべき誤謬が如実に表れていると彼は訴えた。初期のコールリッジはジャコバン主義者であり、功利主義の先駆者プリーストリなどにも惹かれたが、ロマン主義思想構築に向かってのちは功利主義を否定するに至った。これに対抗したコールリッジの理性論は、全体的把握に関する法則の普遍的科学であり、理性は想像力の原動力ともなる全能の神の理性の人間への派生であり、神の似像としての人間の純粋な力である。理性は悟性を導き支配すべき全体者の法則としての普遍的な力である。

　コールリッジによれば、真の哲学的考察は、人間と自然の森羅万象の融合に対する理性の観照という直観的把握である。誤謬の哲学的考察は、孤立した人間の主体的精神と客体的自然の相違に対する抽象的理解であり、死滅的事物と生命的思考との対峙による対立関係の抽象的知識に他ならない。それは対立と相違に関する単なる反省的精神の哲学的考察であり、日常的現実に有益であっても哲学としては生命的言語を死滅的言語に下落させたものだとコールリッジは考えた。

繊細な感性が冷徹な論理によって萎縮し、多くの生硬な思考が意識の限界を作りだし、自発的想念を抹殺し、頭脳と感情の相克が未知の精神領域を死滅させることに彼は苦悩した。自己省察の中で彼は感情と頭脳の相互作用に大きな関心を抱き、肉体的感性と精神的飛翔は芸術精神の根本的要素として、人間の理性と悟性の融合をもたらすと説いた。

コールリッジの理性は多様の全体を一者としての単一に把握する統一的な力であり、この一者こそあらゆるものの認識に必要な根本的理念である。悟性は分類と記憶の機械的能力であるが、理性は直観的に全体を理念とする統一的な力である。理性は生命力として感覚的悟性や想像力に生命を与えて顕現する普遍的な力であり、一者たる全能の神の力の人間への派生に他ならず、コールリッジは悟性による死の哲学に対して理性を生命哲学と呼んだ。意志力によって理性と悟性が調和的関係で結びつき、悟性に生命が与えられて理性は実践的存在として具現する。理性が理念を統一的に把握し理念を産出するのは、元来理性が理念の一部だからである。なぜなら、理性は超越的存在を認識する器官であり、また、その認識対象と同一の器官でもある。理性は自らの存在の具現によって一者としての全能の絶対者の存在を証明している。コールリッジの理性は、一者なる全能の絶対者の理念を認識すると同時に、先験的に理念の一部でもある。したがって、理念は有機的な生命であり、無限の生産性をもつ一者なる全能の絶対者の力に他ならない。有機的統一体としての全体者の意識としての理念は、無限で広大なるものへの畏怖の念に対するコールリッジの具体的な表現であった。

自我を巡る哲学的考察の中で導き出される先験的観念論や審美主義的唯心論においては、自然は自我の産物であり、理性の一大体系であるという自然哲学を生む。したがって、神から派生した人間の理性は、自然の中にも神の理性として生きている。自然は神の理性の無意識的な形式であり、意識的存在としての人間は、自然を意識的形式にする傾向を持つ。人間にとって、自然宇宙はあらゆる力の融合の有機体として、生命と意識を産出し続ける。自然は生成する精神として意識的自我と同化され、その生成過程は神の理性から人間の理性へ移行する中間的形式である。自然は自己目的でなく、全体の相の目的で意義を発揮する。過渡的瞬間としての現象は、様々な力の相互作用で新たに繰り返される。自然には相反する諸勢力があり、あらゆる自然現象は二元論と両極性を根本原理とし、対立勢力の融合が分裂的相反を産み、相反が融合を生んで、自然界で神の理性は無限的生成過程を展開し続ける。

18世紀的理性は感覚的経験の世界に属していたが、コールリッジの理性論は17世紀的な宗教的理性であり、一者なる全能の絶対者や超越的存在としての理念を認めない功利主義的経験論哲学の悟性偏重を批判し、ジャコバン主義の抽象的理性の独善を否定して、感覚的悟性を先導する理性の優位性を主張した。コールリッジによれば、アリストテレスは史上最大の悟性的概念論者であるのに対し、プラトンは理性の生命力を生得的で根本的な理念の中に認めていた。功利的で感覚的な経験でしかない悟性や、この悟性の具体性から遊離した抽象的理性を批判して、理性の生み出す理念のみが唯一絶対の真理の具現であるとコールリッジは考えた。コールリッジの理念は究極的目的に関する知識であり、国家は国民の安全と生活の保護という物質的目的の他にも、精神的目的として国民の人間性における理性や道徳を育成しなければならないのである。コールリ

ッジにとって、深遠な思想は豊かな感情を伴ってはじめて成立するものであり、あらゆる真理は宗教的啓示として人間に訪れるものであった。宗教を理知的論考で証明も反証もできるとした合理主義全盛の啓蒙思想は、社会権力と癒着して堕落した聖職者や腐敗した宗教組織を温存し、対抗する熱狂的聖書崇拝者の無秩序な言動を誘発して、知識人達の陥っていた宗教不在の時代を招来したが、コールリッジは頭脳と心情の融合、そして哲学的真理と人間の内的事実との調和的融合を模索することによって、宗教が高度に哲学的に存在理由を持ちうることを力説した。

（2）想像力と有機的統一

　ハートリー、バークリー、スピノザなどの思想的遍歴の後に、コールリッジはワーズワスとの出会いによって真の詩人に遭遇し、触発された彼自身も優れた詩を書き、さらに、想像力に関する思索への貴重な機会を持つことになった。1798年4月付けの手紙の中で、フランス革命からは絶縁し、今後は着実に思索を深めて真理を探究して、時事問題に関する論争からは退き、事物の根本原因に対する沈思黙考の日々を送るつもりだと彼は述べている。詩人は事物の生命を体感して生ける魂としての事物の美を表現し、想像力によって思考と感情を詩の世界に融合することに専念するものである。また、思想家は人間の実体と可能性を強靱な精神で探究するものである。詩人でも思想家でもあるコールリッジは、幻想に陶酔するかのように自然の山河を愛した。自然への耽溺が深まれば心の静寂が広がり、この自然の慈愛を人々に伝達することによって、人間の良き習性を確立したいと彼は願っていた。

　コールリッジのロマン主義が宗教色を強めたとき、古典主義との相違は歴然たるものとなり、敬虔主義に満ちた彼の人格は、宗教的要素を時代精神に与えようとするに至った。コールリッジとワーズワスの『抒情民謡詩集』の共同執筆は意義深いもので、彼等はお互いの相違を越えて影響し合って、思想の交換を果たした。性質や関心において補完的に作用しあい、コールリッジは文学と哲学によって、批評精神と形而上的理念の構築に手腕を示し、ワーズワスは詩的感性と深遠なる思索の融合によって天才の実像を示した。ワーズワスの詩的天才の宗教的思索は、思想遍歴における哲学的迷路で苦悩していたコールリッジに安息としての静謐な情緒を与えるものであった。両者は補完的な文学的同士を得て、人生に対する示唆や啓発を受け、自由意志に対する信仰と哲学の精神を詩に表現するのである。思想の本質を道徳や倫理の体系ではなく、自分の性格描写と体験で表現し、人間の精神的自律や自由自我を高唱するものであった。コールリッジは想像力の均衡の原理をワーズワスの詩才の特性として注目し『文学的自伝』の中で詳細に論述した。詩人は自然と想像力を結合し、既知の日常性を照らす月光は、未知を暗示する想像力の作用の象徴とされた。両者の詩では月光や夕日が重要な位置を占め、同一と相違の均衡の原理で日常的風景における生命的覚醒に導くという想像力の思想を具現している。コールリッジにとって象徴は詩そのものであり、詩的なものは象徴によってのみ表現可能であり、詩人は象徴となるべき言葉を模索し続けるものである。彼の詩は当時の散文的要素に対抗する意識的挑戦であった。

　相反物の均衡と調和は、想像力による主体と客体の融合の諸相である。『文学的自叙伝』第15章において、コールリッジはイギリスの偉大な二人の詩人について触れて、シェイクスピアは、

変身しながら決して自分を失わず、あらゆる人間の個性や感情に入り込んでいくが、ミルトンは事物を自分の世界の中に引き込み統一させ、あらゆるものを再創造すると論評している。両者共に正反対の方向において、外界を内界に変質し、精神世界を外面世界に変容させたのである。この様に、コールリッジは相違における同一や異質の同類などの対立語を好んで使用し様々な事柄を論じた。詩的言語と日常的言葉との関係ついて、同一と相違という矛盾した論理で韻律の起源を説明して、熱情と抑制的意志との間の二律背反の心理的緊張状態が、熱情と意志の対立と調和の相互作用によって、韻律の配列が成立すると彼は説明している。さらに、主題と表現の関係において、事物の真実性と想像力の均衡によって有機的統一が成立しなければならないと彼は述べている。

　想像力の総合的構想の統一機能は、多様を単一に融合し、多様を統一する創造過程や連続を瞬間に集約するビジョンに活動するものである。詩人の情緒と自然の多面性を合一する過程は主体と客体の融合の過程である。想像力の活動の諸相は、自然の多様性が詩人の支配的情緒によって統合される創造過程の理解によって明確になる。多面的才能と分裂意識の中で調和と統一を模索するコールリッジの特質は、変化と精神的自由であり、感情と頭脳との調和と融合のための自己実現の存在様式である。他に感情移入することは、ロマン主義に不可欠であるが、変化を意識して他の存在を演じても、虚構が混ざるのは避けられない。虚飾を廃して他人の心情に感情移入し、心の内奥まで辿ろうとするコールリッジの心理学的探究は、敏感な感性の共感によって支えられいる。コールリッジとワーズワス、シェリーとバイロンの間には、両詩人の魂がお互いに共感し影響し合って、世俗的現世の限界を超越した詩的創作の豊かな土壌を培ったという事実がある。詩の本質や創作心理に興味を抱き、真理への道を捉え、人生と意義深い関連を持ちうる価値観の中で、人生の伴侶として寄与する最高の詩の世界について考察する時、コールリッジの想像力と空想力の峻別は非常に有益な示唆を含んでいる。明確な解答というよりは、問題に対する認識を一層深めるものとして、コールリッジは後世に独自の洞察や見解を残したのである。

　両極端は一致するというコールリッジ的格言において、彼は相反物の緊張の相互関係に根源的存在の内奥の神秘的意味を探究した。生命的存在は多様に変化する単一と、単一に帰着する多様との対極の緊張の相互浸透関係によって維持される。主体と客体が認識において合一し、芸術や文学において自然が思考と融合して、思考が自然と一体となるのは、両極間の緊張の相互浸透関係に人間の精神機能としての想像力が深く関わっているためである。自然に対する思考力の発現は、緊張関係と相互浸透によって相互に伸長し、自然と思考の対峙を統合することによって可能であり、主体と客体の両極の融合による同一性の確認は、あらゆる思考と存在の本質である。したがって、様々な部分の並置や分類だけを有機的統合とする機械主義哲学の誤謬をコールリッジは厳しく批判したのである。

　哲学の迷路の中の試行錯誤で論理学的知識の限界を熟知していたコールリッジは、頭脳と感情の自己分裂に苦悩しながら、現実を冷静に観察し分析することが出来た。官能的情念に翻弄されながらも、豊かな想像力や鋭い洞察力に恵まれていたため、彼は自己分裂の破壊から身を守り、

文学芸術における想像力の飛躍を果たすことが出来たのである。ロマン主義は分断した思想を統合し、一つの分野から他の分野への生成過程を求めて、絵画や音楽から文学へ生成展開する想像力による創作行為について考察し実践した。コールリッジの壮大なロマン主義は諸学問や芸術の区別を確立するよりは統一し、荘厳な融合空間の殿堂を樹立して真理の道へと昇華することを思慕していた。コールリッジは政治問題や文学論の考察において、諸学に通じる独自の哲学的考察を基盤としており、また、思索を鼓舞する彼の詩的精神は、想像力によって調和的全体を有機的統一として創造し、生命的理念を把握する能力である。

コールリッジの想像力は、均衡の原理による全人的全体性への思慕としても現われる。啓蒙思想によって精神が分断され、抽象的理性や感覚的悟性が精神を独断的に専制することに対して、全体としての有機的統一を認識し創造する精神の再生を模索した結実が想像力であった。啓蒙思想の理性はコールリッジの悟性に他ならず、想像力を発動させ理念を把握する真の理性によって、神の似像としての人間の創造的精神の回復と飛躍を彼は希求したのである。彼のロマン主義精神の理性は対象を想像力によって理念として把握し、自己を理念と同一化することによって無限なる全体者と融合しようと努めるものである。有機的全体の統合への志向性は、社会思想では国家を有機的共同体として再生しようとする顕著な特徴となって現れる。『政治家提要』の中で、理性は全体を一者として統括する志向性として人間の精神に現われ、人間は全体的な無限者や無限の全体者にのみ安らぎを覚えるとコールリッジは述べている。

コールリッジのロマン主義は現世的存在を超越した才能を直観的認識力として把握し、自我の絶対自由や自己決定様式を高唱し、単一と多様の変化の中に全体の相としての有機的統一に対する憧憬を抱く特性を示している。時空間に拘束された精神を無限の全体者や永遠の相に解放しようする彼のロマン主義とって、無常の有為転変の現世を超越した絶対無限を探求し、有限から無限への永遠の思慕を可能にするものは知的愛の理念に他ならない。無限への思慕と知的愛の理念の合一が、人間を絶対無限の把握へと導くことになり、未知の存在様式への探求心は存在の空虚を贖う充実であり実存である。無限への思慕はロマン主義思想の形成的認識の根本的性格であり、自由自我の確立への不断の努力を示すものである。

18世紀啓蒙思想の合理主義的世界観に対するロマン主義の個人主義的人間論の対抗は、特異な個性や詩心を絶対視し、詩人を自由精神の絶対的権威者とする詩と詩論に如実に示されている。ロマン主義の特徴である個人主義的人間は、近代の時代精神の凡庸的大衆としての原子的個人とは違う。コールリッジの個人主義的人間は自由意志の主体性を持った比類なき非凡な存在であり、自由な行為の主体的存在としての人間論が、彼の思想の中心となる道徳哲学を構成している。ベンサム的功利主義は自由意志の主体的な人間ではなく、政治や経済の行為者としての外面的な人間の存在に関心が集中している。自由意志の主体性を持った個性的自我が自律的自己形成の発展を不断の意志力によって続けるというロマン主義の人間観は、コールリッジの想像力の創造性の中核を占めるのである。コールリッジのロマン主義の人間観は、功利主義の機械的受動性を否定して、自発的能動性や自由意志を伴った自己決定的な主体的自我の存在様式を主張した。それは絶対者なる一者としての神との融合によって得られる詩的想像力や理性による自由意志を持った

自我を意味していた。

　ロマン主義は生命的な自由意志の行為者として、有機的な自己形成の発展や知的創造性をもった個性的自我を主張した。近代の自我が凡庸的大衆を構成する原子的個我であるのに対して、ロマン主義の個性的自我は内発的自己形成を続ける自律的存在であり、想像力による全体的な理念の把握能力と豊かな創造性を有する存在へと成長するのである。共同社会を構成するロマン主義の人間観は、この自律的存在としての個我の理念把握や創造性に向けた全人的成長を基盤にしたものに他ならない。

　ロマン主義は近代の人間の分断化現象から生まれた統合への苦悩の精神に他ならず、その魂は断えず無限との融合を思慕している。分裂した自己様式の統一と再生を求めて、自我の分裂に苦悩しながら、絶対的自由自我を確立しようとした点でロマン主義に匹敵するものはなかつた。コールリッジは自己内面の複雑な精神世界を観察し、判別しがたい混乱の渦巻きが同じ心の調べを繰り返しながら、動と静を超越した新たな精神の変化を示す魂の神秘に注目してきた。

　コールリッジのロマン主義は形而上学的自我探究を展開するもので、知的直観によって自我行為を可能にし、さらに自我行為を意識して行為の客体と主体の自己を認識すると考える。コールリッジにおいては、想像力が思考を発動し行為によって具現するために体を動かし、不随意な器官も任意に支配するのである。ロマン主義的自我の自律的自己決定、そして精神と肉体に対する彼の超越的観察は、意志力で現世からの独立性を獲得し、自我高唱を限界まで押し広げた。主観内容の無限の激情の状態に対して、彼は詳細に冷静な客観的観照をしていた。しかし、自己の内面世界に陶酔し耽溺する彼の自意識は、ロマン主義的精神の苦悩と同時に世俗的な処理能力や実行力を奪い去ることもあった。独自の怠惰と精神的耽溺の中で、現実問題への集中力を失い、自らの無力を意識しながらも、世俗の粉塵から超然と立ち上がり、自らの努力と勇気の結果に不満を抱きながら、さらなる飛躍へのロマン主義的自負の念を彼は抱いていた。人間性の無限の可能性と存在の中で、生成する自由な自己実現のために、人間を絶対無限者へと向かわせ、世俗の束縛や迷信的因習や社会的制約から解放された強靭な意志力を持つことの重要性をコールリッジは説いた。

　コールリッジは犀利な洞察力でロマン主義思想を構築し、躍動する霊的な精神世界を文学と哲学と宗教の世界から考え、天界の至福の瞬間から永遠の苦悩への転落や、愛によつて再び至上の幸福を取り戻す魂の遍歴を詩と散文に表現しようとした。人間と自然の境界線を遙かに超越した彼方に両者の融合と調和の世界を模索した彼は、自然的無意識と人間的意識の接点にあらゆる魂の故郷である神の存在を求め確認しようとした。

　有限的個我が無限を体現することは、自己を超越する形而上的要求であり、神の如くすべてを支配する超人的存在に他ならない。ロマン主義は精神の自由によって、世俗的次元から自己を解放して昇華し、地上的存在の確固たる不毛の現世を非存在と非現実として把握する。したがって、無限を体現する詩人は、有限的個我を超越して、自己を作品に対して超越させ、読者に作品の世

界に捕らわれることなく、永遠の無限世界を洞察させる。この様な詩人と読者との自由な相互関係が、有限的個我の限界意識からの解放を促し、無限を透視する精神の自由を可能にするのである。無限への思慕と自由自我の確立が、コールリッジのロマン主義の認識方法となり、内的精神世界の形成や形而上的探求や模索の大きな特徴となった。無限への思慕は永遠の相や形而上学への探求を喚起し、コールリッジの知的愛の理念も形而上学的探求の対象となった。知的愛は単なる世俗的愛でなく哲学の対象となり、ロマン主義的価値観を付与され、さらに、宗教的愛は絶対無限者への思慕から生まれるのである。知的愛の理念に対する彼の神秘主義的考察は、哲学的愛や宗教的愛から男女の愛にも及び、ロマン主義的詩の熱情は、絶対無限への生命的憧憬や思慕から生まれる。

　コールリッジは完全な真理を知的愛の中に探求し、絶対への憧憬を神や女性への愛として詩的象徴で表現する。絶対的無限は神から派生した人間の理性が要求するもので、思想として知的に把握して論証され、愛として実体験された時、詩として具現化される。彼は絶対無限への憧憬を明確に論証し、普遍の理念として表現するために、詩的精神と知的愛が融合することを求めた。コールリッジは普遍的愛によって自他を同化させ、人間と人間、人間と自然を有機的に結合させる想像力を構想した。また、自他の同化はコールリッジの想像力の哲学的弁証法による論証や社会的自我の拡大能力によって実現される。能動と受動の融合によって、無限者と自我との内面的連関、自然宇宙への帰依、無限に対する知的直観はさらに神秘的様相を強める。無限に対する知的把握によって、人間は時空間を超越して、自然宇宙を直観認識する。コールリッジ特有の知的愛の理念は、無限を直観し宗教と遭遇するために、人間は愛によって人間性を自覚し、愛と宗教が密接に結びつくことを求める。無限への憧憬がコールリッジの宗教観を育成し、無限宇宙と人間を結合させようという彼の形而上的探究を生んだ。コールリッジの知的愛の理念はロマン主義的無限に明確な精神的安らぎを与え、彼の詩論の成立に新たな思考の基盤をあたえた。

　自然界からの沈黙の言葉によって事物との暗黙の共感を覚えた人間は、清純な愛の原理を深く体感し、世俗の喧噪が鎮められゆくのを感じるものである。理性の流れはそこなわれることなく、澄んだ水の様に人間の思想に清らかに流れて、善と美と真へ導かれていくのである。反ゴドウィン思想を掲げたコールリッジは、悟性的合理や利己心が理性を支配してしまわないように常に精神活動を調整したのである。人間の実体と可能性に関する総合的探究の結果が、コールリッジの想像力説であった。不見識な他への感情移入や感受性は自己分裂を増幅させ、過度の変化は逆説的に想像力の欠乏をもたらす。想像力に満ちた人間でも不見識な理性では破滅的な結果をもたらす。しかし、豊かな感受性や想像力がロマン主義文学の躍動感を醸しだしたのである。外界に鋭く反応して様々な心象を受容し、自己の存在に集約させようとする真摯な試みは、ロマン主義の若い詩的精神の現れに他ならない。ロマン主義は形式を否定した混沌を特質とするが、単なる破壊的混沌ではなく、想像するための生産的混沌である。ロマン主義の自由と変化の精神は、無秩序に展開されるが、想像のための無限的活動を意味するのである。コールリッジにとって、想像のための生産的混沌を完成させるものは知的愛の精神であった。想像力の信奉者であった彼は自己分裂に苦悩しながらも、常に未完の完成への情熱を捨てなかったのである。

コールリッジの詩と散文（抄出）

This Lime-Tree Bower my Prison
ADDRESSED TO CHARLES LAMB, OF THE
INDIA HOUSE, LONDON

Well, they are gone, and here must I remain,
This lime-tree bower my prison ! I have lost
Beauties and feelings, such as would have been
Most sweet to my remembrance even when age
Had dimm'd mine eyes to blindness ! They, meanwhile,
Friends, whom I never more may meet again,
On springy heath, along the hill-top edge,
Wander in gladness, and wind down, perchance,
To that still roaring dell, of which I told ;
The roaring dell, o'erwooded, narrow, deep,
And only speckled by the mid-day sun ;
Where its slim trunk the ash from rock to rock
Flings arching like a bridge ; — that branchless ash,
Unsunn'd and damp, whose few poor yellow leaves
Ne'er tremble in the gale, yet tremble still,
Fann'd by the water-fall ! and there my friends
Behold the dark green file of long lank weeds,
That all at once (a most fantastic sight !)
Still nod and drip beneath the dripping edge
Of the blue clay-stone.

Now, my friends emerge
Beneath the wide wide Heaven — and view again
The many-steepled tract magnificent
Of hilly fields and meadows, and the sea,
With some fair bark, perhaps, whose sails light up
The slip of smooth clear blue betwixt two Isles
Of purple shadow ! Yes ! they wander on
In gladness all ; but thou, methinks, most glad,
My gentle-hearted Charles ! for thou hast pined
And hunger'd after Nature, many a year,
In the great City pent, winning thy way
With sad yet patient soul, through evil and pain
And strange calamity ! Ah ! slowly sink
Behind the western ridge, thou glorious Sun !
Shine in the slant beams of the sinking orb,
Ye purple heath-flowers ! richlier burn, ye clouds !
Live in the yellow light, ye distant groves !
And kindle, thou blue Ocean ! So my friend
Struck with deep joy may stand, as I have stood,
Silent with swimming sense ; yea, gazing round

On the wide landscape, gaze till all doth seem
Less gross than bodily ; and of such hues
As veil the Almighty Spirit, when yet he makes
Spirits perceive his presence.
A delight
Comes sudden on my heart, and I am glad
As I myself were there ! Nor in this bower,
This little lime-tree bower, have I not mark'd
Much that has sooth'd me. Pale beneath the blaze
Hung the transparent foliage ; and I watch'd
Some broad and sunny leaf, and lov'd to see
The shadow of the leaf and stem above
Dappling its sunshine ! And that walnut-tree
Was richly ting'd, and a deep radiance lay
Full on the ancient ivy, which usurps
Those fronting elms, and now, with blackest mass
Makes their dark branches gleam a lighter hue
Through the late twilight : and though now the bat
Wheels silent by, and not a swallow twitters,
Yet still the solitary humble-bee
Sings in the bean-flower ! Henceforth I shall know
That Nature ne'er deserts the wise and pure ;
No plot so narrow, be but Nature there,
No waste so vacant, but may well employ
Each faculty of sense, and keep the heart
Awake to Love and Beauty ! and sometimes
'Tis well to be bereft of promis'd good,
That we may lift the soul, and contemplate
With lively joy the joys we cannot share.
My gentle-hearted Charles ! when the last rook
Beat its straight path across the dusky air
Homewards, I blest it ! deeming its black wing
(Now a dim speck, now vanishing in light)
Had cross'd the mighty Orb's dilated glory,
While thou stood'st gazing ; or, when all was still,
Flew creeking o'er thy head, and had a charm
For thee, my gentle-hearted Charles, to whom
No sound is dissonant which tells of Life.

Frost at Midnight

The Frost performs its secret ministry,

Unhelped by any wind. The owlet's cry
Came loud — and hark, again ! loud as before.
The inmates of my cottage, all at rest,
Have left me to that solitude, which suits
Abstruser musings : save that at my side
My cradled infant slumbers peacefully.
'Tis calm indeed ! so calm, that it disturbs
And vexes meditation with its strange
And extreme silentness. Sea, hill, and wood,
This populous village ! Sea, and hill, and wood,
With all the numberless goings-on of life,
Inaudible as dreams ! the thin blue flame
Lies on my low-burnt fire, and quivers not ;
Only that film, which fluttered on the grate,
Still flutters there, the sole unquiet thing.
Methinks, its motion in this hush of nature
Gives it dim sympathies with me who live,
Making it a companionable form,
Whose puny flaps and freaks the idling Spirit
By its own moods interprets, every where
Echo or mirror seeking of itself,
And makes a toy of Thought.
   But O ! how oft,

How oft, at school, with most believing mind,
Presageful, have I gazed upon the bars,
To watch that fluttering stranger ! and as oft
With unclosed lids, already had I dreamt
Of my sweet birth-place, and the old church-tower,
Whose bells, the poor man's only music, rang
From morn to evening, all the hot Fair-day,
So sweetly, that they stirred and haunted me
With a wild pleasure, falling on mine ear
Most like articulate sounds of things to come !
So gazed I, till the soothing things, I dreamt,
Lulled me to sleep, and sleep prolonged my dreams !
And so I brooded all the following morn,
Awed by the stern preceptor's face, mine eye
Fixed with mock study on my swimming book :
Save if the door half opened, and I snatched
A hasty glance, and still my heart leaped up,
For still I hoped to see the stranger's face,
Townsman, or aunt, or sister more beloved,
My play-mate when we both were clothed alike !

Dear Babe, that sleepest cradled by my side,
Whose gentle breathings, heard in this deep calm,
Fill up the interspersed vacancies
And momentary pauses of the thought !
My babe so beautiful ! it thrills my heart
With tender gladness, thus to look at thee,

And think that thou shalt learn far other lore,
And in far other scenes ! For I was reared
In the great city, pent 'mid cloisters dim,
And saw nought lovely but the sky and stars.
But thou, my babe ! shalt wander like a breeze
By lakes and sandy shores, beneath the crags
Of ancient mountain, and beneath the clouds,
Which image in their bulk both lakes and shores
And mountain crags : so shalt thou see and hear
The lovely shapes and sounds intelligible
Of that eternal language, which thy God
Utters, who from eternity doth teach
Himself in all, and all things in himself.
Great universal Teacher ! he shall mould
Thy spirit, and by giving make it ask.
Therefore all seasons shall be sweet to thee,
Whether the summer clothe the general earth
With greenness, or the redbreast sit and sing
Betwixt the tufts of snow on the bare branch
Of mossy apple-tree, while the nigh thatch
Smokes in the sun-thaw ; whether the eave-drops fall
Heard only in the trances of the blast,
Or if the secret ministry of frost
Shall hang them up in silent icicles,
Quietly shining to the quiet Moon.

Dejection: An Ode

Late, late yestreen I saw the new Moon,
With the old Moon in her arms ;
And I fear, I fear, My Master dear !
We shall have a deadly storm.
Ballad of Sir Patrick Spence

I
Well ! If the Bard was weather-wise, who made
The grand old ballad of Sir Patrick Spence,
This night, so tranquil now, will not go hence
Unroused by winds, that ply a busier trade

Than those which mould yon cloud in lazy flakes,
Or the dull sobbing draft, that moans and rakes
Upon the strings of this Aolian lute,
Which better far were mute.
For lo ! the New-moon winter-bright !
And overspread with phantom light,
(With swimming phantom light o'erspread
But rimmed and circled by a silver thread)

I see the old Moon in her lap, foretelling
The coming-on of rain and squally blast.

And oh ! that even now the gust were swelling,
And the slant night-shower driving loud and fast !
Those sounds which oft have raised me, whilst they awed,
And sent my soul abroad,
Might now perhaps their wonted impulse give,
Might startle this dull pain, and make it move and live !

II

A grief without a pang, void, dark, and drear,
A stifled, drowsy, unimpassioned grief,
Which finds no natural outlet, no relief,
In word, or sigh, or tear —

O Lady ! in this wan and heartless mood,
To other thoughts by yonder throstle woo'd,
All this long eve, so balmy and serene,
Have I been gazing on the western sky,
And its peculiar tint of yellow green :

And still I gaze — and with how blank an eye !
And those thin clouds above, in flakes and bars,
That give away their motion to the stars ;
Those stars, that glide behind them or between,
Now sparkling, now bedimmed, but always seen :
Yon crescent Moon, as fixed as if it grew
In its own cloudless, starless lake of blue ;
I see them all so excellently fair,
I see, not feel, how beautiful they are !

III

My genial spirits fail ;
And what can these avail
To lift the smothering weight from off my breast ?
It were a vain endeavour,
Though I should gaze for ever
On that green light that lingers in the west :
I may not hope from outward forms to win
The passion and the life, whose fountains are within.

IV

O Lady ! we receive but what we give,
And in our life alone does Nature live :
Ours is her wedding-garment, ours her shroud !

And would we aught behold, of higher worth,
Than that inanimate cold world allowed
To the poor loveless ever-anxious crowd,
Ah ! from the soul itself must issue forth

A light, a glory, a fair luminous cloud

Enveloping the Earth —
And from the soul itself must there be sent
A sweet and potent voice, of its own birth,
Of all sweet sounds the life and element !

V

O pure of heart ! thou need'st not ask of me
What this strong music in the soul may be !
What, and wherein it doth exist,
This light, this glory, this fair luminous mist,
This beautiful and beauty-making power.
Joy, virtuous Lady ! Joy that ne'er was given,
Save to the pure, and in their purest hour,
Life, and Life's effluence, cloud at once and shower,
Joy, Lady ! is the spirit and the power,
Which wedding Nature to us gives in dower
A new Earth and new Heaven,

Undreamt of by the sensual and the proud —
Joy is the sweet voice, Joy the luminous cloud —
We in ourselves rejoice !
And thence flows all that charms or ear or sight,
All melodies the echoes of that voice,
All colours a suffusion from that light.

VI

There was a time when, though my path was rough,
This joy within me dallied with distress,
And all misfortunes were but as the stuff
Whence Fancy made me dreams of happiness :

For hope grew round me, like the twining vine,
And fruits, and foliage, not my own, seemed mine.
But now afflictions bow me down to earth :
Nor care I that they rob me of my mirth ;
But oh ! each visitation

Suspends what nature gave me at my birth,
My shaping spirit of Imagination.
For not to think of what I needs must feel,
But to be still and patient, all I can ;
And haply by abstruse research to steal

From my own nature all the natural man —
This was my sole resource, my only plan :
Till that which suits a part infects the whole,
And now is almost grown the habit of my soul.

VII

Hence, viper thoughts, that coil around my mind,

Reality's dark dream !
I turn from you, and listen to the wind,
Which long has raved unnoticed. What a scream
Of agony by torture lengthened out
That lute sent forth ! Thou Wind, that rav'st without,

Bare crag, or mountain-tairn, or blasted tree,
Or pine-grove whither woodman never clomb,
Or lonely house, long held the witches' home,
Methinks were fitter instruments for thee,
Mad Lutanist ! who in this month of showers,
Of dark-brown gardens, and of peeping flowers,
Mak'st Devils' yule, with worse than wintry song,
The blossoms, buds, and timorous leaves among.
Thou Actor, perfect in all tragic sounds !
Thou mighty Poet, e'en to frenzy bold !

What tell'st thou now about ?
'Tis of the rushing of an host in rout,
With groans, of trampled men, with smarting wounds —
At once they groan with pain, and shudder with the cold !
But hush ! there is a pause of deepest silence !

And all that noise, as of a rushing crowd,
With groans, and tremulous shudderings — all is over —
It tells another tale, with sounds less deep and loud !
A tale of less affright,
And tempered with delight,

As Otway's self had framed the tender lay, —
'Tis of a little child
Upon a lonesome wild,
Not far from home, but she hath lost her way :
And now moans low in bitter grief and fear,
And now screams loud, and hopes to make her mother hear.

VIII

'Tis midnight, but small thoughts have I of sleep :
Full seldom may my friend such vigils keep !
Visit her, gentle Sleep ! with wings of healing,
And may this storm be but a mountain-birth,

May all the stars hang bright above her dwelling,
Silent as though they watched the sleeping Earth !
With light heart may she rise,
Gay fancy, cheerful eyes,
Joy lift her spirit, joy attune her voice ;

To her may all things live, from the pole to pole,
Their life the eddying of her living soul !
O simple spirit, guided from above,
Dear Lady ! friend devoutest of my choice,
Thus may'st thou ever, evermore rejoice.

The Pains of Sleep

Ere on my bed my limbs I lay,
It hath not been my use to pray
With moving lips or bended knees ;
But silently, by slow degrees,
My spirit I to Love compose,
In humble trust mine eye-lids close,
With reverential resignation,
No wish conceived, no thought exprest,
Only a sense of supplication ;
A sense o'er all my soul imprest
That I am weak, yet not unblest,
Since in me, round me, every where
Eternal Strength and Wisdom are.
But yester-night I prayed aloud
In anguish and in agony,
Up-starting from the fiendish crowd
Of shapes and thoughts that tortured me :
A lurid light, a trampling throng,
Sense of intolerable wrong,
And whom I scorned, those only strong !
Thirst of revenge, the powerless will
Still baffled, and yet burning still !
Desire with loathing strangely mixed
On wild or hateful objects fixed.
Fantastic passions ! maddening brawl !
And shame and terror over all !
Deeds to be hid which were not hid,
Which all confused I could not know
Whether I suffered, or I did :
For all seemed guilt, remorse or woe,
My own or others still the same
Life-stifling fear, soul-stifling shame.
So two nights passed : the night's dismay
Saddened and stunned the coming day.
Sleep, the wide blessing, seemed to me
Distemper's worst calamity.
The third night, when my own loud scream
Had waked me from the fiendish dream,
O'ercome with sufferings strange and wild,
I wept as I had been a child ;

And having thus by tears subdued
My anguish to a milder mood,
Such punishments, I said, were due
To natures deepliest stained with sin, —
For aye entempesting anew
The unfathomable hell within,
The horror of their deeds to view,
To know and loathe, yet wish and do !
Such griefs with such men well agree,
But wherefore, wherefore fall on me ?
To be beloved is all I need,
And whom I love, I love indeed.

Kubla Khan
OR, A VISION IN A DREAM.
A FRAGMENT.

In Xanadu did Kubla Khan
A stately pleasure-dome decree :
Where Alph, the sacred river, ran
Through caverns measureless to man

Down to a sunless sea.
So twice five miles of fertile ground
With walls and towers were girdled round :
And there were gardens bright with sinuous rills,
Where blossomed many an incense-bearing tree ;
And here were forests ancient as the hills,
Enfolding sunny spots of greenery.
But oh ! that deep romantic chasm which slanted
Down the green hill athwart a cedarn cover !
A savage place ! as holy and enchanted
As e'er beneath a waning moon was haunted
By woman wailing for her demon-lover !
And from this chasm, with ceaseless turmoil seething,
As if this earth in fast thick pants were breathing,
A mighty fountain momently was forced :
Amid whose swift half-intermitted burst
Huge fragments vaulted like rebounding hail,
Or chaffy grain beneath the thresher's flail :
And 'mid these dancing rocks at once and ever
It flung up momently the sacred river.
Five miles meandering with a mazy motion
Through wood and dale the sacred river ran,
Then reached the caverns measureless to man,
And sank in tumult to a lifeless ocean :
And 'mid this tumult Kubla heard from far
Ancestral voices prophesying war !

The shadow of the dome of pleasure
Floated midway on the waves ;
Where was heard the mingled measure
From the fountain and the caves.

It was a miracle of rare device,
A sunny pleasure-dome with caves of ice !
A damsel with a dulcimer
In a vision once I saw :
It was an Abyssinian maid,
And on her dulcimer she played,
Singing of Mount Abora.
Could I revive within me
Her symphony and song,
To such a deep delight 'twould win me,

That with music loud and long,
I would build that dome in air,
That sunny dome ! those caves of ice !
And all who heard should see them there,
And all should cry, Beware ! Beware !
His flashing eyes, his floating hair !
Weave a circle round him thrice,
And close your eyes with holy dread,
For he on honey-dew hath fed,
And drunk the milk of Paradise.

The Rime of the Ancient Mariner

IN SEVEN PARTS

PART THE FIRST.

It is an ancient Mariner,
And he stoppeth one of three.
"By thy long grey beard and glittering eye,
Now wherefore stopp'st thou me?

"The Bridegroom's doors are opened wide,
And I am next of kin;
The guests are met, the feast is set:
May'st hear the merry din."

He holds him with his skinny hand,
"There was a ship," quoth he.
"Hold off! unhand me, grey-beard loon!"
Eftsoons his hand dropt he.

He holds him with his glittering eye —
The Wedding-Guest stood still,
And listens like a three years child:
The Mariner hath his will.

The Wedding-Guest sat on a stone:
He cannot chuse but hear;
And thus spake on that ancient man,
The bright-eyed Mariner.

"The ship was cheered, the harbour cleared,
Merrily did we drop
Below the kirk, below the hill,
Below the light-house top.

The Sun came up upon the left,
Out of the sea came he!
And he shone bright, and on the right
Went down into the sea.

Higher and higher every day,
Till over the mast at noon — "
The Wedding-Guest here beat his breast,
For he heard the loud bassoon.

The bride hath paced into the hall,
Red as a rose is she;
Nodding their heads before her goes
The merry minstrelsy.

The Wedding-Guest he beat his breast,
Yet he cannot chuse but hear;
And thus spake on that ancient man,
The bright-eyed Mariner.

"And now the STORM-BLAST came, and he
Was tyrannous and strong:
He struck with his o'ertaking wings,
And chased south along.

With sloping masts and dipping prow,
As who pursued with yell and blow
Still treads the shadow of his foe
And forward bends his head,
The ship drove fast, loud roared the blast,
And southward aye we fled.

And now there came both mist and snow,
And it grew wondrous cold:
And ice, mast-high, came floating by,
As green as emerald.

And through the drifts the snowy clifts
Did send a dismal sheen:
Nor shapes of men nor beasts we ken —
The ice was all between.

The ice was here, the ice was there,
The ice was all around:
It cracked and growled, and roared and howled,
Like noises in a swound!

At length did cross an Albatross:
Thorough the fog it came;
As if it had been a Christian soul,
We hailed it in God's name.

It ate the food it ne'er had eat,
And round and round it flew.
The ice did split with a thunder-fit;
The helmsman steered us through!

And a good south wind sprung up behind;
The Albatross did follow,
And every day, for food or play,
Came to the mariners' hollo!

In mist or cloud, on mast or shroud,
It perched for vespers nine;
Whiles all the night, through fog-smoke white,
Glimmered the white Moon-shine."

"God save thee, ancient Mariner!
From the fiends, that plague thee thus! —
Why look'st thou so?" — With my cross-bow
I shot the ALBATROSS.

PART THE SECOND.

The Sun now rose upon the right:
Out of the sea came he,
Still hid in mist, and on the left
Went down into the sea.

And the good south wind still blew behind
But no sweet bird did follow,
Nor any day for food or play
Came to the mariners' hollo!

And I had done an hellish thing,
And it would work 'em woe:

For all averred, I had killed the bird
That made the breeze to blow.
Ah wretch! said they, the bird to slay
That made the breeze to blow!

Nor dim nor red, like God's own head,
The glorious Sun uprist:
Then all averred, I had killed the bird
That brought the fog and mist.
'Twas right, said they, such birds to slay,
That bring the fog and mist.

The fair breeze blew, the white foam flew,
The furrow followed free:
We were the first that ever burst
Into that silent sea.

Down dropt the breeze, the sails dropt down,
'Twas sad as sad could be;
And we did speak only to break
The silence of the sea!

All in a hot and copper sky,
The bloody Sun, at noon,
Right up above the mast did stand,
No bigger than the Moon.

Day after day, day after day,
We stuck, nor breath nor motion;
As idle as a painted ship
Upon a painted ocean.

Water, water, every where,
And all the boards did shrink;
Water, water, every where,
Nor any drop to drink.

The very deep did rot: O Christ!
That ever this should be!
Yea, slimy things did crawl with legs
Upon the slimy sea.

About, about, in reel and rout
The death-fires danced at night;
The water, like a witch's oils,
Burnt green, and blue and white.

And some in dreams assured were
Of the spirit that plagued us so:
Nine fathom deep he had followed us
From the land of mist and snow.

And every tongue, through utter drought,
Was withered at the root;
We could not speak, no more than if
We had been choked with soot.

Ah! well a-day! what evil looks
Had I from old and young!
Instead of the cross, the Albatross
About my neck was hung.

PART THE THIRD.

There passed a weary time. Each throat
Was parched, and glazed each eye.
A weary time! a weary time!
How glazed each weary eye,
When looking westward, I beheld
A something in the sky.

At first it seemed a little speck,
And then it seemed a mist:
It moved and moved, and took at last
A certain shape, I wist.

A speck, a mist, a shape, I wist!
And still it neared and neared:
As if it dodged a water-sprite,
It plunged and tacked and veered.

With throats unslaked, with black lips baked,
We could not laugh nor wail;
Through utter drought all dumb we stood!
I bit my arm, I sucked the blood,
And cried, A sail! a sail!

With throats unslaked, with black lips baked,
Agape they heard me call:
Gramercy! they for joy did grin,
And all at once their breath drew in,
As they were drinking all.

See! see! (I cried) she tacks no more!
Hither to work us weal;
Without a breeze, without a tide,
She steadies with upright keel!

The western wave was all a-flame
The day was well nigh done!
Almost upon the western wave

Rested the broad bright Sun;
When that strange shape drove suddenly
Betwixt us and the Sun.

And straight the Sun was flecked with bars,
(Heaven's Mother send us grace!)
As if through a dungeon-grate he peered,
With broad and burning face.

Alas! (thought I, and my heart beat loud)
How fast she nears and nears!
Are those her sails that glance in the Sun,
Like restless gossameres!

Are those her ribs through which the Sun
Did peer, as through a grate?
And is that Woman all her crew?
Is that a DEATH? and are there two?
Is DEATH that woman's mate?

Her lips were red, her looks were free,
Her locks were yellow as gold:
Her skin was as white as leprosy,
The Night-Mare LIFE-IN-DEATH was she,
Who thicks man's blood with cold.

The naked hulk alongside came,
And the twain were casting dice;
"The game is done! I've won! I've won!"
Quoth she, and whistles thrice.

The Sun's rim dips; the stars rush out:
At one stride comes the dark;
With far-heard whisper, o'er the sea.
Off shot the spectre-bark.

We listened and looked sideways up!
Fear at my heart, as at a cup,
My life-blood seemed to sip!
The stars were dim, and thick the night,
The steersman's face by his lamp gleamed white;
From the sails the dew did drip —
Till clombe above the eastern bar
The horned Moon, with one bright star
Within the nether tip.

One after one, by the star-dogged Moon
Too quick for groan or sigh,
Each turned his face with a ghastly pang,
And cursed me with his eye.

Four times fifty living men,
(And I heard nor sigh nor groan)
With heavy thump, a lifeless lump,
They dropped down one by one.

The souls did from their bodies fly, —
They fled to bliss or woe!
And every soul, it passed me by,
Like the whizz of my CROSS-BOW!

PART THE FOURTH.

"I fear thee, ancient Mariner!
I fear thy skinny hand!
And thou art long, and lank, and brown,
As is the ribbed sea-sand.

"I fear thee and thy glittering eye,
And thy skinny hand, so brown." —
Fear not, fear not, thou Wedding-Guest!
This body dropt not down.

Alone, alone, all, all alone,
Alone on a wide wide sea!
And never a saint took pity on
My soul in agony.

The many men, so beautiful!
And they all dead did lie:
And a thousand thousand slimy things
Lived on; and so did I.

I looked upon the rotting sea,
And drew my eyes away;
I looked upon the rotting deck,
And there the dead men lay.

I looked to Heaven, and tried to pray:
But or ever a prayer had gusht,
A wicked whisper came, and made
my heart as dry as dust.

I closed my lids, and kept them close,
And the balls like pulses beat;
For the sky and the sea, and the sea and the sky
Lay like a load on my weary eye,
And the dead were at my feet.

The cold sweat melted from their limbs,
Nor rot nor reek did they:

The look with which they looked on me
Had never passed away.

An orphan's curse would drag to Hell
A spirit from on high;
But oh! more horrible than that
Is a curse in a dead man's eye!
Seven days, seven nights, I saw that curse,
And yet I could not die.

The moving Moon went up the sky,
And no where did abide:
Softly she was going up,
And a star or two beside.

Her beams bemocked the sultry main,
Like April hoar-frost spread;
But where the ship's huge shadow lay,
The charmed water burnt alway
A still and awful red.

Beyond the shadow of the ship,
I watched the water-snakes:
They moved in tracks of shining white,
And when they reared, the elfish light
Fell off in hoary flakes.

Within the shadow of the ship
I watched their rich attire:
Blue, glossy green, and velvet black,
They coiled and swam; and every track
Was a flash of golden fire.

O happy living things! no tongue
Their beauty might declare:
A spring of love gushed from my heart,
And I blessed them unaware:
Sure my kind saint took pity on me,
And I blessed them unaware.

The self same moment I could pray;
And from my neck so free
The Albatross fell off, and sank
Like lead into the sea.

PART THE FIFTH.

Oh sleep! it is a gentle thing,
Beloved from pole to pole!
To Mary Queen the praise be given!

She sent the gentle sleep from Heaven,
That slid into my soul.

The silly buckets on the deck,
That had so long remained,
I dreamt that they were filled with dew;
And when I awoke, it rained.

My lips were wet, my throat was cold,
My garments all were dank;
Sure I had drunken in my dreams,
And still my body drank.

I moved, and could not feel my limbs:
I was so light — almost
I thought that I had died in sleep,
And was a blessed ghost.

And soon I heard a roaring wind:
It did not come anear;
But with its sound it shook the sails,
That were so thin and sere.

The upper air burst into life!
And a hundred fire-flags sheen,
To and fro they were hurried about!
And to and fro, and in and out,
The wan stars danced between.

And the coming wind did roar more loud,
And the sails did sigh like sedge;
And the rain poured down from one black cloud;
The Moon was at its edge.

The thick black cloud was cleft, and still
The Moon was at its side:
Like waters shot from some high crag,
The lightning fell with never a jag,
A river steep and wide.

The loud wind never reached the ship,
Yet now the ship moved on!
Beneath the lightning and the Moon
The dead men gave a groan.

They groaned, they stirred, they all uprose,
Nor spake, nor moved their eyes;
It had been strange, even in a dream,
To have seen those dead men rise.

The helmsman steered, the ship moved on;

Yet never a breeze up blew;
The mariners all 'gan work the ropes,
Where they were wont to do:
They raised their limbs like lifeless tools —
We were a ghastly crew.

The body of my brother's son,
Stood by me, knee to knee:
The body and I pulled at one rope,
But he said nought to me.

"I fear thee, ancient Mariner!"
Be calm, thou Wedding-Guest!
'Twas not those souls that fled in pain,
Which to their corses came again,
But a troop of spirits blest:

For when it dawned — hey dropped their arms,
And clustered round the mast;
Sweet sounds rose slowly through their mouths,
And from their bodies passed.

Around, around, flew each sweet sound,
Then darted to the Sun;
Slowly the sounds came back again,
Now mixed, now one by one.

Sometimes a-dropping from the sky
I heard the sky-lark sing;
Sometimes all little birds that are,
How they seemed to fill the sea and air
With their sweet jargoning!

And now 'twas like all instruments,
Now like a lonely flute;
And now it is an angel's song,
That makes the Heavens be mute.

It ceased; yet still the sails made on
A pleasant noise till noon,
A noise like of a hidden brook
In the leafy month of June,
That to the sleeping woods all night
Singeth a quiet tune.

Till noon we quietly sailed on,
Yet never a breeze did breathe:
Slowly and smoothly went the ship,
Moved onward from beneath.

Under the keel nine fathom deep,

From the land of mist and snow,
The spirit slid: and it was he
That made the ship to go.
The sails at noon left off their tune,
And the ship stood still also.

The Sun, right up above the mast,
Had fixed her to the ocean:
But in a minute she 'gan stir,
With a short uneasy motion —
Backwards and forwards half her length
With a short uneasy motion.

Then like a pawing horse let go,
She made a sudden bound:
It flung the blood into my head,
And I fell down in a swound.

How long in that same fit I lay,
I have not to declare;
But ere my living life returned,
I heard and in my soul discerned
Two VOICES in the air.

"Is it he?" quoth one, "Is this the man?
By him who died on cross,
With his cruel bow he laid full low,
The harmless Albatross.

"The spirit who bideth by himself
In the land of mist and snow,
He loved the bird that loved the man
Who shot him with his bow."

The other was a softer voice,
As soft as honey-dew:
Quoth he, "The man hath penance done,
And penance more will do."

PART THE SIXTH.

FIRST VOICE.

"But tell me, tell me! speak again,
Thy soft response renewing —
What makes that ship drive on so fast?
What is the OCEAN doing?"

SECOND VOICE.

"Still as a slave before his lord,
The OCEAN hath no blast;
His great bright eye most silently
Up to the Moon is cast —

If he may know which way to go;
For she guides him smooth or grim
See, brother, see! how graciously
She looketh down on him."

   FIRST VOICE.

"But why drives on that ship so fast,
Without or wave or wind?"

   SECOND VOICE.

"The air is cut away before,
And closes from behind.

Fly, brother, fly! more high, more high
Or we shall be belated:
For slow and slow that ship will go,
When the Mariner's trance is abated."

I woke, and we were sailing on
As in a gentle weather:
'Twas night, calm night, the Moon was high;
The dead men stood together.

All stood together on the deck,
For a charnel-dungeon fitter:
All fixed on me their stony eyes,
That in the Moon did glitter.

The pang, the curse, with which they died,
Had never passed away:
I could not draw my eyes from theirs,
Nor turn them up to pray.

And now this spell was snapt: once more
I viewed the ocean green.
And looked far forth, yet little saw
Of what had else been seen —

Like one that on a lonesome road
Doth walk in fear and dread,
And having once turned round walks on,
And turns no more his head;
Because he knows, a frightful fiend
Doth close behind him tread.

But soon there breathed a wind on me,
Nor sound nor motion made:
Its path was not upon the sea,
In ripple or in shade.

It raised my hair, it fanned my cheek
Like a meadow-gale of spring —
It mingled strangely with my fears,
Yet it felt like a welcoming.

Swiftly, swiftly flew the ship,
Yet she sailed softly too:
Sweetly, sweetly blew the breeze —
On me alone it blew.

Oh! dream of joy! is this indeed
The light-house top I see?
Is this the hill? is this the kirk?
Is this mine own countree!

We drifted o'er the harbour-bar,
And I with sobs did pray —
O let me be awake, my God!
Or let me sleep alway.

The harbour-bay was clear as glass,
So smoothly it was strewn!
And on the bay the moonlight lay,
And the shadow of the moon.

The rock shone bright, the kirk no less,
That stands above the rock:
The moonlight steeped in silentness
The steady weathercock.

And the bay was white with silent light,
Till rising from the same,
Full many shapes, that shadows were,
In crimson colours came.

A little distance from the prow
Those crimson shadows were:
I turned my eyes upon the deck —
Oh, Christ! what saw I there!

Each corse lay flat, lifeless and flat,
And, by the holy rood!
A man all light, a seraph-man,
On every corse there stood.

This seraph band, each waved his hand:
It was a heavenly sight!
They stood as signals to the land,
Each one a lovely light:

This seraph-band, each waved his hand,
No voice did they impart —
No voice; but oh! the silence sank
Like music on my heart.

But soon I heard the dash of oars;
I heard the Pilot's cheer;
My head was turned perforce away,
And I saw a boat appear.

The Pilot, and the Pilot's boy,
I heard them coming fast:
Dear Lord in Heaven! it was a joy
The dead men could not blast.

I saw a third — I heard his voice:
It is the Hermit good!
He singeth loud his godly hymns
That he makes in the wood.
He'll shrieve my soul, he'll wash away
The Albatross's blood.

PART THE SEVENTH.

This Hermit good lives in that wood
Which slopes down to the sea.
How loudly his sweet voice he rears!
He loves to talk with marineres
That come from a far countree.

He kneels at morn and noon and eve —
He hath a cushion plump:
It is the moss that wholly hides
The rotted old oak-stump.

The skiff-boat neared: I heard them talk,
"Why this is strange, I trow!
Where are those lights so many and fair,
That signal made but now?"

"Strange, by my faith!" the Hermit said —
"And they answered not our cheer!
The planks looked warped! and see those sails,
How thin they are and sere!

I never saw aught like to them,
Unless perchance it were

"Brown skeletons of leaves that lag
My forest-brook along;
When the ivy-tod is heavy with snow,
And the owlet whoops to the wolf below,
That eats the she-wolf's young."

"Dear Lord! it hath a fiendish look —
(The Pilot made reply)
I am a-feared" — "Push on, push on!"
Said the Hermit cheerily.

The boat came closer to the ship,
But I nor spake nor stirred;
The boat came close beneath the ship,
And straight a sound was heard.

Under the water it rumbled on,
Still louder and more dread:
It reached the ship, it split the bay;
The ship went down like lead.

Stunned by that loud and dreadful sound,
Which sky and ocean smote,
Like one that hath been seven days drowned
My body lay afloat;
But swift as dreams, myself I found
Within the Pilot's boat.

Upon the whirl, where sank the ship,
The boat spun round and round;
And all was still, save that the hill
Was telling of the sound.

I moved my lips — the Pilot shrieked
And fell down in a fit;
The holy Hermit raised his eyes,
And prayed where he did sit.

I took the oars: the Pilot's boy,
Who now doth crazy go,
Laughed loud and long, and all the while
His eyes went to and fro.
"Ha! ha!" quoth he, "full plain I see,
The Devil knows how to row."

And now, all in my own countree,
I stood on the firm land!
The Hermit stepped forth from the boat,

And scarcely he could stand.

"O shrieve me, shrieve me, holy man!"
The Hermit crossed his brow.
"Say quick," quoth he, "I bid thee say —
What manner of man art thou?"

Forthwith this frame of mine was wrenched
With a woeful agony,
Which forced me to begin my tale;
And then it left me free.

Since then, at an uncertain hour,
That agony returns;
And till my ghastly tale is told,
This heart within me burns.

I pass, like night, from land to land;
I have strange power of speech;
That moment that his face I see,
I know the man that must hear me:
To him my tale I teach.

What loud uproar bursts from that door!
The wedding-guests are there:
But in the garden-bower the bride
And bride-maids singing are:
And hark the little vesper bell,
Which biddeth me to prayer!

O Wedding-Guest! this soul hath been
Alone on a wide wide sea:
So lonely 'twas, that God himself
Scarce seemed there to be.

O sweeter than the marriage-feast,
'Tis sweeter far to me,
To walk together to the kirk
With a goodly company! —

To walk together to the kirk,
And all together pray,
While each to his great Father bends,
Old men, and babes, and loving friends,
And youths and maidens gay!

Farewell, farewell! but this I tell
To thee, thou Wedding-Guest!
He prayeth well, who loveth well
Both man and bird and beast.

He prayeth best, who loveth best
All things both great and small;
For the dear God who loveth us
He made and loveth all.

The Mariner, whose eye is bright,
Whose beard with age is hoar,
Is gone: and now the Wedding-Guest
Turned from the bridegroom's door.

He went like one that hath been stunned,
And is of sense forlorn:
A sadder and a wiser man,
He rose the morrow morn.

Christabel

PART I

'Tis the middle of night by the castle clock,
And the owls have awakened the crowing cock ;
Tu — whit ! —— Tu — whoo !
And hark, again ! the crowing cock,
How drowsily it crew.
Sir Leoline, the Baron rich,
Hath a toothless mastiff bitch ;
From her kennel beneath the rock
She maketh answer to the clock,
Four for the quarters, and twelve for the hour ;
Ever and aye, by shine and shower,
Sixteen short howls, not over loud ;
Some say, she sees my lady's shroud.
Is the night chilly and dark ?
The night is chilly, but not dark.
The thin gray cloud is spread on high,
It covers but not hides the sky.
The moon is behind, and at the full ;
And yet she looks both small and dull.
The night is chill, the cloud is gray :
'Tis a month before the month of May,
And the Spring comes slowly up this way.
The lovely lady, Christabel,
Whom her father loves so well,
What makes her in the wood so late,
A furlong from the castle gate ?
She had dreams all yesternight
Of her own betrothed knight ;
And she in the midnight wood will pray
For the weal of her lover that's far away.

She stole along, she nothing spoke,
The sighs she heaved were soft and low,
And naught was green upon the oak
But moss and rarest misletoe :
She kneels beneath the huge oak tree,
And in silence prayeth she.
The lady sprang up suddenly,
The lovely lady, Christabel !
It moaned as near, as near can be,
But what it is she cannot tell. —
On the other side it seems to be,
Of the huge, broad-breasted, old oak tree.
The night is chill ; the forest bare ;
Is it the wind that moaneth bleak ?
There is not wind enough in the air
To move away the ringlet curl
From the lovely lady's cheek —
There is not wind enough to twirl
The one red leaf, the last of its clan,
That dances as often as dance it can,
Hanging so light, and hanging so high,
On the topmost twig that looks up at the sky.
Hush, beating heart of Christabel !
Jesu, Maria, shield her well !
She folded her arms beneath her cloak,
And stole to the other side of the oak.
What sees she there ?
There she sees a damsel bright,
Dressed in a silken robe of white,
That shadowy in the moonlight shone :
The neck that made that white robe wan,
Her stately neck, and arms were bare ;
Her blue-veined feet unsandal'd were ;
And wildly glittered here and there
The gems entangled in her hair.
I guess, 'twas frightful there to see
A lady so richly clad as she —
Beautiful exceedingly !
Mary mother, save me now !
(Said Christabel,) And who art thou ?
The lady strange made answer meet,
And her voice was faint and sweet : —
Have pity on my sore distress,
I scarce can speak for weariness :
Stretch forth thy hand, and have no fear !
Said Christabel, How camest thou here ?
And the lady, whose voice was faint and sweet,
Did thus pursue her answer meet : —
My sire is of a noble line,
And my name is Geraldine :
Five warriors seized me yestermorn,

Me, even me, a maid forlorn :
They choked my cries with force and fright,
And tied me on a palfrey white.
The palfrey was as fleet as wind,
And they rode furiously behind.
They spurred amain, their steeds were white :
And once we crossed the shade of night.
As sure as Heaven shall rescue me,
I have no thought what men they be ;
Nor do I know how long it is
(For I have lain entranced, I wis)
Since one, the tallest of the five,
Took me from the palfrey's back,
A weary woman, scarce alive.
Some muttered words his comrades spoke :
He placed me underneath this oak ;
He swore they would return with haste ;
Whither they went I cannot tell —
I thought I heard, some minutes past,
Sounds as of a castle bell.
Stretch forth thy hand (thus ended she),
And help a wretched maid to flee.
Then Christabel stretched forth her hand,
And comforted fair Geraldine :
O well, bright dame ! may you command
The service of Sir Leoline ;
And gladly our stout chivalry
Will he send forth and friends withal
To guide and guard you safe and free
Home to your noble father's hall.
She rose : and forth with steps they passed
That strove to be, and were not, fast.
Her gracious stars the lady blest,
And thus spake on sweet Christabel :
All our household are at rest,
The hall is silent as the cell ;
Sir Leoline is weak in health,
And may not well awakened be,
But we will move as if in stealth,
And I beseech your courtesy,
This night, to share your couch with me.
They crossed the moat, and Christabel
Took the key that fitted well ;
A little door she opened straight,
All in the middle of the gate ;
The gate that was ironed within and without,
Where an army in battle array had marched out.
The lady sank, belike through pain,
And Christabel with might and main
Lifted her up, a weary weight,
Over the threshold of the gate :

Then the lady rose again,
And moved, as she were not in pain.
So free from danger, free from fear,
They crossed the court : right glad they were.
And Christabel devoutly cried
To the Lady by her side,
Praise we the Virgin all divine
Who hath rescued thee from thy distress !
Alas, alas ! said Geraldine,
I cannot speak for weariness.
So free from danger, free from fear,
They crossed the court : right glad they were.
Outside her kennel, the mastiff old
Lay fast asleep, in moonshine cold.
The mastiff old did not awake,
Yet she an angry moan did make !
And what can ail the mastiff bitch ?
Never till now she uttered yell
Beneath the eye of Christabel.
Perhaps it is the owlet's scritch :
For what can aid the mastiff bitch ?
They passed the hall, that echoes still,
Pass as lightly as you will !
The brands were flat, the brands were dying,
Amid their own white ashes lying ;
But when the lady passed, there came
A tongue of light, a fit of flame ;
And Christabel saw the lady's eye,
And nothing else saw she thereby,
Save the boss of the shield of Sir Leoline tall,
Which hung in a murky old niche in the wall.
O softly tread, said Christabel,
My father seldom sleepeth well.
Sweet Christabel her feet doth bare,
And jealous of the listening air
They steal their way from stair to stair,
Now in glimmer, and now in gloom,
And now they pass the Baron's room,
As still as death, with stifled breath !
And now have reached her chamber door ;
And now doth Geraldine press down
The rushes of the chamber floor.
The moon shines dim in the open air,
And not a moonbeam enters here.
But they without its light can see
The chamber carved so curiously,
Carved with figures strange and sweet,
All made out of the carver's brain,
For a lady's chamber meet :
The lamp with twofold silver chain
Is fastened to an angel's feet.

The silver lamp burns dead and dim ;
But Christabel the lamp will trim.
She trimmed the lamp, and made it bright,
And left it swinging to and fro,
While Geraldine, in wretched plight,
Sank down upon the floor below.
O weary lady, Geraldine,
I pray you, drink this cordial wine !
It is a wine of virtuous powers ;
My mother made it of wild flowers.
And will your mother pity me,
Who am a maiden most forlorn ?
Christabel answered — Woe is me !
She died the hour that I was born.
I have heard the gray-haired friar tell
How on her death-bed she did say,
That she should hear the castle-bell
Strike twelve upon my wedding-day.
O mother dear ! that thou wert here !
I would, said Geraldine, she were !
But soon with altered voice, said she —
`Off, wandering mother ! Peak and pine !
I have power to bid thee flee.'
Alas ! what ails poor Geraldine ?
Why stares she with unsettled eye ?
Can she the bodiless dead espy ?
And why with hollow voice cries she,
`Off, woman, off ! this hour is mine —
Though thou her guardian spirit be,
Off, woman. off ! 'tis given to me.'
Then Christabel knelt by the lady's side,
And raised to heaven her eyes so blue —
Alas ! said she, this ghastly ride —
Dear lady ! it hath wildered you !
The lady wiped her moist cold brow,
And faintly said, `'Tis over now !'
Again the wild-flower wine she drank :
Her fair large eyes 'gan glitter bright,
And from the floor whereon she sank,
The lofty lady stood upright :
She was most beautiful to see,
Like a lady of a far countree.
And thus the lofty lady spake —
`All they who live in the upper sky,
Do love you, holy Christabel !
And you love them, and for their sake
And for the good which me befel,
Even I in my degree will try,
Fair maiden, to requite you well.
But now unrobe yourself ; for I
Must pray, ere yet in bed I lie.'

Quoth Christabel, So let it be !
And as the lady bade, did she.
Her gentle limbs did she undress
And lay down in her loveliness.
But through her brain of weal and woe
So many thoughts moved to and fro,
That vain it were her lids to close ;
So half-way from the bed she rose,
And on her elbow did recline
To look at the lady Geraldine.
Beneath the lamp the lady bowed,
And slowly rolled her eyes around ;
Then drawing in her breath aloud,
Like one that shuddered, she unbound
The cincture from beneath her breast :
Her silken robe, and inner vest,
Dropt to her feet, and full in view,
Behold ! her bosom, and half her side —
A sight to dream of, not to tell !
O shield her ! shield sweet Christabel !
Yet Geraldine nor speaks nor stirs ;
Ah ! what a stricken look was hers !
Deep from within she seems half-way
To lift some weight with sick assay,
And eyes the maid and seeks delay ;
Then suddenly as one defied
Collects herself in scorn and pride,
And lay down by the Maiden's side ! —
And in her arms the maid she took,
Ah wel-a-day !
And with low voice and doleful look
These words did say :
`In the touch of this bosom there worketh a spell,
Which is lord of thy utterance, Christabel !
Thou knowest to-night, and wilt know to-morrow
This mark of my shame, this seal of my sorrow ;
But vainly thou warrest,
For this is alone in
Thy power to declare,
That in the dim forest
Thou heard'st a low moaning,
And found'st a bright lady, surpassingly fair ;
And didst bring her home with thee in love and in charity,
To shield her and shelter her from the damp air.'

THE CONCLUSION TO PART I

It was a lovely sight to see
The lady Christabel, when she
Was praying at the old oak tree.
Amid the jagged shadows

Of mossy leafless boughs,
Kneeling in the moonlight,
To make her gentle vows ;
Her slender palms together prest,
Heaving sometimes on her breast ;
Her face resigned to bliss or bale —
Her face, oh call it fair not pale,
And both blue eyes more bright than clear.
Each about to have a tear.
With open eyes (ah, woe is me !)
Asleep, and dreaming fearfully,
Fearfully dreaming, yet, I wis,
Dreaming that alone, which is —
O sorrow and shame ! Can this be she,
The lady, who knelt at the old oak tree ?
And lo ! the worker of these harms,
That holds the maiden in her arms,
Seems to slumber still and mild,
As a mother with her child.
A star hath set, a star hath risen,
O Geraldine ! since arms of thine
Have been the lovely lady's prison.
O Geraldine ! one hour was thine —
Thou'st had thy will ! By tairn and rill,
The night-birds all that hour were still.
But now they are jubilant anew,
From cliff and tower, tu — whoo ! tu — whoo !
Tu — whoo ! tu — whoo ! from wood and fell !
And see ! the lady Christabel
Gathers herself from out her trance ;
Her limbs relax, her countenance
Grows sad and soft ; the smooth thin lids
Close o'er her eyes ; and tears she sheds —
Large tears that leave the lashes bright !
And oft the while she seems to smile
As infants at a sudden light !
Yea, she doth smile, and she doth weep,
Like a youthful hermitess,
Beauteous in a wilderness,
Who, praying always, prays in sleep.
And, if she move unquietly,
Perchance, 'tis but the blood so free
Comes back and tingles in her feet.
No doubt, she hath a vision sweet.
What if her guardian spirit 'twere,
What if she knew her mother near ?
But this she knows, in joys and woes,
That saints will aid if men will call :
For the blue sky bends over all !

PART II

Each matin bell, the Baron saith,
Knells us back to a world of death.
These words Sir Leoline first said,
When he rose and found his lady dead :
These words Sir Leoline will say
Many a morn to his dying day !
And hence the custom and law began
That still at dawn the sacristan,
Who duly pulls the heavy bell,
Five and forty beads must tell
Between each stroke — a warning knell,
Which not a soul can choose but hear
From Bratha Head to Wyndermere.
Saith Bracy the bard, So let it knell !
And let the drowsy sacristan
Still count as slowly as he can !
There is no lack of such, I ween,
As well fill up the space between.
In Langdale Pike and Witch's Lair,
And Dungeon-ghyll so foully rent,
With ropes of rock and bells of air
Three sinful sextons' ghosts are pent,
Who all give back, one after t'other,
The death-note to their living brother ;
And oft too, by the knell offended,
Just as their one ! two ! three ! is ended,
The devil mocks the doleful tale
With a merry peal from Borrowdale.
The air is still ! through mist and cloud
That merry peal comes ringing loud ;
And Geraldine shakes off her dread,
And rises lightly from the bed ;
Puts on her silken vestments white,
And tricks her hair in lovely plight,
And nothing doubting of her spell
Awakens the lady Christabel.
`Sleep you, sweet lady Christabel ?
I trust that you have rested well.'
And Christabel awoke and spied
The same who lay down by her side —
O rather say, the same whom she
Raised up beneath the old oak tree !
Nay, fairer yet ! and yet more fair !
For she belike hath drunken deep
Of all the blessedness of sleep !
And while she spake, her looks, her air
Such gentle thankfulness declare,
That (so it seemed) her girded vests
Grew tight beneath her heaving breasts.

`Sure I have sinn'd !' said Christabel,
`Now heaven be praised if all be well !'
And in low faltering tones, yet sweet,
Did she the lofty lady greet
With such perplexity of mind
As dreams too lively leave behind.
So quickly she rose, and quickly arrayed
Her maiden limbs, and having prayed
That He, who on the cross did groan,
Might wash away her sins unknown,
She forthwith led fair Geraldine
To meet her sire, Sir Leoline.
The lovely maid and the lady tall
Are pacing both into the hall,
And pacing on through page and groom,
Enter the Baron's presence-room.
The Baron rose, and while he prest
His gentle daughter to his breast,
With cheerful wonder in his eyes
The lady Geraldine espies,
And gave such welcome to the same,
As might beseem so bright a dame !
But when he heard the lady's tale,
And when she told her father's name,
Why waxed Sir Leoline so pale,
Murmuring o'er the name again,
Lord Roland de Vaux of Tryermaine ?
Alas ! they had been friends in youth ;
But whispering tongues can poison truth ;
And constancy lives in realms above ;
And life is thorny ; and youth is vain ;
And to be wroth with one we love,
Doth work like madness in the brain.
And thus it chanced, as I divine,
With Roland and Sir Leoline.
Each spake words of high disdain
And insult to his heart's best brother :
They parted — ne'er to meet again !
But never either found another
To free the hollow heart from paining —
They stood aloof, the scars remaining,
Like cliffs which had been rent asunder ;
A dreary sea now flows between ; —
But neither heat, nor frost, nor thunder,
Shall wholly do away, I ween,
The marks of that which once hath been.
Sir Leoline, a moment's space,
Stood gazing on the damsel's face :
And the youthful Lord of Tryermaine
Came back upon his heart again.
O then the Baron forgot his age,

His noble heart swelled high with rage ;
He swore by the wounds in Jesu's side,
He would proclaim it far and wide
With trump and solemn heraldry,
That they, who thus had wronged the dame,
Were base as spotted infamy !
`And if they dare deny the same,
My herald shall appoint a week,
And let the recreant traitors seek
My tourney court — that there and then
I may dislodge their reptile souls
From the bodies and forms of men !'
He spake : his eye in lightning rolls !
For the lady was ruthlessly seized ; and he kenned
In the beautiful lady the child of his friend !
And now the tears were on his face,
And fondly in his arms he took
Fair Geraldine, who met the embrace,
Prolonging it with joyous look.
Which when she viewed, a vision fell
Upon the soul of Christabel,
The vision of fear, the touch and pain !
She shrunk and shuddered, and saw again —
(Ah, woe is me ! Was it for thee,
Thou gentle maid ! such sights to see ?)
Again she saw that bosom old,
Again she felt that bosom cold,
And drew in her breath with a hissing sound :
Whereat the Knight turned wildly round,
And nothing saw, but his own sweet maid
With eyes upraised, as one that prayed.
The touch, the sight, had passed away,
And in its stead that vision blest,
Which comforted her after-rest.
While in the lady's arms she lay,
Had put a rapture in her breast,
And on her lips and o'er her eyes
Spread smiles like light !
  With new surprise,
`What ails then my beloved child ?'
The Baron said — His daughter mild
Made answer, `All will yet be well !'
I ween, she had no power to tell
Aught else : so mighty was the spell.
Yet he, who saw this Geraldine,
Had deemed her sure a thing divine :
Such sorrow with such grace she blended,
As if she feared she had offended
Sweet Christabel, that gentle maid !
And with such lowly tones she prayed,
She might be sent without delay

Home to her father's mansion.
    `Nay !
Nay, by my soul !' said Leoline.
`Ho ! Bracy the bard, the charge be thine !
Go thou, with music sweet and loud,
And take two steeds with trappings proud,
And take the youth whom thou lov'st best
To bear thy harp, and learn thy song,
And clothe you both in solemn vest,
And over the mountains haste along,
Lest wandering folk, that are abroad,
Detain you on the valley road.
`And when he has crossed the Irthing flood,
My merry bard ! he hastes, he hastes
Up Knorren Moor, through Halegarth Wood,
And reaches soon that castle good
Which stands and threatens Scotland's wastes.
`Bard Bracy ! bard Bracy ! your horses are fleet,
Ye must ride up the hall, your music so sweet,
More loud than your horses' echoing feet !
And loud and loud to Lord Roland call,
Thy daughter is safe in Langdale hall !
Thy beautiful daughter is safe and free —
Sir Leoline greets thee thus through me !
He bids thee come without delay
With all thy numerous array
And take thy lovely daughter home :
And he will meet thee on the way
With all his numerous array
White with their panting palfreys' foam :
And, by mine honour ! I will say,
That I repent me of the day
When I spake words of fierce disdain
To Roland de Vaux of Tryermaine ! —
— For since that evil hour hath flown,
Many a summer's sun hath shone ;
Yet ne'er found I a friend again
Like Roland de Vaux of Tryermaine.'
The lady fell, and clasped his knees,
Her face upraised, her eyes o'erflowing ;
And Bracy replied, with faltering voice,
His gracious hail on all bestowing ! —
`Thy words, thou sire of Christabel,
Are sweeter than my harp can tell ;
Yet might I gain a boon of thee,
This day my journey should not be,
So strange a dream hath come to me,
That I had vowed with music loud
To clear yon wood from thing unblest,
Warned by a vision in my rest !
For in my sleep I saw that dove,

That gentle bird, whom thou dost love,
And call'st by thy own daughter's name —
Sir Leoline ! I saw the same
Fluttering, and uttering fearful moan,
Among the green herbs in the forest alone.
Which when I saw and when I heard,
I wonder'd what might ail the bird ;
For nothing near it could I see,
Save the grass and herbs underneath the old tree.
`And in my dream methought I went
To search out what might there be found ;
And what the sweet bird's trouble meant,
That thus lay fluttering on the ground.
I went and peered, and could descry
No cause for her distressful cry ;
But yet for her dear lady's sake
I stooped, methought, the dove to take,
When lo ! I saw a bright green snake
Coiled around its wings and neck.
Green as the herbs on which it couched,
Close by the dove's its head it crouched ;
And with the dove it heaves and stirs,
Swelling its neck as she swelled hers !
I woke ; it was the midnight hour,
The clock was echoing in the tower ;
But though my slumber was gone by,
This dream it would not pass away —
It seems to live upon my eye !
And thence I vowed this self-same day,
With music strong and saintly song
To wander through the forest bare,
Lest aught unholy loiter there.'
Thus Bracy said : the Baron, the while,
Half-listening heard him with a smile ;
Then turned to Lady Geraldine,
His eyes made up of wonder and love ;
And said in courtly accents fine,
`Sweet maid, Lord Roland's beauteous dove,
With arms more strong than harp or song,
Thy sire and I will crush the snake !'
He kissed her forehead as he spake,
And Geraldine in maiden wise,
Casting down her large bright eyes,
With blushing cheek and courtesy fine
She turned her from Sir Leoline ;
Softly gathering up her train,
That o'er her right arm fell again ;
And folded her arms across her chest,
And couched her head upon her breast,
And looked askance at Christabel —
Jesu, Maria, shield her well !

A snake's small eye blinks dull and shy ;
And the lady's eyes they shrunk in her head,
Each shrunk up to a serpent's eye,
And with somewhat of malice, and more of dread,
At Christabel she looked askance ! —
One moment — and the sight was fled !
But Christabel in dizzy trance
Stumbling on the unsteady ground
Shuddered aloud, with a hissing sound ;
And Geraldine again turned round,
And like a thing, that sought relief,
Full of wonder and full of grief,
She rolled her large bright eyes divine
Wildly on Sir Leoline.
The maid, alas ! her thoughts are gone,
She nothing sees — no sight but one !
The maid, devoid of guile and sin,
I know not how, in fearful wise,
So deeply had she drunken in
That look, those shrunken serpent eyes,
That all her features were resigned
To this sole image in her mind :
And passively did imitate
That look of dull and treacherous hate !
And thus she stood, in dizzy trance,
Still picturing that look askance
With forced unconscious sympathy
Full before her father's view —
As far as such a look could be
In eyes so innocent and blue !
And when the trance was o'er, the maid
Paused awhile, and inly prayed :
Then falling at the Baron's feet,
`By my mother's soul do I entreat
That thou this woman send away !'
She said : and more she could not say :
For what she knew she could not tell,
O'er-mastered by the mighty spell.
Why is thy cheek so wan and wild,
Sir Leoline ? Thy only child
Lies at thy feet, thy joy, thy pride,
So fair, so innocent, so mild ;
The same, for whom thy lady died !
O by the pangs of her dear mother
Think thou no evil of thy child !
For her, and thee, and for no other,
She prayed the moment ere she died :
Prayed that the babe for whom she died,
Might prove her dear lord's joy and pride !
That prayer her deadly pangs beguiled,
Sir Leoline !

And wouldst thou wrong thy only child,
Her child and thine ?
Within the Baron's heart and brain
If thoughts, like these, had any share,
They only swelled his rage and pain,
And did but work confusion there.
His heart was cleft with pain and rage,
His cheeks they quivered, his eyes were wild,
Dishonored thus in his old age ;
Dishonored by his only child,
And all his hospitality
To the wronged daughter of his friend
By more than woman's jealousy
Brought thus to a disgraceful end —
He rolled his eye with stern regard
Upon the gentle ministrel bard,
And said in tones abrupt, austere —
`Why, Bracy ! dost thou loiter here ?
I bade thee hence !' The bard obeyed ;
And turning from his own sweet maid,
The aged knight, Sir Leoline,
Led forth the lady Geraldine !

THE CONCLUSION TO PART II
A little child, a limber elf,
Singing, dancing to itself,
A fairy thing with red round cheeks,
That always finds, and never seeks,
Makes such a vision to the sight
As fills a father's eyes with light ;
And pleasures flow in so thick and fast
Upon his heart, that he at last
Must needs express his love's excess
With words of unmeant bitterness.
Perhaps 'tis pretty to force together
Thoughts so all unlike each other ;
To mutter and mock a broken charm,
To dally with wrong that does no harm.
Perhaps 'tis tender too and pretty
At each wild word to feel within
A sweet recoil of love and pity.
And what, if in a world of sin
(O sorrow and shame should this be true !)
Such giddiness of heart and brain
Comes seldom save from rage and pain,
So talks as it's most used to do.

Biographia Literaria (Excerpt)

CHAPTER XIII

The Imagination then I consider either as primary, or
secondary. The primary Imagination I hold to be the living
power and prime agent of all human perception, and as a
repetition in the finite mind of the eternal act of creation in
the infinite I AM. The secondary Imagination I consider as
an echo of the former, co-existing with the conscious will,
yet still as identical with the primary in the kind of its
agency, and differing only in degree, and in the mode of
its operation. It dissolves, diffuses, dissipates, in order to
recreate: or where this process is rendered impossible, yet
still at all events it struggles to idealize and to unify. It is
essentially vital, even as all objects (as objects) are essen-
tially fixed and dead.

FANCY, on the contrary, has no other counters to play
with, but fixities and definites. The fancy is indeed no
other than a mode of memory emancipated from the order
of time and space; while it is blended with, and modified
by that empirical phaenomenon of the will, which we
express by the word Choice. But equally with the ordinary
memory the Fancy must receive all its materials ready
made from the law of association.

CHAPTER XIV

Occasion of the Lyrical Ballads, and the objects origi-
nally proposed — Preface to the second edition — The
ensuing controversy, its causes and acrimony —
Philosophic definitions of a Poem and Poetry with scholia.

During the first year that Mr. Wordsworth and I were
neighbours, our conversations turned frequently on the two
cardinal points of poetry, the power of exciting the sympa-
thy of the reader by a faithful adherence to the truth of
nature, and the power of giving the interest of novelty by
the modifying colours of imagination. The sudden charm,
which accidents of light and shade, which moon-light or
sunset diffused over a known and familiar landscape,
appeared to represent
the practicability of combining both. These are the poetry
of nature. The thought suggested itself--(to which of us I
do not recollect) — that a series of poems might be com-
posed of two sorts. In the one, the incidents and agents
were to be, in part at least, supernatural; and the excellence
aimed at was to consist in the interesting of the affections

by the dramatic truth of such emotions, as would naturally accompany such situations, supposing them real. And real in this sense they have been to every human being who, from whatever source of delusion, has at any time believed himself under supernatural agency. For the second class, subjects were to be chosen from ordinary life; the characters and incidents were to be such as will be found in every village and its vicinity, where there is a meditative and feeling mind to seek after them, or to notice them, when they present themselves.

In this idea originated the plan of the LYRICAL BALLADS; in which it was agreed, that my endeavours should be directed to persons and characters supernatural, or at least romantic; yet so as to transfer from our inward nature a human interest and a semblance of truth sufficient to procure for these shadows of imagination that willing suspension of disbelief for the moment, which constitutes poetic faith. Mr. Wordsworth, on the other hand, was to propose to himself as his object, to give the charm of novelty to things of every day, and to excite a feeling analogous to the supernatural, by awakening the mind's attention to the lethargy of custom, and directing it to the loveliness and the wonders of the world before us; an inexhaustible treasure, but for which, in consequence of the film of familiarity and selfish solicitude, we have eyes, yet see not, ears that hear not, and hearts that neither feel nor understand.

With this view I wrote THE ANCIENT MARINER, and was preparing among other poems, THE DARK LADIE, and the CHRISTABEL, in which I should have more nearly realized my ideal, than I had done in my first attempt. But Mr. Wordsworth's industry had proved so much more successful, and the number of his poems so much greater, that my compositions, instead of forming a balance, appeared rather an interpolation of heterogeneous matter. Mr. Wordsworth added two or three poems written in his own character, in the impassioned, lofty, and sustained diction, which is characteristic of his genius. In this form the LYRICAL BALLADS were published; and were presented by him, as an experiment, whether subjects, which from their nature rejected the usual ornaments and extra-colloquial style of poems in general, might not be so managed in the language of ordinary life as to produce the pleasurable interest, which it is the peculiar business of poetry to impart. To the second edition he added a preface of considerable length; in which, notwithstanding some passages of apparently a contrary import, he was understood to contend for the extension of this style to poetry of all kinds, and to reject as vicious and indefensible all phrases and forms of speech that were not included in

what he (unfortunately, I think, adopting an equivocal expression)called the language of real life. From this preface, prefixed to poems in which it was impossible to deny the presence of original genius,
however mistaken its direction might be deemed, arose the whole long- continued controversy. For from the conjunction of perceived power with supposed heresy I explain the inveteracy and in some instances, I grieve to say, the acrimonious passions, with which the controversy has been conducted by the assailants.

Had Mr. Wordsworth's poems been the silly, the childish things, which they were for a long time described as being had they been really distinguished from the compositions of other poets merely by meanness of language and inanity of thought; had they indeed contained nothing more than what is found in the parodies and pretended imitations of them; they must have sunk at once, a dead weight, into the slough of oblivion, and have dragged the preface along with them. But year after year increased the number of Mr. Wordsworth's admirers. They were found too not in the lower classes of the reading public, but chiefly among young men of strong sensibility and meditative minds; and their admiration (inflamed perhaps in some degree by opposition) was distinguished by its intensity, I might almost say, by its religious fervour. These facts, and the intellectual energy of the author, which was more or less consciously felt, where it was outwardly and even boisterously denied, meeting with sentiments of aversion to his opinions, and of alarm at their consequences, produced an eddy of criticism, which would of itself have borne up the poems by the violence with which it whirled them round and round. With many parts of this preface in the sense attributed to them and which the words undoubtedly seem to authorize, I never concurred; but on the contrary objected to them as erroneous in principle, and as contradictory (in appearance at least) both to other parts of the same preface, and to the author's own practice in the greater part of the poems themselves. Mr. Wordsworth in his recent collection has, I find, degraded this prefatory disquisition to the end of his second volume, to be read or not at the reader's choice. But he has not, as far as I can discover, announced any change in his poetic creed. At all events, considering it as the source of a controversy, in which I have been honoured more than I deserve by the frequent conjunction of my name with his, I think it expedient to declare once for all, in what points I coincide with the opinions supported in that preface, and in what points I altogether differ. But in order to render myself intelligible I must previously, in as few words as possible, explain my views, first, of a Poem; and secondly, of Poetry itself, in kind, and in essence.

The office of philosophical disquisition consists in just distinction; while it is the privilege of the philosopher to preserve himself constantly aware, that distinction is not division. In order to obtain adequate notions of any truth, we must intellectually separate its distinguishable parts; and this is the technical process of philosophy. But having so done, we must then restore them in our conceptions to the unity, in which they actually co-exist; and this is the result of philosophy. A poem contains the same elements as a prose composition; the difference therefore must consist in a different combination of them, in consequence of a different object being proposed. According to the difference of the object will be the difference of the combination. It is possible, that the object may be merely to facilitate the recollection of any given facts or observations by artificial arrangement; and the composition will be a poem, merely because it is distinguished from prose by metre, or by rhyme, or by both conjointly. In this, the lowest sense, a man might attribute the name of a poem to the well-known enumeration of the days in the several months;

"Thirty days hath September,
April, June, and November," etc.

and others of the same class and purpose. And as a particular pleasure is found in anticipating the recurrence of sounds and quantities, all compositions that have this charm super-added, whatever be their contents, may be entitled poems.

So much for the superficial form. A difference of object and contents supplies an additional ground of distinction. The immediate purpose may be the communication of truths; either of truth absolute and demonstrable, as in works of science; or of facts experienced and recorded, as in history. Pleasure, and that of the highest and most permanent kind, may result from the attainment of the end; but it is not itself the immediate end. In other works the communication of pleasure may be the immediate purpose; and though truth, either moral or intellectual, ought to be the ultimate end, yet this will distinguish the character of the author, not the class to which the work belongs. Blest indeed is that state of society, in which the immediate purpose would be baffled by the perversion of the proper ultimate end; in which no charm of diction or imagery could exempt the BATHYLLUS even of an Anacreon, or the ALEXIS of Virgil, from disgust and aversion!

But the communication of pleasure may be the immediate object of a work not metrically composed; and that object may have been in a high degree attained, as in novels and romances. Would then the mere superaddition of metre, with or without rhyme, entitle these to the name of poems? The answer is, that nothing can permanently please, which does not contain in itself the reason why it is so, and not otherwise. If metre be superadded, all other parts must be made consonant with it. They must be such, as to justify the perpetual and distinct attention to each part, which an exact correspondent recurrence of accent and sound are calculated to excite. The final definition then, so deduced, may be thus worded. A poem is that species of composition, which is opposed to works of science, by proposing for its immediate object pleasure, not truth; and from all other species — (having this object in common with it) — it is discriminated by proposing to itself such delight from the whole, as is compatible with a distinct gratification from each component part.

Controversy is not seldom excited in consequence of the disputants attaching each a different meaning to the same word; and in few instances has this been more striking, than in disputes concerning the present subject. If a man chooses to call every composition a poem, which is rhyme, or measure, or both, I must leave his opinion uncontroverted. The distinction is at least competent to characterize the writer's intention. If it were subjoined, that the whole is likewise entertaining or affecting, as a tale, or as a series of interesting reflections; I of course admit this as another fit ingredient of a poem, and an additional merit. But if the definition sought for be that of a legitimate poem, I answer, it must be one, the parts of which mutually support and explain each other; all in their proportion harmonizing with, and supporting the purpose and known influences of metrical arrangement. The philosophic critics of all ages coincide with the ultimate judgment of all countries, in equally denying the praises of a just poem, on the one hand, to a series of striking lines or distiches, each of which, absorbing the whole attention of the reader to itself, becomes disjoined from its context, and forms a separate whole, instead of a harmonizing part; and on the other hand, to an unsustained composition, from which the reader collects rapidly the general result unattracted by the component parts. The reader should be carried forward, not merely or chiefly by the mechanical impulse of curiosity, or by a restless desire to arrive at the final solution; but by the pleasureable activity of mind excited by the attractions of the journey itself. Like the motion of a serpent, which the Egyptians made the emblem of intellectual power; or like the path of sound through the air;--at every step he pauses and half recedes; and from the retrogressive movement collects the force which again carries him onward. Praecipitandus est liber spiritus, says Petronius most happily. The epithet, liber, here balances the preceding verb; and it is not easy to conceive more meaning condensed in fewer words.

But if this should be admitted as a satisfactory character of a poem, we have still to seek for a definition of poetry. The writings of Plato, and Jeremy Taylor, and Burnet's Theory of the Earth, furnish undeniable proofs that poetry of the highest kind may exist without metre, and even without the contradistringuishing objects of a poem. The first chapter of Isaiah — (indeed a very large portion of the whole book) — is poetry in the most emphatic sense; yet it would be not less irrational than strange to assert, that pleasure, and not truth was the immediate object of the prophet. In short, whatever specific import we attach to the word, Poetry, there will be found involved in it, as a necessary consequence, that a poem of any length neither can be, nor ought to be, all poetry. Yet if an harmonious whole is to be produced, the remaining parts must be preserved in keeping with the poetry; and this can be no otherwise effected than by such a studied selection and artificial arrangement, as will partake of one, though not a peculiar property of poetry. And this again can be no other than the property of exciting a more continuous and equal attention than the language of prose aims at, whether colloquial or written.

My own conclusions on the nature of poetry, in the strictest use of the word, have been in part anticipated in some of the remarks on the Fancy and Imagination in the early part of this work. What is poetry? — is so nearly the same question with, what is a poet? — that the answer to the one is involved in the solution of the other. For it is a distinction resulting from the poetic genius itself, which sustains and modifies the images, thoughts, and emotions of the poet's own mind.

The poet, described in ideal perfection, brings the whole soul of man into activity, with the subordination of its faculties to each other according to their relative worth and dignity. He diffuses a tone and spirit of unity, that blends, and (as it were) fuses, each into each, by that synthetic and magical power, to which I would exclusively appropriate the name of Imagination. This power, first put in action by the will and understanding, and retained under their irremissive, though gentle and unnoticed, control, laxis effertur habenis, reveals "itself in the balance or reconcilement

of opposite or discordant" qualities: of sameness, with difference; of the general with the concrete; the idea with the image; the individual with the representative; the sense of novelty and freshness with old and familiar objects; a more than usual state of emotion with more than usual order; judgment ever awake and steady self-possession with enthusiasm and feeling profound or vehement; and while it blends and harmonizes the natural and the artificial, still subordinates art to nature; the manner to the matter; and our admiration of the poet to our sympathy with the poetry. Doubtless, as Sir John Davies observes of the soul — (and his words may with slight alteration be applied, and even more appropriately, to the poetic Imagination) —

Doubtless this could not be, but that she turns
  Bodies to spirit by sublimation strange,
As fire converts to fire the things it burns,
  As we our food into our nature change.

From their gross matter she abstracts their forms,
  And draws a kind of quintessence from things;
Which to her proper nature she transforms
  To bear them light on her celestial wings.

Thus does she, when from individual states
  She doth abstract the universal kinds;
Which then re-clothed in divers names and fates
  Steal access through the senses to our minds.

Finally, Good Sense is the Body of poetic genius, Fancy its Drapery, Motion its Life, and Imagination the Soul that is everywhere, and in each; and forms all into one graceful and intelligent whole.

CHAPTER XVII

Examination of the tenets peculiar to Mr. Wordsworth — Rustic life (above all, low and rustic life)especially unfavourable to the formation of a human diction — The best parts of language the product of philosophers, not of clowns or shepherds — Poetry essentially ideal and generic — The language of Milton as much the language of real life, yea, incomparably more so than that of the cottager.

As far then as Mr. Wordsworth in his preface contended, and most ably contended, for a reformation in our poetic diction, as far as he has evinced the truth of passion, and the dramatic propriety of those figures and metaphors in the original poets, which, stripped of their justifying reasons, and converted into mere artifices of connection or ornament, constitute the characteristic falsity in the poetic style of the moderns; and as far as he has, with equal acuteness and clearness, pointed out the process by which this change was effected, and the resemblances between that state into which the reader's mind is thrown by the pleasurable confusion of thought from an unaccustomed train of words and images; and that state which is induced by the natural language of impassioned feeling; he undertook a useful task, and deserves all praise, both for the attempt and for the execution. The provocations to this remonstrance in behalf of truth and nature were still of perpetual recurrence before and after the publication of this preface. I cannot likewise but add, that the comparison of such poems of merit, as have been given to the public within the last ten or twelve years, with the majority of those produced previously to the appearance of that preface, leave no doubt on my mind, that Mr. Wordsworth is fully justified in believing his efforts to have been by no means ineffectual. Not only in the verses of those who have professed their admiration of his genius, but even of those who have distinguished themselves by hostility to his theory, and depreciation of his writings, are the impressions of his principles plainly visible. It is possible, that with these principles others may have been blended, which are not equally evident; and some which are unsteady and subvertible from the narrowness or imperfection of their basis. But it is more than possible, that these errors of defect or exaggeration, by kindling and feeding the controversy, may have conduced not only to the wider propagation of the accompanying truths, but that, by their frequent presentation to the mind in an excited state, they may have won for them a more permanent and practical result. A man will borrow a part from his opponent the more easily, if he feels himself justified in continuing to reject a part. While there remain important points in which he can still feel himself in the right, in which he still finds firm footing for continued resistance, he will gradually adopt those opinions, which were the least remote from his own convictions, as not less congruous with his own theory than with that which he reprobates. In like manner with a kind of instinctive prudence, he will abandon by little and little his weakest posts, till at length he seems to forget that they had ever belonged to him, or affects to consider them at most as accidental and "petty annexments," the removal of which leaves the citadel unhurt and unendangered.

My own differences from certain supposed parts of Mr. Wordsworth's theory ground themselves on the assumption, that his words had been rightly interpreted, as purporting that the proper diction for poetry in general consists altogether in a language taken, with due exceptions, from the mouths of men in real life, a language which actually constitutes the natural conversation of men under the influence of natural feelings. My objection is, first, that in any sense this rule is applicable only to certain classes of poetry; secondly, that even to these classes it is not applicable, except in such a sense, as hath never by any one (as far as I know or have read,) been denied or doubted; and lastly, that as far as, and in that degree in which it is practicable, it is yet as a rule useless, if not injurious, and therefore either need not, or ought not to be practised. The poet informs his reader, that he had generally chosen low and rustic life; but not as low and rustic, or in order to repeat that pleasure of doubtful moral effect, which persons of elevated rank and of superior refinement oftentimes derive from a happy imitation of the rude unpolished manners and discourse of their inferiors. For the pleasure so derived may be traced to three exciting causes. The first is the naturalness, in fact, of the things represented. The second is the apparent naturalness of the representation, as raised and qualified by an imperceptible infusion of the author's own knowledge and talent, which infusion does, indeed, constitute it an imitation as distinguished from a mere copy. The third cause may be found in the reader's conscious feeling of his superiority awakened by the contrast presented to him; even as for the same purpose the kings and great barons of yore retained, sometimes actual clowns and fools, but more frequently shrewd and witty fellows in that character. These, however, were not Mr. Wordsworth's objects. He chose low and rustic life, "because in that condition the essential passions of the heart find a better soil, in which they can attain their maturity, are less under restraint, and speak a plainer and more emphatic language; because in that condition of life our elementary feelings coexist in a state of greater simplicity, and consequently may be more accurately contemplated, and more forcibly communicated; because the manners of rural life germinate from those elementary feelings; and from the necessary character of rural occupations are more easily comprehended, and are more durable; and lastly, because in that condition the passions of men are incorporated with the beautiful and permanent forms of nature."

Now it is clear to me, that in the most interesting of the poems, in which the author is more or less dramatic, as THE BROTHERS, MICHAEL, RUTH, THE MAD MOTHER, and others, the persons introduced are by no means taken from low or rustic life in the common acceptation of those words! and it is not less clear, that the sentiments and language, as far as they can be conceived to have been really transferred from the minds and conversation of such persons, are attributable to causes and circumstances not necessarily connected with "their occupations and abode." The thoughts, feelings, language, and manners of the shepherd-farmers in the vales of Cumberland and Westmoreland, as far as they are actually adopted in those poems, may be accounted for from causes, which will and do produce the same results in every state of life, whether in town or country. As the two principal I rank that independence, which raises a man above servitude, or daily toil for the profit of others, yet not above the necessity of industry and a frugal simplicity of domestic life; and the accompanying unambitious, but solid and religious, education, which has rendered few books familiar, but the Bible, and the Liturgy or Hymn book. To this latter cause, indeed, which is so far accidental, that it is the blessing of particular countries and a particular age, not the product of particular places or employments, the poet owes the show of probability, that his personages might really feel, think, and talk with any tolerable resemblance to his representation. It is an excellent remark of Dr. Henry More's, that "a man of confined education, but of good parts, by constant reading of the Bible will naturally form a more winning and commanding rhetoric than those that are learned: the intermixture of tongues and of artificial phrases debasing their style."

It is, moreover, to be considered that to the formation of healthy feelings, and a reflecting mind, negations involve impediments not less formidable than sophistication and vicious intermixture. I am convinced, that for the human soul to prosper in rustic life a certain vantage-ground is prerequisite. It is not every man that is likely to be improved by a country life or by country labours. Education, or original sensibility, or both, must pre-exist, if the changes, forms, and incidents of nature are to prove a sufficient stimulant. And where these are not sufficient, the mind contracts and hardens by want of stimulants: and the man becomes selfish, sensual, gross, and hard-hearted. Let the management of the Poor Laws in Liverpool, Manchester, or Bristol be compared with the ordinary dispensation of the poor rates in agricultural villages, where the farmers are the overseers and guardians of the poor. If my own experience have not been particularly unfortunate, as well as that of the many respectable country clergymen with whom I have conversed on the subject, the result would engender more than scepticism concerning the desirable influences of low and rustic life in and for itself. Whatever may be concluded on the other side, from the stronger local attachments and enterprising spirit of the Swiss, and other mountaineers, applies to a particular mode of pastoral life, under forms of property that permit and beget manners truly republican, not to rustic life in general, or to the absence of artificial cultivation. On the contrary the mountaineers, whose manners have been so often eulogized, are in general better educated and greater readers than men of equal rank elsewhere. But where this is not the case, as among the peasantry of North Wales, the ancient mountains, with all their terrors and all their glories, are pictures to the blind, and music to the deaf.

I should not have entered so much into detail upon this passage, but here seems to be the point, to which all the lines of difference converge as to their source and centre; — I mean, as far as, and in whatever respect, my poetic creed does differ from the doctrines promulgated in this preface. I adopt with full faith, the principle of Aristotle, that poetry, as poetry, is essentially ideal, that it avoids and excludes all accident; that its apparent individualities of rank, character, or occupation must be representative of a class; and that the persons of poetry must be clothed with generic attributes, with the common attributes of the class: not with such as one gifted individual might possibly possess, but such as from his situation it is most probable before-hand that he would possess. If my premises are right and my deductions legitimate, it follows that there can be no poetic medium between the swains of Theocritus and those of an imaginary golden age.

The characters of the vicar and the shepherd-mariner in the poem of THE BROTHERS, and that of the shepherd of Green-head Ghyll in the MICHAEL, have all the verisimilitude and representative quality, that the purposes of poetry can require. They are persons of a known and abiding class, and their manners and sentiments the natural product of circumstances common to the class. Take Michael for instance:

An old man stout of heart, and strong of limb.
His bodily frame had been from youth to age
Of an unusual strength: his mind was keen,
Intense, and frugal, apt for all affairs,
And in his shepherd's calling he was prompt
And watchful more than ordinary men.
Hence he had learned the meaning of all winds,
Of blasts of every tone; and oftentimes
When others heeded not, He heard the South
Make subterraneous music, like the noise
Of bagpipers on distant Highland hills.
The Shepherd, at such warning, of his flock
Bethought him, and he to himself would say,
`The winds are now devising work for me!'

And truly, at all times, the storm, that drives
The traveller to a shelter, summoned him
Up to the mountains: he had been alone
Amid the heart of many thousand mists,
That came to him and left him on the heights.
So lived he, until his eightieth year was past.
And grossly that man errs, who should suppose
That the green valleys, and the streams and rocks,
Were things indifferent to the Shepherd's thoughts.
Fields, where with cheerful spirits he had breathed
The common air; the hills, which he so oft
Had climbed with vigorous steps; which had impressed
So many incidents upon his mind
Of hardship, skill or courage, joy or fear;
Which, like a book, preserved the memory
Of the dumb animals, whom he had saved,
Had fed or sheltered, linking to such acts,
So grateful in themselves, the certainty
Of honourable gain; these fields, these hills
Which were his living Being, even more
Than his own blood — what could they less? had laid
Strong hold on his affections, were to him
A pleasurable feeling of blind love,
The pleasure which there is in life itself.

On the other hand, in the poems which are pitched in a
lower key, as the HARRY GILL, and THE IDIOT BOY,
the feelings are those of human nature in general; though
the poet has judiciously laid the scene in the country, in
order to place himself in the vicinity of interesting images,
without the necessity of ascribing a sentimental perception
of their beauty to the persons of his drama. In THE IDIOT
BOY, indeed, the mother's character is not so much the
real and native product of a "situation where the essential
passions of the heart find a better soil, in which they can
attain their maturity and speak a plainer and more emphat-
ic language," as it is an impersonation of an instinct aban-
doned by judgment. Hence the two following charges
seem to me not wholly groundless: at least, they are the
only plausible objections, which I have heard to that fine
poem. The one is, that the author has not, in the poem
itself, taken sufficient care to preclude from the reader's
fancy the disgusting images of ordinary morbid idiocy,
which yet it was by no means his intention to represent. He
was even by the "burr, burr, burr," uncounteracted by any
preceding description of the boy's beauty, assisted in
recalling them. The other is, that the idiocy of the boy is so
evenly balanced by the folly of the mother, as to present to
the general reader rather a laughable burlesque on the
blindness of anile dotage, than an analytic display of
maternal affection in its ordinary workings.

In THE THORN, the poet himself acknowledges in a
note the necessity of an introductory poem, in which he
should have portrayed the character of the person from
whom the words of the poem are supposed to proceed: a
superstitious man moderately imaginative, of slow facul-
ties and deep feelings, "a captain of a small trading vessel,
for example, who, being past the middle age of life, had
retired upon an annuity, or small independent income, to
some village or country town of which he was not a native,
or in which he had not been accustomed to live. Such men
having nothing to do become credulous and talkative from
indolence." But in a poem, still more in a lyric poem —
and the Nurse in ROMEO AND JULIET alone prevents
me from extending the remark even to dramatic poetry, if
indeed even the Nurse can be deemed altogether a case in
point — it is not possible to imitate truly a dull and garru-
lous discourser, without repeating the effects of dullness
and garrulity. However this may be, I dare assert, that the
parts — (and these form the far larger portion of the
whole) — which might as well or still better have proceed-
ed from the poet's own imagination, and have been spoken
in his own character, are those which have given, and
which will continue to give, universal delight; and that the
passages exclusively appropriate to the supposed narrator,
such as the last couplet of the third stanza [64]; the seven
last lines of the tenth [65]; and the five following stanzas,
with the exception of the four admirable lines at the com-
mencement of the fourteenth, are felt by many unpreju-
diced and unsophisticated hearts, as sudden and unpleasant
sinkings from the height to which the poet had previously
lifted them, and to which he again re-elevates both himself
and his reader.

If then I am compelled to doubt the theory, by which the
choice of characters was to be directed, not only a priori,
from grounds of reason, but both from the few instances in
which the poet himself need be supposed to have been
governed by it, and from the comparative inferiority of
those instances; still more must I hesitate in my assent to
the sentence which immediately follows the former cita-
tion; and which I can neither admit as particular fact, nor
as general rule. "The language, too, of these men has been
adopted (purified indeed from what appear to be its real
defects, from all lasting and rational causes of dislike or
disgust) because such men hourly communicate with the
best objects from which the best part of language is origi-
nally derived; and because, from their rank in society and
the sameness an narrow circle of their intercourse, being
less under the action of social vanity, they convey their
feelings and notions in simple and unelaborated expres-

sions." To this I reply; that a rustic's language, purified from all provincialism and grossness, and so far reconstructed as to be made consistent with the rules of grammar — (which are in essence no other than the laws of universal logic, applied to psychological materials) — will not differ from the language of any other man of common sense, however learned or refined he may be, except as far as the notions, which the rustic has to convey, are fewer and more indiscriminate. This will become still clearer, if we add the consideration — (equally important though less obvious) — that the rustic, from the more imperfect development of his faculties, and from the lower state of their cultivation, aims almost solely to convey insulated facts, either those of his scanty experience or his traditional belief; while the educated man chiefly seeks to discover and express those connections of things, or those relative bearings of fact to fact, from which some more or less general law is deducible. For facts are valuable to a wise man, chiefly as they lead to the discovery of the indwelling law, which is the true being of things, the sole solution of their modes of existence, and in the knowledge of which consists our dignity and our power.

As little can I agree with the assertion, that from the objects with which the rustic hourly communicates the best part of language is formed. For first, if to communicate with an object implies such an acquaintance with it, as renders it capable of being discriminately reflected on, the distinct knowledge of an uneducated rustic would furnish a very scanty vocabulary. The few things and modes of action requisite for his bodily conveniences would alone be individualized; while all the rest of nature would be expressed by a small number of confused general terms. Secondly, I deny that the words and combinations of words derived from the objects, with which the rustic is familiar, whether with distinct or confused knowledge, can be justly said to form the best part of language. It is more than probable, that many classes of the brute creation possess discriminating sounds, by which they can convey to each other notices of such objects as concern their food, shelter, or safety. Yet we hesitate to call the aggregate of such sounds a language, otherwise than metaphorically. The best part of human language, properly so called, is derived from reflection on the acts of the mind itself. It is formed by a voluntary appropriation of fixed symbols to internal acts, to processes and results of imagination, the greater part of which have no place in the consciousness of uneducated man; though in civilized society, by imitation and passive remembrance of what they hear from their religious instructors and other superiors, the most unedu-

cated share in the harvest which they neither sowed, nor reaped. If the history of the phrases in hourly currency among our peasants were traced, a person not previously aware of the fact would be surprised at finding so large a number, which three or four centuries ago were the exclusive property of the universities and the schools; and, at the commencement of the Reformation, had been transferred from the school to the pulpit, and thus gradually passed into common life. The extreme difficulty, and often the impossibility, of finding words for the simplest moral and intellectual processes of the languages of uncivilized tribes has proved perhaps the weightiest obstacle to the progress of our most zealous and adroit missionaries. Yet these tribes are surrounded by the same nature as our peasants are; but in still more impressive forms; and they are, moreover, obliged to particularize many more of them. When, therefore, Mr. Wordsworth adds, "accordingly, such a language" — (meaning, as before, the language of rustic life purified from provincialism) — "arising out of repeated experience and regular feelings, is a more permanent, and a far more philosophical language, than that which is frequently substituted for it by Poets, who think that they are conferring honour upon themselves and their art in proportion as they indulge in arbitrary and capricious habits of expression;" it may be answered, that the language, which he has in view, can be attributed to rustics with no greater right, than the style of Hooker or Bacon to Tom Brown or Sir Roger L'Estrange. Doubtless, if what is peculiar to each were omitted in each, the result must needs be the same. Further, that the poet, who uses an illogical diction, or a style fitted to excite only the low and changeable pleasure of wonder by means of groundless novelty, substitutes a language of folly and vanity, not for that of the rustic, but for that of good sense and natural feeling.

Here let me be permitted to remind the reader, that the positions, which I controvert, are contained in the sentences — "a selection of the real language of men;" — "the language of these men" (that is, men in low and rustic life) "has been adopted; I have proposed to myself to imitate, and, as far as is possible, to adopt the very language of men." "Between the language of prose and that of metrical composition, there neither is, nor can be, any essential difference:" it is against these exclusively that my opposition is directed.

I object, in the very first instance, to an equivocation in the use of the word "real." Every man's language varies, according to the extent of his knowledge, the activity of his faculties, and the depth or quickness of his feelings.

Every man's language has, first, its individualities; secondly, the common properties of the class to which he belongs; and thirdly, words and phrases of universal use. The language of Hooker, Bacon, Bishop Taylor, and Burke differs from the common language of the learned class only by the superior number and novelty of the thoughts and relations which they had to convey. The language of Algernon Sidney differs not at all from that, which every well-educated gentleman would wish to write, and (with due allowances for the undeliberateness, and less connected train, of thinking natural and proper to conversation) such as he would wish to talk. Neither one nor the other differ half as much from the general language of cultivated society, as the language of Mr. Wordsworth's homeliest composition differs from that of a common peasant. For "real" therefore, we must substitute ordinary, or lingua communis. And this, we have proved, is no more to be found in the phraseology of low and rustic life than in that of any other class. Omit the peculiarities of each and the result of course must be common to all. And assuredly the omissions and changes to be made in the language of rustics, before it could be transferred to any species of poem, except the drama or other professed imitation, are at least as numerous and weighty, as would be required in adapting to the same purpose the ordinary language of tradesmen and manufacturers. Not to mention, that the language so highly extolled by Mr. Wordsworth varies in every county, nay in every village, according to the accidental character of the clergyman, the existence or non-existence of schools; or even, perhaps, as the exciteman, publican, and barber happen to be, or not to be, zealous politicians, and readers of the weekly newspaper pro bono publico. Anterior to cultivation the lingua communis of every country, as Dante has well observed, exists every where in parts, and no where as a whole.

Neither is the case rendered at all more tenable by the addition of the words, "in a state of excitement." For the nature of a man's words, where he is strongly affected by joy, grief, or anger, must necessarily depend on the number and quality of the general truths, conceptions and images, and of the words expressing them, with which his mind had been previously stored. For the property of passion is not to create; but to set in increased activity. At least, whatever new connections of thoughts or images, or — (which is equally, if not more than equally, the appropriate effect of strong excitement) — whatever generalizations of truth or experience the heat of passion may produce; yet the terms of their conveyance must have pre-existed in his former conversations, and are only collected and crowded together by the unusual stimulation. It is indeed very possible to adopt in a poem the unmeaning repetitions, habitual phrases, and other blank counters, which an unfurnished or confused understanding interposes at short intervals, in order to keep hold of his subject, which is still slipping from him, and to give him time for recollection; or, in mere aid of vacancy, as in the scanty companies of a country stage the same player pops backwards and forwards, in order to prevent the appearance of empty spaces, in the procession of Macbeth, or Henry VIII. But what assistance to the poet, or ornament to the poem, these can supply, I am at a loss to conjecture. Nothing assuredly can differ either in origin or in mode more widely from the apparent tautologies of intense and turbulent feeling, in which the passion is greater and of longer endurance than to be exhausted or satisfied by a single representation of the image or incident exciting it. Such repetitions I admit to be a beauty of the highest kind; as illustrated by Mr. Wordsworth himself from the song of Deborah. At her feet he bowed, he fell, he lay down: at her feet he bowed, he fell: where he bowed, there he fell down dead. Judges v. 27.

あ と が き

　本書の目的はコールリッジの人と作品を通してロマン主義文学の詩と詩論を考察するだけでなく、文学、哲学、宗教に関して学際的に幅広く論陣を張った彼の思想の全体像を鳥瞰する観点から眺めて、経験論から先験的観念論に至る彼独自の遍歴の今日的意義を再評価することであった。

　混迷する21世紀の現代社会に対して、コールリッジの思想がどのような予言的メッセージを後世に残したかを論考すれば、今日の世相を想像力で読み解き、過去、現在、未来を透視する上で非常に有益な示唆を我々に与えてくれることがわかる。詩人、批評家、哲学者、宗教家、教育者、講演者、ジャーナリストなどの多面的諸相を持ったコールリッジの膨大な業績の知的財産を継承しながら、さらに学際的な視界に立ってより深く研究を考え直していく必要に迫られている。

　本書の各章を構成する論文の初出は次の通りである。随分以前のものもあり、今見ると稚拙で不充分な表現もあり考察に異論もあったので、それぞれの章の論旨としてまとめるに際して、全般的に加筆、訂正を行うべきであったが、その時間的な余裕はなく、最小限の加筆に止めた。また、各論考はその時々の研究における意見であるので、根本的に変更することも出来なかった。

　各論文は初出の時の独立した考察なので、幾つかの重複した部分があることをご了承願いたい。なお不備な箇所やお気づきの点については読者諸賢からのご教示を仰ぎたい次第である。

序論　　聖書とコールリッジ

　　　「英語教育と英語研究」第20号　島根大学英語教育研究室（2004年5月）

第一章　コールリッジの超自然世界

　　　京都外国語大学「研究論叢」第43号（1994年9月）

第二章　コールリッジ的闇の実相

　　　京都外国語大学「研究論叢」第41号（1993年9月）

第三章　コールリッジの諸相

　　　京都外国語大学「SELL」第9号（1993年2月）

第四章　宗教的思想家としてのコールリッジ

　　　富山大学教育学部紀要第55号（2003年2月）

第五章　コールリッジのロマン主義思想

　　　大阪教育図書（1999年11月）

第六章　コールリッジのロマン主義運動

　　　富山大学教育学部紀要第53号（1999年2月）

第七章　コールリッジの有機的統合－理性と悟性－

　　　富山大学教育学部紀要第55号（2001年2月）

第八章　社会の批評家：コールリッジ

　　　富山大学教育学部紀要第54号（2000年2月）

高瀬　彰典

学歴：東洋大学、甲南大学大学院

職歴：日通商事、熊本商科大学教授、京都外国語大学教授、
　　　富山大学教授、島根大学教授

著書一覧

〈単著〉

小泉八雲の日本研究：ハーン文学と神仏の世界

小泉八雲の世界：ハーン文学と日本女性

小泉八雲論考：ラフカディオ・ハーンと日本

コールリッジ論考：付録 詩と散文抄（英文）

コールリッジの文学と思想：付録 ミルのコールリッジ論（英文）

イギリス文学点描：
　　　第Ⅰ部 ロレンスとエリオット、第Ⅱ部 ラムと前期ロマン派訳詩選

抒情民謡集：Lyrical Ballads, 序文と詩文選，注釈解説

A study of S.T. Coleridge：コールリッジ研究（英文）

D.H. ロレンスの短編小説と詩（英文）注釈解説

〈共著〉

ロレンス随筆集：フェニックス（英文）注釈解説

ロレンス名作選：プロシア士官、菊の香（英文）注釈解説

教育者ラフカディオ・ハーンの世界：主幹

想像と幻想の世界を求めて　―イギリス・ロマン派の研究―

国際社会で活躍した日本人 明治〜昭和 13 人のコスモポリタン

コールリッジ論考
付録　詩と散文抄(英文)

2021 年 8 月 8 日　初版発行

著　　者　高瀬　彰典

発　　行　ふくろう出版
　　　　　〒700-0035　岡山市北区高柳西町 1-23
　　　　　　　　　　友野印刷ビル
　　　　　TEL：086-255-2181
　　　　　FAX：086-255-6324
　　　　　http://www.296.jp
　　　　　e-mail：info@296.jp
　　　　　振替　01310-8-95147

ISBN978-4-86186-831-3 C3098
©TAKASE Akinori 2021

定価は表紙に表示してあります。乱丁・落丁はお取り替えいたします。